Kalte Havel

Tim Pieper, geboren 1970 in Stade, studierte nach einer Welt-
reise Neuere und Ältere deutsche Literatur und Recht. Mit seiner
Familie lebt er nur wenige Kilometer vor den Toren Potsdams.
Er nutzt jede Gelegenheit, um die Geschichte und die reizvolle
Landschaft der Region mit dem Fahrrad zu erkunden.
www.timpieper.net

TIM PIEPER

Kalte Havel

KRIMINALROMAN

emons:

Bibliografische Information der Deutschen Nationalbibliothek
Die Deutsche Nationalbibliothek verzeichnet diese Publikation
in der Deutschen Nationalbibliografie; detaillierte bibliografische
Daten sind im Internet über http://dnb.d-nb.de abrufbar.

© Emons Verlag GmbH
Cäcilienstraße 48, 50667 Köln
info@emons-verlag.de
Alle Rechte vorbehalten
Umschlagmotiv: fotolia.com/Bernd Kröger
Umschlaggestaltung: Nina Schäfer, nach einem Konzept
von Leonardo Magrelli und Nina Schäfer
Gestaltung Innenteil: César Satz & Grafik GmbH, Köln
Lektorat: Carlos Westerkamp
Druck und Bindung: sourc-e GmbH, Köln
Printed in Europe 2025
Erstausgabe 2016
ISBN 978-3-7408-0001-7
Aktualisierte Neuauflage
3. Auflage

Der Abdruck des Songtextes auf Seite 6 erfolgt mit
freundlicher Genehmigung von Grönland Records.

Unser Newsletter informiert Sie
regelmäßig über Neues von emons:
Kostenlos bestellen unter
www.emons-verlag.de

Für Steffi und Moritz

Ich erinnere mich an Jugend und an das Gefühl,
das niemals wiederkehren wird – das Gefühl,
dass mein Leben ewig währen könnte,
dauerhafter als das Meer, die Erde und alle Menschen.

Joseph Conrad (1857–1924), britisch-polnischer Autor

Wo fängt dein Himmel an, und wo hört er auf?
Wenn er weit genug reicht, macht dann das Meer
zwischen uns nichts mehr aus?

Philipp Poisel (*1983), deutscher Musiker

Prolog

Als Hendrik Spohr mit dem schweren Geländewagen seines Vaters durch die Nacht rauschte, tauchte im Licht der Scheinwerferkegel der Wald bei Neu Fahrland auf. Für einen Moment überlegte der Zwanzigjährige, den Sicherheitsgurt zu lösen, das Gaspedal durchzutreten und gegen einen Baum zu rasen. Er würde durch die Windschutzscheibe geschleudert werden, und alles wäre vorbei.

Schnell, endgültig und unumkehrbar.

Hendrik hatte es sich nie leicht gemacht. In der Pubertät war er in Behandlung gewesen und begriff irgendwann, dass weder seine Eltern noch seine Therapeuten ihn verstehen konnten, weil jeder nur seinen eigenen Vorteil suchte. So begann er, selber Ziele zu definieren und sie konsequent umzusetzen. Stolz trug er seitdem für alle seine Taten die Verantwortung.

Die Selbstauslöschungsphantasie war nur ein dunkles Echo aus der Jugend. Damals wollte er Rache nehmen, aber mittlerweile wusste er, dass ein solches Vorhaben sinnlos war. Seine Eltern würden sich keiner Schuld bewusst sein. Bestimmt wären sie erschüttert, doch nach Verarbeitung des ersten Schocks wären sie erleichtert, dass er keinen Ärger mehr machen konnte.

Hendrik setzte den Blinker, gab Vollgas und überholte mit aufbrüllendem Motor einen Kleinwagen. Wenigstens einen Menschen gab es, den es interessierte, was mit ihm geschah. Es war sein bester Freund, der sechzehnjährige Alexander Winter. Sie vertrauten einander, und er wollte den Jüngeren nicht in etwas verwickeln, von dem dieser nicht überzeugt war.

»Bist du dir wirklich sicher?«, fragte er. »Ich kann das auch alleine durchziehen.«

»Ich hab gesagt, dass ich mitkomme«, erwiderte Alexander. »Dabei bleibt es.«

»Egal, wie die Sache ausgeht«, murmelte Hendrik und schnitt die Kurve so scharf, dass die Reifen quietschten. »Egal, was passiert. Uns kann niemand was. Macht kaputt, was euch kaputt macht.«

Diese Worte waren mehr als die Liedstrophen eines alten Anarchosongs. Diese Worte hatten in den vergangenen Monaten eine neue Bedeutung für ihn gewonnen. Sie waren sein Mantra und setzten Energien frei, die ein noch rigoroseres Handeln erlaubten. Der Widerstand war eine Entscheidung, die er bewusst getroffen hatte.

Bei Krampnitz bog er von der B 2 ab. In engen Kurven schlängelte sich die Straße an düsteren Häusern und Pferdeweiden vorbei, bis der Wald dichter wurde. Die Baumkronen schlossen sich über dem Wagendach, und nur vereinzelt blitzte der silberne Mond zwischen dem schwarzen, schaukelnden Geäst auf.

Heute beginnt es, dachte Hendrik und rieb sich über den Schädel. Und es würde erst enden, wenn er es wollte. Die Schweine hatten ihren Triumph gehabt, und jetzt schlug er zurück. Er würde sie langsam ausbluten lassen, bis sie erniedrigt am Boden lagen und sich nicht mehr rühren konnten. Sie sollten zu spüren bekommen, mit wem sie sich angelegt hatten.

Das gelbe Ortsschild von Sacrow leuchtete auf, und Hendrik bog auf den Waldparkplatz ab. Während er tiefen Schlaglöchern auswich, spähte er nach links und rechts, aber sosehr er seine Augen auch anstrengte, er konnte kein Fahrzeug in den finsteren Ecken ausmachen.

Langsam rollte er bis zum Holzzaun vor, stoppte den Motor und stieg aus. Die frische Luft kühlte sein erhitztes Gesicht. Es roch nach Erde und verrottetem Laub. Ein Windstoß fuhr in einen Baum und ließ die trockenen Blätter rascheln.

Hendrik stapfte zum Heck, öffnete die Klappe und ließ Alexander, der von der anderen Seite neben ihn getreten war, einen Blick auf den Inhalt der Plastikbox werfen. In der gelben Kofferraumbeleuchtung wurden ein Gummiknüppel, Pflastersteine, eine Tränengaspistole und noch andere Waffen sichtbar.

»Was hast du vor?«, fragte Alexander erschrocken. »Davon war nicht die Rede.«

»Wir spielen jetzt in einer anderen Liga«, erwiderte Hendrik und bemerkte, dass der Freund einen Schritt zurücktrat. »Ich sag es noch mal: Ich mach dir keinen Vorwurf, wenn du jetzt aussteigst. Darauf gebe ich dir mein Wort. Aber wenn du dabei bist, will ich mich auf dich verlassen können.«

»Ich komme mit, aber eine Waffe nehme ich nicht in die Hand.«

»Ist ja nur zur Abschreckung.«

»Dann können wir sie auch gleich weglassen.«

»Du meinetwegen, ich nicht«, entschied Hendrik und beugte sich über die Plastikbox. Er griff nach einem Dolch, den er sich in den Gürtel steckte, dann nach einem Chako. Er nahm das Rundholz in der Mitte und wirbelte mit dem anderen, an der Kette baumelnden Holzstück so schnell eine Achterschleife, dass die Luft leise rauschte. Zufrieden verstaute er die Waffe in der Jackentasche und schob sich noch einen Schlagring über die Finger.

Er schloss die Heckklappe, verriegelte den Wagen und sagte: »Los jetzt!«

Nachdem die Freunde über den Zaun geklettert waren, liefen sie durch den Schlosspark zum Treffpunkt. Ihre Konturen verschwammen, bis sie sich auflösten und in die Dunkelheit übergingen.

Zwölf Stunden später

1

Neustädter Havelbucht, Potsdam

Während Toni Sanftleben seine Frau im Rollstuhl zum Bootsanleger schob, atmete der Vierzigjährige die frische Mittagsluft tief ein. Nach Auflösung der Nebelschwaden hatte sich die Sonne durchgesetzt, und die Meteorologen kündigten einen goldenen Herbst an. Von den Trauerweiden im Uferbereich rieselten längliche Blätter. Am Himmel zogen Graugänse in der typischen V-Formation vorüber.

Toni umschloss die Handgriffe fester und blickte liebevoll auf seine Frau herab. Sofies Haare schimmerten kupferrot. Manchmal konnte er kaum fassen, dass sie wieder bei ihm war.

1998 waren sie mit ihrem kleinen Sohn gerade von einer zweieinhalbjährigen Weltreise zurückgekehrt, als Sofie beim Baumblütenfest in Werder spurlos verschwand. In der Nacht badete sie in der Havel und kehrte nicht mehr zurück. Sechzehn Jahre hatte er nach ihr gesucht. Sein ganzes Leben hatte er dem Ziel untergeordnet, sie zu finden. Er, der Globetrotter und angehende Sprachenstudent, wurde sogar Kriminalpolizist, um mehr Handlungsspielraum zu haben. Er legte ein umfassendes Archiv an und verfolgte jede noch so geringe Spur, bis er sie vor elf Monaten aufspürte. Zwar war sie in schlechter körperlicher Verfassung, aber sie lebte – und das war die Hauptsache. Noch heute litt sie unter Gedächtnislücken, sodass sie nicht wusste, was damals passiert war.

Vor ihrem Verschwinden war die Welt groß und weit für Toni gewesen. Alles schien ihm möglich zu sein. Mittlerweile näherte er sich diesem Gefühl wieder an, was sich auch in seinem Stil ausdrückte. Er hatte seine dunklen Locken länger wachsen lassen und trug die Muschelkette, die ihm einst ein französischer Althippie am Strand von Goa geschenkt hatte. Trotzdem war er ein anderer geworden. Die Vergangenheit hatte Spuren hinterlassen. Er wagte nicht, zu weit nach vorn zu blicken, und er übte sich in der Kunst der kleinen Schritte.

Mit dem Handrücken rieb er sich über die Nase und dachte an gestern. Trotz ihrer Geldsorgen war er in ein Reisebüro gestiefelt und hatte einen Urlaub auf La Gomera gebucht, wo die Wassertemperaturen in zwei Wochen noch so hoch sein würden, dass sie im Meer baden könnten. Heute wollte er Sofie mit den Flugtickets überraschen und hoffte, dass die Sonne, der Strand und das Wellenrauschen dazu beitragen würden, dass sie sich auch körperlich wieder näherkamen.

Zärtlich legte er die Hand auf ihre Schulter und spürte sofort, wie sie sich verspannte. Er wollte sie nicht bedrängen und zog seinen Arm zurück. Die aufkommende Enttäuschung verdrängte er. Es gab keinen Grund, ihre Stimmung zu dramatisieren. Die Rehabilitation verlangte ihr viel ab. Für jede Verbesserung ihrer Koordinationsfähigkeit musste sie hart arbeiten. Nicht selten gab es Rückschläge. Vermutlich beschwerte es sie auch, dass sie ihm noch keine vollwertige Partnerin sein konnte.

Toni war so sehr in seine Überlegungen vertieft, dass er leicht zusammenzuckte, als sich plötzlich eine schlanke blonde Frau in sein Blickfeld schob. Sie blieb mitten auf dem Kiesweg stehen und schaute ihm ins Gesicht. Offenbar hatte sie auf ihn gewartet.

Ihr feines Halstuch, der taillierte Mantel und die weiße Bluse kontrastierten mit der ausgewaschenen Jeans und den hellbraunen Stiefeletten. Obwohl sie in einem lässigen Schick gekleidet war, machte sie einen erschöpften Eindruck. Ihr Gesicht wirkte grau und teigig, ihre Bewegungen muteten überhastet an.

Toni hatte sie das letzte Mal bei einer Lesung getroffen, die im Rahmen des Literaturfestivals Potsdam stattfand. Sie war in Begleitung des Staatsanwalts Pascal Legrand gewesen, den Toni ebenfalls aus dem Justizzentrum kannte. Er hatte sich gewundert, weil die beiden Kollegen waren und Legrand eine Familie hatte, aber er hatte nicht weiter darüber nachgedacht und die Begegnung bald vergessen.

»Das ist Staatsanwältin Caren Winter«, sagte Toni zu seiner

Frau. »Wir hatten beruflich miteinander zu tun. Sie war mir bei der Suche nach dir sehr behilflich.«

»Hallo«, sagte Sofie und nickte freundlich.

»Hallo«, erwiderte Caren. »Ich freue mich sehr, dass wir uns kennenlernen.« Die Staatsanwältin rang sich ein Lächeln ab, aber in ihrer Stimme schwang ein Unterton mit, der ihre Aufgewühltheit verriet. Sie sah zu Toni auf. »Es tut mir leid, dass ich dich so überfalle, aber ich muss mit dir sprechen. Allein. Es ist … dienstlich.«

Toni ersparte sich die Bemerkung, dass er beurlaubt war, und sagte: »Dann komm mit aufs Boot!«

Anscheinend hatte auch Sofie die Anspannung gespürt, denn sie enthielt sich jeden Kommentars. Gemeinsam bewegten sie sich über den eisernen Steg und gelangten über die Rampe auf das Deck des Hausboots. Toni parkte den Rollstuhl neben einer Tonne mit Fendern, betätigte die Feststellbremse und öffnete die knarzende Stahltür, die in den Salon führte. Er streckte die Arme aus, um seine Frau hochzuheben und sie nach unten zu tragen, aber Sofie wehrte ihn ab.

»Redet nur«, sagte sie. »Das schaffe ich auch alleine.«

»Sicher?«, fragte Toni. »Du hattest gerade eine ziemlich harte Gymnastikstunde. Es ist doch keine große Sache und dauert nicht lange.«

Sofie griff nach seiner Hand, küsste seine Finger und sah ihm eindringlich in die Augen. »Ich möchte es gerne alleine schaffen«, sagte sie. »Geht nur.«

»Okay. Wie du willst!«

Toni trat einen Schritt zurück, aber er blieb in der Nähe, um bei einem drohenden Sturz eingreifen zu können. Vermutlich will sie sich vor Caren keine Blöße geben, dachte er und beobachtete, wie sich Sofie hochstemmte, wie sie leicht schwankend zum Handlauf ging und wie sie die schmalen, glatten Stufen hinunterstieg. Ihrer linken Körperhälfte fehlte es noch an Kraft und Geschicklichkeit. Ein Knochenbruch wäre zum jetzigen Zeitpunkt fatal und würde sie um Monate zurückwerfen. Vielleicht sollte er sich endlich um eine ebenerdige Wohnung kümmern, aber es fehlte ihnen an allen Ecken und Enden an Geld. Nach der Buchung des Urlaubs sowieso. Endlich hatte sie es nach unten geschafft und fasste nach dem Gehstock, der dort für sie bereitstand und ihr Stabilität geben würde.

»Klopf einfach gegen die Decke, wenn du mich brauchst«, rief Toni und führte Caren am Ruderhaus vorbei zum Heck des Bootes, wo zwei Liegestühle standen. Toni ließ sich nieder, verschränkte die Hände über dem Kopf und streckte die Beine aus. Caren zog es vor, an der Reling stehen zu bleiben. Eine Schar Möwen flog über sie hinweg, schwärmte kreischend aus und ließ sich auf der glitzernden Wasseroberfläche nieder. Ein Hausboot, das aussah wie ein hölzerner Schuhkarton, legte vom Nachbarsteg ab und nahm Kurs auf die Havel.

»Deine Frau ist schön«, sagte Caren.

»Danke«, erwiderte Toni. »Das werde ich ihr ausrichten. Das wird sie aufmuntern. Sie hat schon Riesenfortschritte gemacht ... Aber du bist bestimmt nicht gekommen, um über Sofie zu sprechen. Was führt dich her?«

Caren streckte den Rücken durch. »Du hast mir damals gesagt, dass du da bist, wenn ich dich brauchen sollte. Weißt du noch?«

Toni erinnerte sich an ein Mittagessen bei einem Italiener in der Lindenstraße, an das beide unterschiedliche Erwartungen geknüpft hatten und das für beide anders verlaufen war, als sie sich erhofft hatten. »Natürlich.«

»Jetzt ist es so weit. Ich brauche deine Hilfe. Mein Sohn Alexander ist letzte Nacht nicht nach Hause gekommen.«

Toni zog die Beine an und setzte sich so aufrecht hin, wie das in einem Sonnenstuhl möglich war. »Ich verstehe deine Sorge, Caren, aber du weißt doch, wie Jungs in diesem Alter –«

»Nein, nein«, unterbrach sie ihn sofort. »Entschuldige. Ich habe mich missverständlich ausgedrückt. Es ist sehr ernst. Sein bester Freund Hendrik hat ihn gestern Abend abgeholt. Anscheinend sind sie zur Sacrower Heilandskirche gefahren. Dort wurde Hendrik heute Morgen aufgefunden. Erschossen! Und Alexander ist verschwunden und meldet sich nicht. Sein Handy ist ausgeschaltet. Ich mache mir solche Sorgen.« Ihre Augen füllten sich mit Tränen, liefen aber noch nicht über. Trotzig streckte sie das Kinn vor.

Das klingt allerdings ernst, dachte Toni. Er stellte sich neben sie an die Reling und fragte behutsam: »Weiß man schon Genaueres?«

»Die Kollegen tun, was sie können, aber ich frage mich die ganze Zeit, was die beiden Jungs so spät dort wollten. An einem so abgelegenen Ort? Ich kann leider nicht viel zur Aufklärung beitragen. Alexander ist sechzehn. In diesem Alter sprechen Söhne nicht mit ihren Müttern. Überhaupt sind sie schwer zugänglich.«

»Das stimmt wohl«, sagte Toni.

»Ich will nicht lange um den heißen Brei herumreden«, sagte Caren entschlossen. »Seit der Trennung von meinem Mann vor knapp zwei Jahren ist Alexander immer introvertierter geworden. Einerseits habe ich mich gefreut, dass er sich mit einem älteren Jungen angefreundet hat, andererseits war dieser Hendrik auch krass und hatte ein Autoritätsproblem. Wegen Brandstiftung ist er vorbestraft und nur auf Bewährung auf freiem Fuß. Ein Freund der Familie hat den Fall verhandelt. Deshalb weiß ich gut Bescheid.«

»Hattest du kein Problem damit, dass Alexander einen vorbestraften Kumpel hatte?«

»Natürlich hab ich mir Sorgen gemacht. Du weißt ja selbst, was schlechter Umgang bewirken kann. Deshalb wollte ich den Jungen auch kennenlernen. Auf mich machte Hendrik einen anständigen, einen sensiblen Eindruck. Außerdem kommt er aus einem guten Elternhaus. Ich hatte gehofft, dass er einen einmaligen Fehler begangen hat, den er aufrichtig bereut. Jeder hat eine zweite Chance verdient. Oder findest du nicht?«

Toni nickte. »Ich muss das fragen: Könnte Alexander der Täter sein?«

»Das ist ausgeschlossen. Die beiden waren sehr enge Freunde, es gab kein Konfliktpotenzial. Außerdem hat mein Sohn keine Schusswaffe. Ich gehe davon aus, dass er sich entweder versteckt, weil er in Schwierigkeiten geraten ist, oder dass er entführt wurde.«

»Entführt, sagst du? Dann doch wohl nur, weil er Zeuge der Erschießung wurde. Oder könnte die Tat auch mit dir zusammenhängen? War Alexander vielleicht das eigentliche Ziel und Hendrik nur ein Kollateralschaden? Hat dir einer der Angeklagten gedroht? Gab es Ärger bei einer Verhandlung? Könnte es sich um einen Racheakt handeln?«

»In unserem Job muss man sich vieles anhören, das weißt du

selbst, aber von den Angeklagten hat keiner das Format, meinen Sohn zu entführen. Doch wenn ich genau darüber nachdenke ...«

»Ja?«

»Es gab jemanden, der mir nachgestellt hat.«

»Ein Stalker?«

»Genau. Seit seiner Zwangseinweisung in eine Klinik habe ich nichts mehr von ihm gehört. Das war im Februar. Ich kann mir auch nicht vorstellen, warum er meinen Sohn entführen sollte.«

»Warum hat dich der Mann verfolgt? War er in einen deiner Fälle involviert?«

»Nein. Das habe ich auch zuerst gedacht, aber er wollte eine Beziehung. Die ganze Geschichte war ziemlich unheimlich. Zunächst kannte ich ihn kaum. Ich hab ihn zwei- oder dreimal zufällig auf einer Baustelle gesehen, an der ich jeden Morgen auf dem Weg zur Arbeit vorbeiging. Er hat dort Säcke geschleppt, Betonmischungen angerührt, so was eben. Ich hab ihn gegrüßt, wie man Fremde grüßt, und er hat das zum Anlass genommen, sich eine Liebesbeziehung einzubilden. Er wurde zudringlicher und hat mich morgens abgepasst, um mir Blumen und Geschenke zu überreichen. Seine Nachstellungen wurden immer schlimmer. Schließlich ist er in meine Wohnung eingebrochen und hat seine Kleidungsstücke in den Schrank gehängt.«

»Oh Mann. Das tut mir leid«, sagte Toni und schaute betroffen über die Neustädter Bucht. Eine Windböe strich über das Wasser und raute die Oberfläche auf. Er war kein Psychologe, aber er hatte zwei Stalkingfälle bearbeitet, die ein tödliches Ende genommen hatten. Zwar wusste er, dass Erotomanen statistisch gesehen seltener gewalttätig wurden als wutmotivierte Stalker, aber an der Sacrower Heilandskirche war die Situation möglicherweise eskaliert, was das Geschehen unter neue Vorzeichen setzte. »Hat er deinen Jungen als Hindernis betrachtet, um mit dir zusammenzukommen?«

»Alexander hat mich zuletzt auf dem Weg zur Arbeit begleitet, um mich zu beschützen. Er hat den Mann gehasst, weil er gemerkt hat, wie viel Angst er mir einjagt«, erwiderte Caren. »Hältst du es für möglich, dass er meinen Sohn aus dem Weg geräumt hat, um freie Bahn zu haben?«

»Das wäre denkbar. Vielleicht hat er Alexander auch bedroht. Und dein Sohn hatte genug von dem Psychoterror und wollte ihm eine Lektion erteilen. Er und Hendrik locken den Stalker an einen entlegenen Ort, wo die Auseinandersetzung aus dem Ruder läuft.«

Caren setzte zu einer Erwiderung an, schluckte aber nur mehrmals, bis sie ihre Stimme wiederfand. »Wenn das so ist, dann ... dann ...«

»Ganz ruhig«, sagte Toni und legte sanft die Hand auf ihren Unterarm. »Ich mache mir nur ein Bild von deinem privaten Umfeld. Das ist alles. Wahrscheinlich hat der Mann nichts mit Alexanders Verschwinden zu tun. Wenn er sich seit Februar nicht mehr gemeldet hat, ist das ein gutes Zeichen. Das spricht dafür, dass er dir nicht mehr nachstellt. Gibt es ein Annäherungsverbot?«

Caren nickte.

»Gut. Dann hat es scheinbar Wirkung gezeigt. Trotzdem bin ich der Meinung, dass jemand sein Alibi überprüfen sollte. Natürlich mit Fingerspitzengefühl. Was ist mit deinem Ex-Mann? Wie war sein Verhältnis zu Alexander?«

»Sie waren zerstritten. Eines Abends ist Alexander aus Groß Glienicke zurückgekehrt, wo sich Fritjof mit seiner neuen Frau ein Haus gebaut hat, und hat wütend erklärt, dass er seinen Vater nicht mehr sehen wolle. Ich weiß nicht, warum. Über die genauen Gründe wollte er nicht sprechen. Er hat nur gesagt, dass sein Vater für ihn gestorben sei.«

»Hm.«

Caren sah ihn erneut ängstlich an. »Ja, ich glaube auch, dass etwas vorgefallen ist, aber ich kann mir nicht vorstellen, dass Fritjof in die Sache verwickelt ist. Er ist ein Egozentriker, aber er würde unserem Sohn niemals etwas antun. Ach, ich mache mir solche Vorwürfe.«

»Dich trifft keine Schuld.«

»Toni«, sagte sie und stellte sich kerzengerade hin. »Ich bitte dich, in den Dienst zurückzukehren und diesen Fall zu übernehmen. Dann sind wir quitt, dann werde ich dich nie mehr behelligen.«

»Schon gut«, sagte er. »Du weißt, dass ich im unbezahlten Urlaub bin?«

»Natürlich. Ich war heute Morgen beim Polizeipräsidenten, um alles in die Wege zu leiten. Momentan sind Kriminalrat Schmitz und dein altes Ermittlerteam zuständig. Wir wissen beide, dass Schmitz in seinem Übereifer häufig etwas übersieht, außerdem ordnet er seinem beruflichen Ehrgeiz alles unter. Du bist gewissenhaft und gründlich. Du kannst seine Entscheidungen hinterfragen und die Ermittlungen in die richtige Bahn lenken.«

»Wie hat der Polizeipräsident reagiert?«

Caren blickte ihn entschlossen an. »Er war nicht gerade erfreut, aber ich habe noch etwas gut bei ihm. Und wenn es um meinen Sohn geht, ist mir jedes Mittel recht.«

»Du hast ihn unter Druck gesetzt?«

»Wie ich es angestellt habe, ist meine Angelegenheit. Ist das ein Problem für dich?«

»Nein.«

»Das habe ich mir gedacht«, erwiderte Caren, und für einen Moment zeigte sie den Anflug eines Lächelns. »Dienstwaffe und Dienstausweis dürften im Kommissariat schon für dich bereitliegen. Ich habe durchgesetzt, dass du mit allen Rechten und Pflichten zurückkehrst.«

»Auch mit vollen Bezügen?«, fragte Toni und dachte an seine finanzielle Misere.

»Natürlich.«

Er hatte die Entscheidung längst getroffen. »Also gut«, sagte er. »Ich muss nur noch ein paar Kleinigkeiten regeln und fahre in zehn Minuten ins Kommissariat. Du kannst dich auf mich verlassen. Ich werde alles tun, um deinen Sohn zu finden.«

2

Toni erklärte Sofie in groben Zügen, warum er in den Polizeidienst zurückkehren musste. Weder kommentierte sie seine Entscheidung, noch war aus ihrem Verhalten zu ersehen, was sie von dieser Entwicklung hielt. Ihre neutrale Haltung hatte ihn in den letzten Wochen manchmal verletzt. Jetzt kam sie ihm gelegen, denn für eine Diskussion fehlte ihm die Zeit.

Schnell bereitete er ihre Sitzdusche vor und legte Handtücher und Wäsche bereit. Glücklicherweise hatte er gestern einen großen Topf Cassoulet – einen französischen Bohneneintopf – gekocht, den sie sich nur aufwärmen musste. Er druckte eine Tabelle mit ihrem restlichen Tagesprogramm aus und markierte die Koordinationsübungen, die sie gerne »vergaß«, mit einem neonblauen Filzstift. Schließlich stand er mitten im Salon, blickte sich um und überlegte, ob er etwas vergessen hatte.

»Nun verschwinde schon«, sagte Sofie lächelnd.

»Unseren Sohn rufe ich gleich noch wegen des Termins in Wannsee an«, erwiderte Toni. »Ich weiß leider nicht, wann ich zurück bin.«

»Macht nichts. Ich komme klar.«

»Wenn irgendetwas los ist oder du Hilfe brauchst, kannst du mich jederzeit auf dem Handy erreichen.«

»Ich weiß.«

»Ich liebe dich«, sagte er, strich ihr zärtlich eine Strähne aus dem Gesicht und sprang die Treppe hoch.

Wenige Minuten später schob er sein klappriges Herrenfahrrad durch die Kiezstraße, in der die Blätter der alten Bäume in einem kräftigen Gelb leuchteten. Er zog sein Smartphone aus der Tasche.

»Hallo, Papa!«, meldete sich Aroon. Im Hintergrund kicherte jemand, so als wäre die Anrede komisch.

Toni hatte sich in letzter Zeit häufiger gefragt, ob sein achtzehnjähriger Sohn eine Freundin hatte. Er sorgte sich etwas, weil der Junge noch nie eine Liebesbeziehung eingegangen war und manchmal Probleme im zwischenmenschlichen Umgang hatte.

Im Vorschulalter stellten die Ärzte eine Hochbegabung fest, die ihn oft zu einem Außenseiter machte. Zwar war er mittlerweile Doktorand am Lehrstuhl für Mathematik und bekam für sein Können viel Anerkennung, aber als ehemals alleinerziehender Vater konnte sich Toni noch an alle Rückschläge erinnern. Jetzt hoffte er, dass sich die junge Frau nicht nur für Aroons Verstand, sondern für ihn als Typen interessierte. Eine weitere Enttäuschung würde er dem Jungen gerne ersparen.

»Kannst du Sofie um dreizehn Uhr zum Psychiater fahren?«, fragte er. Begriffe wie »Mama« vermied er, weil sein Sohn erklärt hatte, dass er jemanden, der ihm seine ganze Kindheit und Jugend keine Mutter gewesen war, auch nicht so nennen könne. »Mir ist etwas dazwischengekommen. Der Autoschlüssel hängt am Brett.«

Nachdem sich Aroon widerstrebend bereit erklärt hatte, beendete Toni die Verbindung, schwang sich in den Sattel und strampelte ins Kommissariat, das nur ein paar hundert Meter entfernt lag. Er war in den vergangenen Monaten oft an dem Gebäudekomplex vorbeigekommen und hatte sich gefragt, ob er hier jemals wieder arbeiten würde. Jetzt kannte er die Antwort.

Toni lehnte den Drahtesel gegen eine Mauer und betrat das Haus, in dem er jahrelang ein und aus gegangen war. Als er durch die Flure marschierte, stellte er fest, dass sich nichts verändert hatte. In seinem Leben war so viel geschehen, aber hier schien die Zeit stehen geblieben zu sein. Eine vorbeieilende Sekretärin grüßte ihn, als wäre er nur zur Mittagspause raus gewesen.

In den Büros traf er von den früheren Kollegen nur Phong an, der auf der Fensterbank saß und melancholisch auf den Hof schaute. Der Sohn vietnamesischer Boatpeople hatte früher wie die Miniaturausgabe eines Sumoringers ausgesehen. Zwar war der Kriminalkommissar immer noch rundlich, aber das ausgewaschene »The Jackson 5«-T-Shirt füllte er nicht mehr aus. In der Taille warf es Falten. Der Bauch und die Speckröllchen waren geschrumpft.

Toni stellte verwundert fest, wie sehr er sich über das Wiedersehen freute. »Was ist denn mit dir los?«, fragte er. »Hast du in den letzten anderthalb Jahren eine Diät gemacht?«

Phong drehte ihm den Kopf zu. Sogar das Brillengestell mit den getönten Gläsern war zu groß geworden. »Da bist du ja«, sagte der

Kriminalkommissar beinahe ungläubig, sprang auf die Füße und klopfte ihm linkisch auf den Arm. »Dein Nachfolger hat mich im Außendienst eingesetzt. Ich bin bei jedem Wetter von Tür zu Tür gerannt, ich bin überhaupt nicht mehr zur Ruhe gekommen.«

»Das nenne ich Verschwendung wertvoller Ressourcen«, sagte Toni. Bei ihm hatte Phong die Recherchearbeit erledigt. Außerdem hatte er als Mittelsmann zur Gerichtsmedizin und Kriminaltechnik wertvolle Dienste geleistet und sich ein breites Fachwissen angeeignet.

»Und alles nur«, sagte Phong, »weil er aus Düsseldorf stammt und mit der Brandenburger Mentalität nicht klargekommen ist. Da hat er sich einfach meinen Job gekrallt und von hier aus alles gemanagt.«

»Der hiesige Charme wirkt eben nicht bei jedermann«, sagte Toni schmunzelnd. »Wo ist er jetzt?«

»Offiziell im Urlaub, aber inoffiziell heißt es, dass er einen Burn-out hat und diesen so lange aussitzt, bis seinem Rückversetzungsgesuch nach Nordrhein-Westfalen stattgegeben wird. Aber jetzt bist du wieder da. Das bist du doch, oder?«

»Vorerst ja. Wo sind die anderen?«

»Ausgeflogen, es gibt viel zu tun. Jeder verfügbare Mann ist im Einsatz. Ich bin nur hiergeblieben, um dich einzuweisen.«

Toni fragte sich, ob Kriminalrat Schmitz ihn absichtlich mied. Er war noch nie sonderlich gut mit dem Leiter der Mordkommission ausgekommen, aber seit er ihm und dem Polizeipräsidenten einen Bericht zugeschickt hatte, in dem er den unwiderlegbaren Nachweis geführt hatte, dass der Mörder vom Baumblütenfest noch frei herumlief, musste seine Anwesenheit wie ein Damoklesschwert über seinen Vorgesetzten schweben. Indem sie es unterlassen hatten, ein Ermittlungsverfahren einzuleiten, waren sie nicht nur ihrer Aufklärungspflicht nicht nachgekommen, sondern hatten sich auch angreifbar gemacht.

»Zuerst reorganisiere ich mein Team«, sagte Toni. »Ich brauche einen klugen Kopf hier vor Ort, der ständig erreichbar ist und Informationen einholt.«

»Du meinst hier?«, fragte Phong. »Im Kommissariat? Am Computer?«

»Ganz genau«, erwiderte Toni. »Caren hat mir von einem Stalker erzählt, der ihr nachgestellt hat und in ihre Wohnung eingebrochen ist. Es gibt ein Annäherungsverbot. Finde alles über ihn heraus. Und sei bitte vorsichtig. Du weißt selbst, dass diese Kerle tickende Zeitbomben sind. Da fällt mir ein – woher wusste sie eigentlich so schnell, dass ihr Sohn involviert ist?«

»Als zuständige Staatsanwältin wurde sie heute Morgen über den Tod von Hendrik Spohr informiert. Sie ist zum Tatort gefahren und brauchte nur noch eins und eins zusammenzählen. Mittlerweile hat sie den Fall an Pascal Legrand abgegeben. Er ist ein Schönling, aber meistens auf unserer Seite. Hast du einen Namen von dem Stalker? Ach, ist auch egal. Das ist ein Klacks.«

So viel Eifer war Toni von Phong gar nicht gewohnt. Früher hatte er ihn oft motivieren müssen. »Sicherheitshalber solltest du auch Carens alte Fälle durchgehen.«

»Guter Ansatz. Welchen Zeitraum?«

»Die letzten zwei Jahre würde ich sagen.«

»Das schaffe ich unmöglich an einem Tag.«

»Na, dann wirst du wohl etwas länger am Computer arbeiten müssen.«

Feierlich schob Phong seine Brille den Nasenrücken hoch und sah ihn mit großen Augen an. »Du glaubst gar nicht, wie froh ich bin, dass du wieder da bist.«

»Dann enttäusch mich nicht. Was habt ihr bis jetzt?«

»Hier ist die Akte. Sie ist nicht so ausführlich, wie du sie von früher her kennst, aber für einen ersten Überblick sollte es reichen. Und wenn du möchtest, vervollständige ich sie heute noch.«

»Unbedingt«, sagte Toni und nahm die Waffe und einen vorläufigen Dienstausweis entgegen, die Phong aus einer Schublade gezogen hatte und ihm aushändigte.

»Du musst den Empfang quittieren«, sagte der Kriminalkommissar. »Außerdem sollst du noch ein paar Formulare unterschreiben.«

»Na klar.«

Phong fächerte die Papiere auf, zeigte auf einige Unterschriftenfelder und sagte: »Hier ... hier ... hier ... hier ... und hier. Bis heute Abend ist dein alter Arbeitsplatz hergerichtet und mit einem

Rechner bestückt. Für neunzehn Uhr ist eine Dienstbesprechung angesetzt.«

»Das passt. In der Zwischenzeit werde ich mich in die Unterlagen einarbeiten und den Tatort inspizieren«, sagte Toni. Er merkte, dass sein Kollege zögerte. »Also los, an die Arbeit.«

Das war der Anstoß, den Phong noch gebraucht hatte. Andächtig setzte er sich an den Schreibtisch. Aus einer Schublade nahm er einen Rückenkratzer mit asiatischen Schriftzeichen und positionierte ihn griffbereit neben seinem Tacker. Er drückte die On-Taste des Computers und nahm die Maus in die Hand. Als sich der blau aufleuchtende Bildschirm in seinem Brillenglas spiegelte, war er schon in eine andere Welt abgetaucht.

Toni verließ das Büro und marschierte über den Flur. Natürlich war der Anlass für seine Rückkehr bitter, aber das Wiedersehen mit dem Kollegen, die Delegation der Aufgaben und sein eigenes Vorhaben beflügelten ihn. Es fühlte sich überraschenderweise an, als wäre er am richtigen Platz.

3

Der Schein trog. Niemand ahnte, was er durchmachte.

Ständig hatte sie etwas auszusetzen, ständig mäkelte sie an ihm herum und vergiftete die Atmosphäre. Sie gönnte ihm keine Ruhe. Immerzu rannte sie hinter ihm her, um ihm eine neue Gehässigkeit an den Kopf zu werfen und genussvoll seine Reaktion zu beobachten.

»Ich kann dich nicht mehr ertragen«, schrie er und lief die Treppe hinunter.

Er hasste sie von ganzem Herzen. Er hasste es, jeden Morgen neben ihr zu erwachen und genau zu wissen, was ihn am Tag erwarten würde. Er hasste es, Aufträge von ihr zu bekommen und sie nie zu ihrer Zufriedenheit erledigen zu können. Und er hasste es, dass er noch keinen Schlussstrich gezogen hatte. Er war zu schwach gewesen, und das hatte sie ausgenutzt.

Er schlug die Tür hinter sich zu und zog im Gehen seine Jacke an. Tief atmete er die kühle Luft ein, die seine Lungen füllte und seinen Zorn linderte. Links und rechts standen Einfamilienhäuser. Einige waren neu und wiesen die Eigentümer als Besserverdiener aus. Männer harkten Laub, kleine Kinder hopsten auf einem Trampolin herum, und Hunde jagten Eichhörnchen hinterher.

Er musste sich zusammenreißen. Er durfte sich nicht auf ihren Kleinkrieg einlassen. Ihre Giftpfeile durften ihn nicht treffen. Er musste zusehen, wie er aus diesem Schlamassel herauskam.

Ja, er hatte Fehler begangen. Es fing damit an, dass er ihre Nörgeleien ernst nahm und sich selbst für einen Versager hielt. Er ließ sich zu etwas hinreißen, das nicht korrekt war. Er wollte beweisen, wie bedeutend er war. Und als er begriff, wie närrisch er sich verhielt, konnte er es nicht mehr rückgängig machen. Es war nur eine Kleinigkeit, aber für jeden noch so geringen Fehler musste man zahlen. Das hatte er längst gelernt.

Und in der letzten Nacht hatte es damit geendet, dass er einem jungen Mann in den Kopf schoss.

Bereute er seine Tat?

Nein!

Quälte ihn sein Gewissen?

Bestimmt nicht!

Dieser kleine Mistkerl wollte ihn an einem Nasenring durch die Manege zerren. Er hielt ihn für schwach, wie seine Frau, aber da täuschte er sich. Irgendwann hatte sogar er die Schnauze voll.

Es war ein Befreiungsschlag gewesen.

Radikal und total!

Er hatte sich absichtlich in diese schlimme Situation manövriert, damit es kein Zurück mehr gab. Jetzt ging es um alles oder nichts. In Zukunft würde er niemandem mehr gestatten, so mit ihm umzuspringen.

Auch seiner Frau nicht!

Er neigte nicht dazu, sich Illusionen zu machen. Er hatte jene unsichtbare Linie überschritten und würde auf die eine oder andere Weise für seine Taten bezahlen müssen. Aber wenn er sich der Polizei stellte, wenn er kampflos aufgab und kapitulierte, dann hatte seine Frau mit ihrem Urteil über ihn richtiggelegen, und diesen Triumph gönnte er ihr nicht. Er würde alles versuchen, um den Hals aus der Schlinge zu ziehen. Und wenn er nur bewies, dass er nicht länger vor ihr kuschte, wäre es schon gut.

Eines wusste er jedoch genau: Falls er untergehen sollte, würde er sie mitnehmen. Sie sollte sich nicht einen einzigen verdammten Moment über sein Unglück freuen.

In der vergangenen Nacht hatte er eine kühne Idee gehabt, die seine ganze Misere mit einem Schlag heilen könnte. Es war nur ein Gedankenblitz gewesen, ein Wetterleuchten, das er jedoch von Anfang an ernst genommen hatte. Wenn er aus diesem Einfall einen konkreten Plan konstruierte, könnte er den Untergang abwenden und aus der Asche auferstehen. Er musste nur alle Eventualitäten bedenken. Wenn ihm das gelänge, würde er von vorne anfangen – ohne sie.

4

Während Toni zu den Bahnhofspassagen strampelte, fragte er sich, was die beiden Jungs zu nächtlicher Stunde an der Sacrower Heilandskirche gewollt hatten. Abgesehen von der Stalker-Hypothese gab es zahlreiche andere Möglichkeiten. Hatten sie an dem entlegenen Gotteshaus etwas versteckt? Wussten sie von einer Zusammenkunft anderer Personen und wollten sie abziehen?

Toni rief sich zur Ordnung. Wenn er nicht aufpasste, ging seine Phantasie mit ihm durch. In einem zu frühen Stadium führten Spekulationen zu Voreingenommenheit. Und eine tendenziöse Betrachtung des Sachverhalts lenkte Ermittlungen in die falsche Richtung. Der Anfängerfehler zeigte ihm, dass er aus der Übung war, aber die kriminalistische Arbeit war wie Fahrradfahren. Wenn man einmal den Bogen raushatte, verlernte man es nicht mehr.

Bei »Nordsee« kaufte sich Toni einen Thunfischwrap und eine Cola und begab sich zur Haltestation unterhalb der Langen Brücke. Er musste nicht lange warten, bis das leuchtend gelbe Wassertaxi anlegte, das zwischen März und Oktober einem festen Fahrplan folgte und bei zahlreichen Sehenswürdigkeiten stoppte. Inmitten einiger Touristen schob er das Fahrrad an Bord, bugsierte es in den Ständer und setzte sich so, dass er den Drahtesel bei Wellengang auffangen konnte. Das Panoramadach gewährte phantastische Ausblicke auf die glitzernde Havel, auf vorbeischwimmende Wasservögel und Angelkähne. Es flutete so viel Sonnenschein in den Fahrgastraum, dass es angenehm warm war.

Toni öffnete seine Outdoorjacke, schlug die Akte auf und begann mit der Lektüre. Das Opfer, Hendrik Spohr, war am 18.5.1995 als Sohn des prominenten Bauunternehmers Harald Spohr, der nach der Wende die Potsdamer Innenstadt mitgestaltet hatte, und seiner Ehefrau Meike, geborene Ippen, zur Welt gekommen. Seine schulische Ausbildung erhielt er im Internat-Schloss Torgelow, das in der Nähe von Waren/Müritz lag und eine jährliche Schulgebühr von über dreißigtausend Euro aufrief, was einen Hinweis auf den finanziellen Hintergrund der Klientel gab. Nach Erreichen der Hochschulreife und einem freiwilligen sozialen Jahr in einer Behindertenwerkstatt studierte er seit dem Wintersemester 2014/15 an der Potsdamer Universität Philosophie und Soziologie.

Wegen Brandstiftung in den Beelitzer Heilstätten wurde er im Juni zu einer Haftstrafe von zwei Jahren verurteilt, die zur Bewährung ausgesetzt wurde. In einem anschließenden Zivilprozess wurde er zur Zahlung einer hohen Schadensersatzsumme verpflichtet, die vermutlich von seinem wohlhabenden Vater beglichen worden war. Als Wohnsitz war die Adresse seines Elternhauses in Babelsberg angegeben.

Während Toni seinen Thunfischwrap mit wenigen Bissen verschlang und mit reichlich Cola nachspülte, fragte er sich, wie das soziale Engagement und die Brandstiftung zusammenpassten. War das ein erster Hinweis auf Hendriks Charakter? Hilfsbereitschaft und gezielte Zerstörung fremden Eigentums bildeten Extreme, die bei politisch motivierten Straftätern häufiger vereint auftraten, als man gemeinhin annehmen würde. Hatte der Brandanschlag einen terroristischen Hintergrund?

Außerdem interessierte Toni, wie Spohr senior, der als Pragmatiker bekannt war, zu dem Lebenswandel seines Sohnes gestanden hatte. Waren ein Jahr Behindertenwerkstatt, die geisteswissenschaftliche Studienfachwahl und die Vorstrafe auf Nachsicht bei dem erfolgsorientierten Macher gestoßen? Oder hatte die Vater-Sohn-Beziehung gelitten? Hatte Hendrik die Welt seiner Eltern abgelehnt und sie bewusst provoziert, was für einen jungen Mann seines Alters nichts Ungewöhnliches war? Das familiäre Umfeld musste eingehender betrachtet werden.

Während Toni sich den Mund abwischte, erinnerte er sich vage an die Berichterstattung über die Beelitzer Heilstätten. Er holte sein Smartphone heraus und stellte fest, dass er Empfang hatte. Im Internet rief er das Archiv der PNN auf, benutzte die Suchfunktion und stieß auf zahlreiche Artikel, die er in wenigen Minuten überflog.

Das Sanatorium war zwischen 1898 und 1930 für Lungenkranke in einer waldreichen Gegend erbaut worden. Auf dem zweihundert Hektar großen Gelände standen etwa sechzig Gebäude, die sich problemlos in jede gehobene Villenkolonie einfügen würden. Mit Erkern, Fachwerk, rotem Klinkerstein und den weißen Fensterhölzern waren die Häuser in einem sehr dekorativen Stil errichtet worden. In den beiden Weltkriegen diente die Anlage als Lazarett. Nach 1945 richteten die russischen Streitkräfte ein Militärhospital ein, das bis 1994 in Betrieb war. Seitdem wurden die meisten Gebäude nicht mehr genutzt und verfielen.

Anfang des Jahres hatte ein Investor Maßnahmen zur Errichtung eines Baumwipfelpfades ergriffen, der über den Ruinen verlaufen und zu einem touristischen Anziehungspunkt werden sollte. Vermummte Täter hatten randaliert und Sachbeschädigungen begangen, um die kommerzielle Nutzung zu verhindern und sich ihren »Abenteuerspielplatz« zu erhalten. Ob sie einem radikalen politischen Lager zuzuordnen waren, konnte er so schnell nicht herauslesen.

Hing Hendriks Brandanschlag mit diesen Aktionen zusammen? Waren die anderen Täter ebenfalls geschnappt und verurteilt worden? Auch hier gab es einen Ansatzpunkt, dem sie nachgehen mussten. Toni schrieb Phong eine Kurznachricht mit einem Rechercheauftrag. Dann steckte er das Smartphone wieder ein und beobachtete nachdenklich, wie das Wassertaxi an einer Haltestation anlegte. Die zweiköpfige Crew wartete vergeblich auf Passagiere und setzte die Fahrt schließlich fort.

Obwohl nur wenige Stühle im Fahrgastraum besetzt waren, ging es recht laut an Bord zu. Verantwortlich dafür war eine etwa dreißigjährige, korpulente Frau, die stark geschminkt war und spitze Schuhe trug. Mit selbstbewusster Stimme erläuterte sie ihrer kleinen grauen Mutter die Sehenswürdigkeiten am Ufer: »Das moderne Gebäude mit den breiten Glasfronten, das du da drüben siehst, ist das Hans-Otto-Theater«, sagte sie. »Die Produktionen brauchen sich nicht hinter den Inszenierungen der Berliner Häuser zu verstecken, und ...«

Toni fühlte sich durch das aufdringliche Organ gestört und blickte sich zu der Frau um, die auf der anderen Seite des Ganges, ungefähr drei Reihen hinter ihm saß. Sie begegnete seinem Blick so einladend, dass ihm klar wurde, dass der Vortrag auch ihm galt.

Die Frau wollte auf sich aufmerksam machen, indem sie zeigte, dass sie redegewandt und kulturinteressiert war.

Toni hatte in den vergangenen Monaten häufiger weibliche Aufmerksamkeit erregt, was vielleicht an seinen markanten Gesichtszügen und seiner sehnigen, hohen Statur lag. Er hielt es jedoch für wahrscheinlicher, dass seine Attraktivität mit seinem Gemütszustand zusammenhing. Seitdem Sofie wieder bei ihm war, fühlte er sich komplett. Wahrscheinlich strahlte er eine Ruhe aus, die auf andere Menschen anziehend wirkte.

Er griff sich die Akte, um die Lektüre fortzusetzen, aber es gelang ihm nicht mehr, seine Konzentration auf das Papier zu bündeln. Auch würde es nicht mehr lange dauern, bis sie die Haltestelle erreichten. So verstaute er die Mappe in der Tasche und trat neben sein Fahrrad.

Während er die Hände auf dem Rücken verschränkte, schaute er über das graue Wasser. Die Sacrower Heilandskirche ragte hinter einem Schilfgürtel auf. Sie war von einem romantischen Arkadengang umgeben, und die Backsteine schimmerten gelblichrosa. Der Glockenturm stach wie ein erhobener Zeigefinger in den blauen Himmel. Vereinzelte Wolkenschleier zogen träge ostwärts. Die Szenerie war so schön, dass sie kaum real wirkte, sondern an die Kulisse eines Märchenfilmes erinnerte. Trotzdem war hier ein Mord geschehen, und Toni war entschlossen, das Schicksal von Carens Sohn aufzuklären. Was hatte sich an diesem weltentrückten, zauberhaften Ort abgespielt?

5

Nachdem Toni das Wassertaxi verlassen hatte, begab er sich zum östlichen Eingang des Schlossparks. An der Pforte zeigte er seinen Dienstausweis vor und legte die restliche Strecke strampelnd zurück, bis ihn ein weiterer Polizist durch ein Handzeichen stoppte. Toni legitimierte sich erneut und wurde zu einem Pfad gebracht, der durch den Schilfgürtel zum Tatort führte. Während er über den stoppeligen und löchrigen Grund schritt, strichen die langen Halme über seine Hosenbeine. Endlich erreichte er einen kleinen Strand, der unterhalb des Kirchvorplatzes lag. Ortskundige Kanufahrer landeten hier an, um eine Paddelpause in idyllischer Umgebung einzulegen. Kleine Wellen plätscherten auf den hellen Flusssand.

»Da bist du ja«, rief eine weibliche Stimme. Sie klang betont munter. »Ich habe gerade erfahren, dass du hier bist.«

Toni drehte sich um und erblickte eine Frau mit einer dunklen Kurzhaarfrisur. Sie trug einen schwarzen Anorak, eine militärische Cargohose und praktische Schnürschuhe, mit denen sie sich schnell näherte. Kriminaloberkommissarin Gesa Müsebeck war eine gebürtige Brandenburgerin, die durch ihre sechs Brüder und deren Familien in beinahe jedes Dorf des Havellandes verwandtschaftlich vernetzt war. Ihre Nervenstärke hatte sie bei einem Auslandseinsatz bewiesen, bei dem sie afghanische Frauen zu Polizistinnen ausgebildet und einen Angriff der Mudschaheddin überlebt hatte.

»Hallo, Gesa«, erwiderte Toni ruhig.

»Ich hab dir damals unrecht getan«, platzte die Kriminaloberkommissarin heraus und wusste nicht, wo sie hinschauen sollte. »Ich dachte, dass du dir den Verstand weggesoffen hättest. Dabei warst du der Einzige, der den Durchblick hatte.«

»Das ist Schnee von gestern«, erwiderte Toni. Er fühlte sich stets unangenehm berührt, wenn ihn jemand an seine Sauferei erinnerte. Für Sofie wollte er ein starker Mann sein und nicht die kaputte, zerrüttete Existenz, die er noch vor siebzehn Monaten gewesen war. »Du hast nur deinen Kopf gebraucht. Das nehme ich dir nicht übel. Lass uns lieber schauen, was wir hier haben.«

Gesa trat neben ihn. Gemeinsam wendeten sie sich den kleinen, nummerierten Schildern zu, die im Flusssand steckten und Fußabdrücke und Blutlachen markierten.

»Okay«, sagte die Kriminaloberkommissarin. Mit kurzen Seitenblicken vergewisserte sie sich, ob wirklich alles in Ordnung war. »Glücklicherweise hat es nicht geregnet, sodass die Spurensicherung perfekte Bedingungen vorgefunden hat. Bislang wissen wir, dass sich neben dem Opfer noch zwei weitere Personen hier aufgehalten haben. Die Abdrücke der Adidas-Sneakers konnten wir mit Hilfe von Staatsanwältin Winter ihrem Sohn Alexander zuordnen. Die anderen Abdrücke stammen von einem mittelgewichtigen Mann, der Schuhgröße vierundvierzig hat. Fabrikat und Profilanalyse dürften heute Abend vorliegen.«

»Habt ihr schon eine Vermutung, was passiert ist?«

»Schwer zu sagen. Die Personen sind sich nahe gekommen, aber es hat kein Kampf stattgefunden. Das Opfer ist dort an der Mauer, wo du die erste Blutlache siehst, zusammengesackt und dann zur Seite gekippt. Sein Gesicht lag im Sand, wo du die zweite, kleinere Blutlache siehst.«

»In Phongs Bericht steht, dass das Opfer zwei Schussverletzungen hatte.«

»Richtig, der erste Schuss ging aus nächster Nähe in den Bauch. Deshalb vermuten wir —«

»Warte! Warum ist der Täter ein solches Risiko eingegangen?«

»Ich weiß es nicht. Das Opfer war auch bewaffnet. In seinem Gürtel steckte ein Dolch. Und an seiner rechten Hand trug er einen Schlagring.«

»Dem Jungen war also klar, dass es zu einer Auseinandersetzung kommen könnte!«

»Sieht so aus. Der zweite Schuss wurde aus größerer Entfernung in den Kopf abgegeben und führte zum sofortigen Tod.«

Bestürzt sah Toni auf. »Das kann nur ein Fangschuss gewesen sein. Und Alexander ist vermutlich Zeuge der Hinrichtung geworden. Das sieht nicht gut aus. Das sieht gar nicht gut aus.«

»Vielleicht wollte der Täter auch ein Exempel statuieren«, wandte Gesa ein. »Oder es ging um etwas völlig anderes.«

»Ja, es gibt zahlreiche mögliche Motive, aber das ändert nichts an dem Umstand, dass Alexander alles mit angesehen hat.« Die dunkle Vorahnung, die Toni heute Mittag beschlichen hatte, verstärkte sich noch. Er dachte an Caren, an diese kluge und gefasste Frau, und fragte sich, wie er sich fühlen würde, wenn sein Sohn in eine vergleichbare Geschichte verwickelt wäre. Es war ein Gedankengang, den er nur schwer ertragen konnte und nicht weiterverfolgen wollte. »Welche Annäherungswege haben wir?«

»Es gibt Anhaltspunkte dafür, dass die beiden Jungs aus westlicher Richtung gekommen sind. Hendrik war in der Tatnacht mit dem BMW X5 seines Vaters unterwegs. Von dem Wagen fehlt jede Spur, aber auf dem Waldparkplatz, den man über die Krampnitzer Straße erreicht, haben wir passende Reifenabdrücke sichergestellt.«

»Wenn man voraussetzt, dass ein Sechzehnjähriger einen solchen Geländewagen bedienen kann, könnte er von Alexander weggefahren worden sein. Oder natürlich vom Täter.«

Gesa nickte.

»Ein BMW X5 hat einen beträchtlichen Wert. War vielleicht das Fahrzeug das eigentliche Ziel?«

»Möglich. Bei der Dienstbesprechung heute Abend wird ein Kollege von der Organisierten Kriminalität dabei sein, der uns über die aktuelle Gefahrenlage informiert. Eine Sachfahndung ist raus.«

»Gut. Wie sieht es mit der Tatortumgebung aus?«

»An die Heilandskirche verirrt sich nachts so gut wie niemand. Das nächste bewohnte Haus ist ein ganzes Stück entfernt. Ein aufmerksamer Anwohner hätte die beiden Schüsse hören können, aber ob er die Richtung korrekt bestimmt hätte und dann auch noch durch den düsteren Schlosspark gestiefelt wäre, um nach dem Rechten zu schauen, das halte ich für ausgeschlossen.«

»Wissen wir schon, ob die dritte Person ein Fortbewegungsmittel für die Anreise nutzte?«

»Nein, bei der dritten Person tappen wir noch im Dunkeln. Die anderen Reifenabdrücke könnten älter sein. Der Täter hätte sich genauso gut vom Wasser, vom Schloss oder von Schwemmhorn nähern und dementsprechend mit einem Boot, mit einem Fahrrad oder zu Fuß herkommen können.«

Toni nickte konzentriert. »Wir finden hier also ideale Bedingungen vor, um bei Nacht ungesehen zu erscheinen und wieder zu verschwinden. Wenn wir davon ausgehen, dass das Zusammentreffen nicht zufällig erfolgt ist, sondern verabredet war, müssen wir uns fragen, wer den Treffpunkt vorgeschlagen hat.«

»Die Pause ist dir anscheinend gut bekommen«, erwiderte Gesa grinsend. »Ich verstehe, worauf du hinauswillst. Falls es der Täter war, hat er eine ausgezeichnete Wahl getroffen. Vermutlich verfügt er über Ortskenntnis. Möglicherweise lebt er sogar in der Nähe.«

Toni nickte nur, denn ihm war gerade eingefallen, dass der Ex-Mann von Caren Winter in Groß Glienicke wohnte, das nur ein paar Kilometer entfernt lag. Auf den ersten Blick mochte es unwahrscheinlich erscheinen, dass ein Mann in das Verschwinden seines sechzehnjährigen Sohnes und in die Tötung von dessen Freund verwickelt war, aber die Kriminalstatistiken legten ein gegenteiliges Zeugnis ab. Bei Gewaltdelikten gegen Kinder und Jugendliche war häufig ein Elternteil beteiligt. Zwar waren die vorliegenden Tatumstände atypisch, weitaus häufiger kam es in der Wohnsphäre zu Auseinandersetzungen, doch wäre es fahrlässig, diesen Ermittlungsansatz außer Acht zu lassen. Er würde dem Mann einen Überraschungsbesuch abstatten.

6

Auf dem Weg nach Groß Glienicke hielt Toni an einer rot-weißen Schranke, die die Durchfahrt vom Parkplatz in einen Waldweg absperrte. Aufmerksam beobachtete er die Spurensicherer, die Fotografien anfertigten und Fundsachen eintüteten.

Toni wusste, dass der Waldparkplatz ein beliebter Ausgangspunkt für Wanderungen um den Sacrower See, für Spaziergänge im Schlosspark und für Besuche auf dem nahe gelegenen Friedhof war. Von alten Bäumen umgeben, war er kaum einsehbar und für Einbruchsdiebstähle bekannt. In jeder Parkbucht standen Schilder, welche die Fahrzeughalter davor warnten, Wertgegenstände im Wagen liegen zu lassen. An einem Ort, wo so viele Portemonnaies, Hand- und Aktentaschen verschwanden, wurden möglicherweise auch Pkws geklaut, was eine wichtige Schlussfolgerung erlaubte: Das Tötungsdelikt und das Verschwinden des Autos mussten nicht zwingend zusammenhängen. Vielleicht hatte ein Unbeteiligter das Auto gestohlen.

Mit dem Smartphone suchte Toni die genaue Adresse von Fritjof Winter heraus, setzte sich in den Sattel und trat in die Pedale. Er wählte den Wanderweg, der auf der Westseite des Sacrower Sees verlief. Ein Schild warnte vor Eichenprozessionsspinnern. Unterwegs musste er mehrmals den Lenker scharf einschlagen, um nicht mit dem Vorderrad gegen eine Wurzel zu prallen. Immer wieder verfingen sich gelbe Blätter unter dem Schutzblech, die ein schleifendes Geräusch erzeugten.

Toni war so sehr mit dieser »Rallyestrecke« beschäftigt, dass er einen der schönsten Seen Brandenburgs kaum beachtete. Still und funkelnd lag er da, umgeben von sandigen, bewaldeten Ufern. Durch das ausgedünnte Blätterdach fiel vereinzelt Sonnenlicht, das sich wie Silberfäden spannte. Ganz in der Nähe erklang das unermüdliche Klopfen eines Spechts.

Toni dachte an einen heißen Tag im August zurück. Mit Sofie und Aroon war er zur Badestelle beim Restaurant »Landleben« gefahren, das sich ganz in der Nähe befand. Er trug seine Frau auf den Armen ins Wasser, während ihr Sohn um sie herumschwamm und eine Melodie blubberte. Sie hatten viel gelacht. Für ihn hatte es sich wie Glück angefühlt.

Toni blickte auf seine Armbanduhr und stellte fest, dass Sofies Psychiatertermin vorüber war. Der Arzt war auf Hypnosetherapie spezialisiert und sollte ihr helfen, Erinnerungslücken zu füllen. Noch immer gab es Fragen rund um ihr Verschwinden, die unbeantwortet geblieben waren. Obwohl Toni neugierig war, wie die Sitzung gelaufen war, widerstand er dem Impuls, nach dem Handy zu greifen. Letzte Woche hatte Sofie ihm erklärt, dass seine Erwartungshaltung sie unter Druck setze und sich kontraproduktiv auf den Aufarbeitungsprozess auswirke. Jetzt wollte er ihr zeigen, dass er sich zurückhalten konnte.

Toni erreichte einen zweispurigen Forstweg, auf dem er in nordöstliche Richtung weiterfuhr, bis er Groß Glienicke auf der Sacrower Allee erreichte. Die Ortschaft lag umgeben von zwei Seen und viel Wald sehr idyllisch. Nach der Wende war sie durch die verkehrsgünstige Anbindung an Potsdam und Berlin-Spandau zu einem beliebten Wohnort geworden. Toni radelte an vielen neuen Einfamilienhäusern vorbei. An den Zäunen hingen Schilder, die einen freien Uferweg am Groß-Glienicker See forderten. An den Garagen war frisch geschlagenes Kaminholz gestapelt. In den Gärten hopsten Kinder auf Trampolinen herum, und Hunde wälzten sich in Blätterhaufen.

Toni bog in eine Seitenstraße ab, ließ das Rad ausrollen und erkannte an der Hausnummer, dass er sein Ziel erreicht hatte. Das zweistöckige Architektenhaus war in einem modernen Stil errichtet worden. Zweifellos zeugte es von einem gehobenen Geschmack, aber die eckigen Formen, die Stahlelemente und der penibel gepflegte Vorgarten wirkten kühl, wenn nicht gar abweisend auf ihn.

Ein Mann mit längeren braunen Haaren kam auf der Straße näher, trat an die Fußgängerpforte und musterte ihn misstrauisch. Offenbar kehrte er gerade von einem Spaziergang zurück. In modischer Kleidung, sonnengebräunt und durchtrainiert, wirkte er auf den ersten Blick jung. Sah man genauer hin, verrieten das feine Geäst aus Fältchen und die tiefe Müdigkeit in seinen Augen, dass er um die sechzig Jahre alt sein musste.

»Herr Fritjof Winter?«, fragte Toni und wies sich aus. Er war dem Ex-Mann von Caren noch nie begegnet und wusste nur, dass er Juraprofessor an der Potsdamer Universität war.

»Ja?«, erwiderte Winter.

»Ich komme wegen Ihres Sohnes Alexander. Sind Sie über die Vorfälle der vergangenen Nacht informiert?«

»Meine Ex-Frau hat mich angerufen. Falls es sich um eine Entführung handeln sollte, sind Sie bei mir an der falschen Adresse. Da müssen Sie sich an Caren wenden. Sie hat das Haus ihrer Eltern geerbt und kann Lösegeld zahlen.«

Eine honigblonde Frau, die vermutlich Mitte zwanzig war, öffnete die graue Eingangstür. Stilvoll gekleidet und schlank, sah sie wie eine jüngere Kopie von Caren Winter aus, mit dem Unterschied, dass die schmalen, kaum sichtbaren Lippen ihr etwas Berechnendes gaben.

»Schatz?«, fragte sie.

»Das ist Hauptkommissar Sanftleben von der Potsdamer Kripo. Er hat einige Fragen zum Verschwinden von Alexander«, sagte Winter und wandte sich an Toni. »Am besten unterhalten wir uns drinnen weiter. Die Nachbarn müssen ja nicht mitbekommen, was passiert ist.«

»Warum gehen Sie eigentlich von einer Entführung aus?«, fragte Toni und folgte dem älteren Mann über einen Granitweg.

»Tu ich das? Ich hab nur gesagt, dass ich kein Lösegeld zahlen kann. Schuhe bitte ausziehen«, sagte Winter und schloss die Eingangstür.

Im Haus sah es genauso perfekt aus wie draußen. Jeder Einrichtungsgegenstand war wie ein Ausstellungsstück arrangiert. Nur ein Korb mit dreckiger Babywäsche wirkte deplatziert.

Toni streifte seine schweren Lederstiefel von den Füßen und stellte sie nebeneinander an die Wand. Auf dem feinen elfenbeinweißen Marmorboden wirkten sie wie Fremdkörper. So schnell kommen Risse in die Fassade, dachte er und fragte: »Hatte Alexander ein Zimmer? Wenn ja, würde ich es gerne sehen.«

»Da gibt es nicht viel zu sehen«, erwiderte Winter. »Aber folgen Sie mir nur.«

Auf Socken stiegen sie die Treppe hoch und erreichten eine

lichtdurchflutete Galerie. Der Juraprofessor hielt eine weiße Tür auf, und Toni trat an ihm vorbei in einen länglichen Raum, der ungefähr zehn Quadratmeter groß war. Ein schmales Bett, das mit einer hellen Tagesdecke bezogen war, stand unter dem Fenster. Weder auf dem Nachttischchen noch auf dem Schreibtisch gab es persönliche Gegenstände. Auf einem Bücherbord reihten sich Klassiker von Goethe und Schiller aneinander, die garantiert nicht von dem Jungen stammten. Ansonsten waren die Wände nackt.

»Ich hab ihn ermuntert«, sagte der Strafrechtsprofessor, »einen Kunstdruck von Spitzweg oder meinetwegen auch von einem dieser Impressionisten aufzuhängen, aber er hat sich geweigert.«

»Mit sechzehn bevorzugen die meisten Jungs Poster von Kollegah, Hertha BSC oder Che Guevara«, erwiderte Toni.

»Was haben Sie gesagt?«, fragte Winter genervt. Im Erdgeschoss erklang Kindergebrüll und steigerte sich zu einem schrillen Crescendo. Der Professor marschierte zum Treppengeländer und schrie nach unten: »Scha-ha-hatz. Unser Sohn hat Hunger. Würdest du ihm bitte etwas zu essen geben?«

Von unten kam prompt die Antwort: »Natürlich, Scha-ha-hatz. Auf die Idee bin ich auch schon gekommen!«

Der Professor kehrte zurück und sagte gereizt: »Ich habe wirklich keine Ahnung, warum Alexander in einer solchen Mönchszelle lebte.«

Toni ahnte es. Wahrscheinlich hatte er seinen Vater und seine Stiefmutter bestrafen wollen. Er hatte ihnen zeigen wollen, dass dies kein Ort für ihn war, um Wurzeln zu schlagen. Traurig war nur, dass der Professor nicht verstand, um was es dem Jungen gegangen war. »Wann war er zuletzt hier?«

»Das muss im Januar gewesen sein.«

»Und seitdem nicht mehr? Ist irgendetwas passiert?«

»Ich weiß wirklich nicht, ob ich Ihnen die Geschichte erzählen will.«

»Ich muss mir von seinem privaten Umfeld ein Bild machen. Wollen Sie denn gar nicht wissen, was mit Ihrem Sohn passiert ist?«

Der Professor atmete geräuschvoll aus. »Also gut. Meine Frau und ich waren zu einem Wochenendtrip an die Ostsee gefahren.

Ich habe Alexander vorher gesagt, dass ich ihm vertraue und dass er sich ein paar schöne Tage machen soll. Meine Frau hat beim Feinkostladen für zweihundert Euro eingekauft und ihm den Kühlschrank mit Balsamico-Zwiebeln, Kressecreme, Sanddornsaft und Hagebuttengelee gefüllt. Ich hab ihm erklärt, wie man die Sauna bedient. Er hätte im Wald spazieren gehen können. Oder den Kamin anfeuern und ein gutes Buch lesen. Ich habe eine große historische und juristische Bibliothek.«

»Hat er aber nicht?«

»Wir mussten unseren Wochenendaufenthalt vorzeitig abbrechen, weil meine Frau eine Allergie hat und das Hotelzimmer nicht milbenfrei war. Als wir zu Hause ankamen, hatte mein Sohn seine Freunde eingeladen. Oder was man eben so nennt. Pubertierende Möchtegernautonome, notorische Weltverbesserer und pickelige Anarchoschwätzer. Ich kann mir genau vorstellen, wie sie auf dem Boden gehockt, von der Revolution gefaselt und radikale Pläne geschmiedet haben, die sie nie in die Tat umsetzen werden. Ich meine, viele von denen waren nicht mal volljährig. Wo haben sie nur diese Ideen her?«

»Tja.«

»Jedenfalls waren sie alt genug, um meinen Bordeaux zu saufen. Siebzig Euro kostet die Flasche, und die trinken ihn wie Cola. Außerdem haben sie Joints geraucht und die Asche auf den Boden geschnipst.«

Von unten rief seine Frau: »Scha-ha-hatz. Ich fahr jetzt zu meiner Mutter.«

»Was ist denn nun schon wieder?«, sagte Winter aufbrausend und eilte mit schnellen, kurzen Schritten ins Treppenhaus. »Scha-ha-hatz. Du hast doch bestimmt mitbekommen, dass der Hauptkommissar hier ist und dass er mir —«

Als Antwort knallte die junge Ehefrau und Mutter die Haustür ins Schloss.

Etwas zerstreut kehrte der Professor zurück in den Raum. Sein Ärger verflog offenbar so schnell, wie er ihn übermannte.

»Bei dem Marmorboden gab es wenigstens keine Brandflecken«, sagte Toni.

»Was meinen Sie?«, fragte Winter. »Ach so. Ich verstehe, worauf

Sie hinauswollen, aber das war trotzdem nicht in Ordnung. Alexander und ich hatten eine Vereinbarung.«

»Es war wohl eher so, dass Sie die Vereinbarung getroffen hatten.«

»Wollen Sie mir jetzt vorschreiben, wie ich meinen Sohn erziehen soll?«

»Da haben Sie mich missverstanden. Das käme mir nicht in den Sinn.«

»Aha. Jedenfalls habe ich die Bande rausgeschmissen. Irgendwo muss es ja Grenzen geben.«

»Wie hat Alexander reagiert?«

»Na, wie wohl?«

»Und seit diesem Vorfall gab es keinen Kontakt mehr?«

»Einmal. Zumindest von meiner Seite. Ich hab ihn zu einer Bootsmesse eingeladen, aber er hielt es nicht für nötig, in irgendeiner Weise zu reagieren.«

»Da Sie Jurist sind, wissen Sie sicher, dass ich Ihnen eine Routinefrage stellen muss. Wo waren Sie am Freitagabend?«

»Hier«, erwiderte Winter trotzig. »Alleine. Meine Frau hat bei ihren Eltern übernachtet. Das passiert öfters, wie Sie ja eben mitbekommen haben. Und angerufen hat mich auch niemand.«

Toni betrachtete den Juraprofessor. War es wirklich möglich, dass sich ein über sechzigjähriger, intelligenter und gebildeter Mann so wenig in die Bedürfnisse eines pubertierenden Jungen hineinversetzen konnte?

7

Endlich war er wieder alleine. Jetzt konnte er prüfen, ob sein Plan der Realität standhielt. Er ging in den Keller und betrat die Abstellkammer. Überall verstaubten Gegenstände, die sie nicht mehr brauchten, die aber zu schade waren, um sie wegzuschmeißen.

Zwischen einem alten Röhrenfernseher und einer Stehlampe zwängte er sich zur Wand. Er steckte seine Hand hinter den defekten Heizkörper und tastete nach links und rechts, bis er die Klebestreifen ertastete und abriss. Ein rotes Büchlein landete auf der Sockelleiste, und er nahm es an sich.

Vor über zwei Jahren hatte er eine Aktentasche im Schlosspark Sacrow gefunden, wo er häufig Spaziergänge unternahm, um die Attacken seiner Frau zu verarbeiten. Auf dem nahe gelegenen Waldparkplatz wurde ständig in Autos eingebrochen, und die Diebe warfen alles in die Büsche, was sie nicht gebrauchen konnten.

Wahrscheinlich auch die Aktentasche.

Er hatte sie damals geöffnet, um den Namen des Eigentümers herauszufinden. Dabei stieß er auf einen Reisepass, den er auch jetzt wieder in der Hand hielt.

Warum hatte er ihn nicht zurückgegeben?

Damals war ihm bei der Betrachtung des Lichtbildes leicht ums Herz geworden. Er spielte mit dem unerhörten Gedanken, sich als jemand anderes auszugeben und zu verschwinden. Ja, wahrscheinlich erkannte er schon damals die Möglichkeiten, die ihm dieser Ausweis eröffnete.

Der Mann auf dem Passfoto war etwas älter als er. Er hatte eine Halbglatze, dunkle Augen und einen Schnurrbart. In seinem Gesicht befand sich kein einziges Merkmal, das er nicht nachbilden konnte. Außerdem war der Pass noch über zwei Jahre gültig.

Er steckte den Ausweis ein, begab sich in sein winziges Arbeitszimmer und sondierte am Computer den Bootsmarkt. Er brauchte eine hochseetaugliche Yacht, die er alleine führen konnte. Sie musste komplett ausgestattet, segelfertig und sofort verfügbar sein. Außerdem sollte sie nicht in einer Binnenmarina, sondern in einem Nordseehafen liegen, damit er das deutsche Hoheitsgebiet schnell verlassen konnte. Jetzt, am Ende der Segelsaison, wurden zahlreiche Boote zu günstigen Preisen inseriert. Wenn er nicht allzu wählerisch war, würde er rasch fündig werden.

Im Anschluss informierte er sich über die Abwicklung eines Yachtkaufes und über die Voraussetzungen für die Ausstellung eines Internationalen Bootsscheins. Ein ausgefülltes Antragsformular, eine Kopie des Kaufvertrages, eine Kopie der Konformitätserklärung und eine Kopie des Ausweises waren nötig. Wenn er einen Makler mit der Abwicklung beauftragte, würde er nirgends in Erscheinung treten müssen. Und sogar die Bootsübernahme könnte nach Vorauskasse, wenn Schlüssel und Papiere hinterlegt werden würden, völlig anonym erfolgen.

Allerdings gab es einen Haken.

Wenn der Reisepass als gestohlen oder verloren gemeldet war, konnte der Identitätsschwindel auffliegen. Niemand würde vermuten, dass ausgerechnet der Mörder von Hendrik Spohr hinter dem Betrug steckte, aber er hätte die Kaufsumme in den Sand gesetzt. Außerdem hätte er wichtige Zeit verloren, denn die Potsdamer Kripo würde nicht eher ruhen, bis sie das Verbrechen aufgeklärt hatte.

Nachdenklich stieß er sich von der Schreibtischkante ab und rollte auf dem Bürostuhl zurück. Er verschränkte die Hände am Hinterkopf und stellte sich vor, wie traumhaft es wäre, als Einhandsegler den Atlantik zu überqueren, in einer Karibikbucht zu ankern und selbst gefangenen Fisch zu braten. Das waren phantastische Aussichten, für die es sich zu kämpfen lohnte. Sein ganzes Leben lang hatte er sich den Widrigkeiten angepasst. Er war immer fleißig, strebsam und gewissenhaft gewesen, um den Erwartungen zu entsprechen. Damit war nun Schluss. Seit der vergangenen Nacht war er ein anderer. Er gab nicht mehr klein bei, sondern nahm sein Schicksal selbst in die Hand.

Entschlossen rollte er zurück an den Computer und tippte den Namen aus dem Reisepass in das Suchfeld im Online-Telefonbuch ein. Es gab eine einzige Person dieses Namens, die in Berlin lebte. Der Wohnsitz stimmte mit der ausstellenden Behörde überein. Er hatte den Mann vermutlich ausfindig gemacht und musste ihn nur noch aushorchen.

Natürlich war er sich darüber im Klaren, dass er lediglich einen Versuch hatte. Er musste sehr überzeugend klingen und durfte keinen Verdacht erregen. Aus einer Schublade holte er ein Prepaidhandy, mit dem er früher Nummern angerufen hatte, die nicht auf der Telefonrechnung erscheinen sollten. Der Akku war leer. So hängte er es an das Stromnetz, tippte die PIN-Nummer ein und wartete, bis er Empfang hatte. Das Guthaben sollte ausreichen. Er gab die Zahlenreihe für den Festnetzanschluss des Mannes ein und wartete, bis sich eine matte Stimme meldete: »Wendland?«

»Hier spricht die Kriminalpolizei Berlin«, sagte er. »Abteilung Organisierte Kriminalität. Wir ermitteln in einer Serie von Autoeinbrüchen. Sind Sie Jörg Michael Wendland, geboren in Nauen?«

»Jawohl. Geht es noch mal um die Sache am Sacrower Schlosspark vor zwei Jahren? Die Versicherung hat bezahlt, die Scheibe ist ausgetauscht, für mich ist die Angelegenheit erledigt.«

»Bei einer Wohnungsdurchsuchung in Spandau sind wir auf zahlreiche Personaldokumente gestoßen, die wahrscheinlich bei den Autoeinbrüchen entwendet wurden. Größtenteils konnten wir sie den Diebstahlopfern zuordnen, aber Ihr Reisepass ist weder als verloren noch als gestohlen gemeldet worden. Ist das richtig?«

»Ja, äh, das ist so: Ich hatte damals viel zu tun, außerdem habe ich ja noch den Personalausweis, und da habe ich es wohl vergessen.«

Er musste sich zusammenreißen, um nicht laut zu jubeln und weiterhin in einem amtlichen Ton zu sprechen. »Sie wissen, dass Sie als Inhaber eines amtlichen Ausweisdokumentes verpflichtet sind, bei der zuständigen Passbehörde eine Verlustanzeige zu erstatten?«

»Äh, ja, ich meine: nein. Das war mir so nicht bewusst. Hab ich jetzt eine Ordnungswidrigkeit begangen?«

»Haben Sie vor, in nächster Zeit einen neuen Reisepass zu beantragen?«

»Wieso?«

»Ihr noch gültiger Reisepass ist Beweisstück im Rahmen eines Strafverfahrens und kann nicht an Sie zurückgegeben werden.

Sollten Sie ein Fernziel besuchen wollen, bräuchten Sie einen anderen Reisepass. In diesem Fall müsste die ausstellende Behörde vorher über den Sachverhalt informiert werden.«

»Ach so. Nee, in Thailand war ich schon. Das reicht mir vorerst.«

»Gut, dann brauchen Sie nichts weiter zu tun. Es ist möglich, dass sich in den nächsten Monaten ein Kollege von mir meldet. Für einen späteren Prozess gegen die Autoeinbrecher könnte es notwendig werden, dass die Hintergründe des Ausweisverlustes protokolliert werden. Allerdings gibt es zahlreiche Betroffene, sodass es auf Ihre Aussage möglicherweise nicht mehr ankommt. Wenn Sie nichts mehr von uns hören, können Sie die Angelegenheit als erledigt betrachten.«

»Und die Verlustanzeige? Ich meine, ich will nicht auch noch ein Bußgeld zahlen müssen, nur weil mein Reisepass gestohlen wurde.«

»Wir arbeiten eng mit der Passbehörde zusammen und setzen sie in Kenntnis. Ein Bußgeld müssen Sie nicht bezahlen.«

»Na, dann bedanke ich mich mal ganz herzlich.«

Nachdem er sich verabschiedet hatte, unterbrach er die Verbindung und sprang von dem Bürostuhl auf. Aufgekratzt lief er in dem kleinen Raum hin und her. Das hatte besser geklappt, als er gehofft hatte. Seine Geschichte war glaubhaft gewesen; Jörg Michael Wendland war nicht misstrauisch geworden. Der Reisepass des Mannes schenkte ihm zwei Jahre. Was danach kommen würde, müsste er sehen. Irgendetwas würde sich ergeben.

Damit waren die Voraussetzungen für seine Flucht erfüllt. Jetzt brauchte er eine vernünftige Strategie. Er hielt alle Karten in der Hand. Es stellte sich nur die Frage, wie er sie ausspielte.

8

Toni fuhr auf dem asphaltierten Fahrradweg Richtung Krampnitz. Während er gegen die Steigung ankämpfte, wurde ihm klar, dass sein Drahtesel zum Brötchenholen taugte, aber nicht für längere Strecken geeignet war. Eine Gruppe von Rennradfahrern überholte ihn. Auf der B 2 rauschten Autos vorüber. Die Lkws erzeugten Druckwellen, die ihm die Haare verwirbelten.

Toni stellte sich in den Pedalen auf, um seinem Hintern eine Pause zu gönnen, und fragte sich, wie Caren es mit einem Mann wie Fritjof Winter ausgehalten hatte. Offenbar wies der Juraprofessor den Menschen bestimmte Rollen zu. Folgten sie seinen Anweisungen, gab es zur Belohnung Balsamico-Zwiebeln. Funktionierten sie nicht in seinem Sinn, warf er sie aus dem Haus. Vielleicht verhielt er sich seinen Frauen gegenüber galanter, aber für einen Sechzehnjährigen gab es nur zwei Möglichkeiten, um mit einem so dominanten Vater umzugehen: Unterwerfung oder Rebellion. Alexander hatte sich offenbar für die zweite Variante entschieden.

Es war bereits dunkel, als Toni sein Fahrrad an das Polizeigebäude lehnte. Er lief durch die Flure und erkannte, dass der Besprechungsraum schon erleuchtet war. Er wollte nur noch schnell seine Tasche abstellen, als er an seinem Arbeitsplatz eine Überraschung erlebte. Mitten auf dem Tisch stand ein Geschenkkorb, der in Klarsichtfolie eingewickelt und mit einer roten Schleife verziert war. Neben italienischen Spezialitäten wie Salami, Bruschetta und süßem Gebäck waren auch eine Flasche Barolo und ein Grappa enthalten.

Toni war jetzt seit siebzehn Monaten trocken, aber sofort stellte sich das Bedürfnis ein, die Schnapsflasche aufzuschrauben und zu leeren. Den ganzen Tag hatte er kein Verlangen gespürt, doch jetzt meldete sich der Suchtdruck so deutlich, dass er nach einem Zettel griff, den er für solche Situationen in seiner Hosentasche aufbewahrte. Er faltete das Papier auseinander und las: »Wenn ich trinke, verliere ich Sofie und Aroon.«

Es dauerte ein Dutzend Herzschläge, bis er den Sinn der Worte erfasst hatte. Dann schmiss er seine Jacke auf den Stuhl und marschierte in den Besprechungsraum.

»Wer ist auf die Idee mit dem Geschenkkorb gekommen?«, fragte er.

»Wir wollten Ihnen einfach Danke sagen, dass Sie so kurzfristig eingesprungen sind«, erwiderte Kriminalrat Schmitz. Seine modische Kurzhaarfrisur war mit blonden Strähnen durchsetzt, die sein solariumgebräuntes Gesicht in Szene setzten. Der schicke Anzug war sehr eng geschnitten, sodass man nicht übersehen konnte, wie fleißig er im Fitnessstudio trainierte.

»Also stammt der Geschenkkorb vom ganzen Team?«, fragte Toni.

Gesa schaute zwischen Schmitz und Toni hin und her und sagte: »Um was geht es hier gerade?«

»Ich hab auch keine Ahnung«, sagte Phong. Er hielt einen Schokoriegel in der Hand und schielte sehnsüchtig auf die Süßigkeit.

»Nun, es war in erster Linie meine Idee«, sagte Schmitz. »Ich hoffe, dass Sie sich freuen.«

»Und wie!«, erwiderte Toni. Als sein direkter Vorgesetzter musste Schmitz wissen, dass er wegen einer chronischen Anpassungsstörung in Behandlung gewesen war, dass er ein Suchtproblem hatte und Treffen der Anonymen Alkoholiker besuchte. War es tatsächlich möglich, dass Schmitz ihn absichtlich in Versuchung führte, um einen Rückfall zu provozieren und ihn so zu diskreditieren?

»Sie kommen zu spät«, sagte der Kriminalrat. »Aber es ist ja Ihr erster Tag. Sie werden sich bestimmt schnell wieder einleben. Ich habe eben Ihren Kollegen erzählt, dass ich das weitere Vorgehen mit Staatsanwalt Legrand abgestimmt habe. Wir haben uns darauf verständigt, dass der verschwundene Wagen unsere heißeste Spur ist.«

Toni schaute auf seine Uhr. Es war zehn vor sieben. Er war also eher zu früh als zu spät, aber er wollte sich auf dieses Geplänkel nicht einlassen. Ein solcher Kleinkrieg kostete nur Zeit. »Sie gehen also davon aus, dass zwischen dem Mord und dem Verschwinden des Pkw ein Zusammenhang besteht?«, fragte er und nahm am Kopfende des Tisches Platz.

»Das dürfte aufgrund der räumlichen und zeitlichen Nähe außer Frage stehen«, erwiderte der Kriminalrat. Als es in seinem Rücken klopfte, drehte sich Schmitz kurz um und sagte laut: »Herein!« Er nickte dem Eintretenden zu und wandte sich wieder an das Ermittlungsteam: »Es hat mich viel Mühe und Zeit gekostet, einen Experten von der Organisierten Kriminalität loszueisen, der eng mit uns zusammenarbeiten wird. Darf ich vorstellen? Kriminalhauptkommissar Selim Derbali. Er hat für uns eine kleine Einführung vorbereitet.«

Derbali hatte schwarze Haare, die im grellen Licht der Leuchtstoffröhren bläulich schimmerten. Sein dunkler, südländischer Teint stand in einem irritierenden Kontrast zu seinen hellgrauen Augen, die sich wie zwei Scheinwerfer auf die Anwesenden richteten.

»Hallo zusammen«, sagte er locker und stellte sich mit einer angenehmen Baritonstimme vor. Sein Spezialgebiet war die internationale Kfz-Verschiebung. Er unterhielt enge Kontakte zu litauischen, polnischen und anderen osteuropäischen Behörden. Im Sinne aller Anwesenden leitete er schnell zum Fall über.

»Im vergangenen Monat sind in Potsdam und Umgebung über fünfzig Topmodelle aus dem Premiumsegment gestohlen worden«, sagte er. »Der Gesamtschaden bewegt sich in zweistelliger Millionenhöhe. Eine solche Serie gelingt nur, wenn die Bande straff organisiert ist. Sie wird mehrere Kundschafter haben, die mit Volumenmodellen teure Stadtteile absuchen. Vermutlich bezahlt sie Programmierer, um neue Software zu schreiben und die Wegfahrsperrentechnologie auszuschalten. Ihre Autoknacker sind bestens geschult. Monteure warten in angemieteten Hallen oder Industriebrachen, um die Fahrzeuge zu zerlegen. Lkw-Fahrer bringen die Einzelteile oder auch die Komplettfahrzeuge ins Ausland.«

»Moment«, sagte Toni. »Ich verstehe noch immer nicht, wieso Sie so sicher sind, dass der Mord und das Verschwinden des Pkw zusammenhängen. Und wieso bringen Sie die Autoschieber ins Spiel?«

»Dass die Bande den Diebstahl begangen hat, ist angesichts der derzeitigen Gefahrensituation eine naheliegende Vermutung. Und dass ein Zusammenhang mit dem Tötungsdelikt besteht, drängt sich ebenfalls auf, und zwar aus folgendem Grund: In dem Fahrzeug ist ein elektronisches Ortungssystem eingebaut. Wenn der Wagen ohne den passenden Schlüssel bewegt wird, erhält der Besitzer eine SMS. Am Computer kann er dann sehen, wo sich sein Auto befindet.«

»Dann wissen Sie ja, wo Sie Ihre Leute hinschicken müssen«, sagte Gesa.

»Leider nein«, erwiderte Derbali. »Der Eigentümer hat keine SMS erhalten.«

»Ach so«, sagte Toni. »Jetzt verstehe ich Ihren Ansatz. Sie folgern daraus, dass der Dieb des Pkw dem Opfer den Schlüssel abgenommen hat. Und damit wäre der Zusammenhang hergestellt.«

»Ganz recht.«

Jetzt meldete sich auch Kriminalrat Schmitz zu Wort: »Es kann einfach kein Zufall sein, dass das Tötungsdelikt und das Eigentumsdelikt zeitlich so eng zusammenliegen.«

»Das haben Sie schon mal gesagt«, erwiderte Toni, »aber Sie übersehen einen entscheidenden Punkt. Vielleicht gehört der Mörder überhaupt nicht zur Bande und hat den Schlüssel nur genommen, um zu fliehen. Vielleicht ist Alexander mit dem Wagen abgehauen, um sich irgendwo zu verstecken. Vielleicht hat der Mörder den Schlüssel auch weggeworfen und irgendwelche Jugendlichen haben ihn aufgelesen, um durch die Gegend zu brettern. Wenn ich gründlich nachdenke, fallen mir sicher noch weitere Möglichkeiten ein.«

»Natürlich«, erwiderte Derbali. »Das sind berechtigte Einwände. Allerdings sind allein in Sacrow im vergangenen Monat drei Luxuskarossen gestohlen worden. Zwei davon waren BMWs, und einer davon stand auf dem Waldparkplatz. Mit einer Wahrscheinlichkeitsrechnung erzielen wir für unsere Hypothese einen sehr hohen Prozentsatz.«

»Es ist doch so«, sagte Kriminalrat Schmitz und beugte sich über den Tisch. »Selbst wenn wider allen Erwartens kein Zusammenhang besteht, dann handelt es sich bei dem Pkw-Dieb möglicherweise um einen wichtigen Zeugen, der gesehen hat, wie das Opfer erschossen wurde oder wie sich der Täter vom Tatort entfernt hat.«

»Dem kann ich zustimmen«, sagte Toni. »Wie wollen Sie den Dieben auf die Spur kommen?«

»Diese Banden sind wie Heuschrecken, die ein Gebiet abgrasen und dann weiterziehen«, sagte Derbali. »Man muss schnell handeln, bevor sie entwischen. Es hat eine Weile gedauert, bis wir ein adäquates Fahrzeug beschaffen konnten, aber jetzt sind meine Kollegen dabei, es zu präparieren. Zusätzlich zum normalen Ortungssystem wird ein zweites Ortungssystem im Fahrzeug installiert, das uns zu dem Versteck der Bande führen soll. Wir setzen den Wagen als Lockmittel ein.«

»Gut«, sagte Toni. »Trotzdem sollten wir in alle Richtungen ermitteln. Deshalb schlage ich vor, dass jeder in seinem Spezialgebiet weitermacht. Sie kümmern sich um den Autodiebstahl, und ich und mein Team konzentrieren uns auf die Mordermittlung. Ergeben sich Schnittpunkte, tauschen wir uns aus.«

Es folgte ein einhelliges Nicken, nur Kriminalrat Schmitz blickte säuerlich drein.

»Ich muss jetzt los«, sagte Derbali und erhob sich von seinem Stuhl.

»Danke für die Einführung«, sagte Schmitz schnell. »Wir bleiben in Kontakt.«

»Na klar«, erwiderte Derbali locker, richtete seine Scheinwerferaugen auf die anderen Teammitglieder und war schon auf dem Gang.

Für einen Moment legte sich ein Schweigen über die Runde, wie es oft geschah, wenn sich die Zusammensetzung einer Gruppe veränderte.

Toni war der Erste, der die Sprache wiederfand, und sagte: »Ich möchte noch mal für alle Anwesenden klarstellen, wie die Hierarchien aufgeteilt sind. Ich bin der Teamleiter, und Sie sind der Chef. Ist das richtig?«

»Natürlich«, erwiderte Schmitz. »Ganz so wie in den guten alten Zeiten.«

Wenn da Ironie mitschwang, war es Toni egal. »Was ist bisher in die Wege geleitet worden?«

»Nun, Ihr Nachfolger ist im Urlaub«, sagte Schmitz. »Deshalb hatte ich vorläufig die Teamleitung inne. Wie ich schon gesagt habe, hat es mich viel Überredungskunst gekostet, den Experten vom OK loszueisen. Es ist ja nicht so, dass die Kollegen nichts zu tun haben, aber wenn eine unserer Staatsanwältinnen involviert ist, können sie natürlich nicht ablehnen.«

In der Hoffnung, dass da noch was kommen würde, wartete Toni einen Augenblick, aber sein Vorgesetzter trank nur mehrere Schlucke aus der Kaffeetasse. Dabei spreizte er den kleinen Finger ab.

»Aus der Akte habe ich entnommen«, sagte Toni, »dass eine Personenfahndung nach Alexander eingeleitet wurde?«

»Klar«, sagte Gesa.

»Okay. Im Moment ist noch alles möglich. Es könnte sein, dass Alexander sich irgendwo versteckt hat oder irgendwo festgehalten wird. Im zweiten Fall dürfte die Zeit gegen uns laufen. Möglicherweise hat er den Schlosspark oder die nähere Umgebung auch nie verlassen. Vielleicht hat der Täter ihn erschossen und er ist ins Wasser gefallen und abgetrieben. Ist der Uferbereich abgeschritten worden? Sind Meldungen über Wasserleichen eingegangen? Sind die Schleusenwärter benachrichtigt worden?«

Niemand antwortete. Auf diese Idee war offenbar noch niemand gekommen.

»Du weißt selbst, wie viel Arbeit am Anfang anfällt«, sagte Gesa.

»Ich wollte euch auch keinen Vorwurf machen«, erwiderte Toni und verkniff sich die Bemerkung, dass es an Schmitz gewesen wäre, die Aufgaben zu delegieren. »In dem Bericht habe ich gelesen, dass das Opfer weder Schlüssel noch Handy noch Papiere bei sich führte. Wir müssen nach diesen Gegenständen Ausschau halten und natürlich auch nach weiteren Spuren, die uns über den Tatverlauf und die Motivation des Täters Auskunft geben. Eine Hundertschaft soll den Schlosspark absuchen. Die DLRG soll den Uferbereich abschreiten.«

»Übertreiben Sie nicht ein wenig?«, mischte sich Schmitz ein. »Wir müssen die Verhältnismäßigkeit wahren. Die Einsatzpolizei durchkämmt gerade ein großes Waldgebiet bei Caputh nach zwei fünfzehnjährigen suizidgefährdeten Mädchen. Wir können sie nicht einfach abziehen. Vielmehr müssen wir Prioritäten setzen. Und Staatsanwalt Legrand und ich meinen, dass der Pkw die heißere Spur ist.«

»Dann organisieren Sie eben zusätzliche Kräfte«, mahnte Toni. »Es geht um den Sohn von Staatsanwältin Winter. Da müssen wir alles tun, was wir können, und noch darüber hinausgehen. Wenn wir versagen, wirkt sich das garantiert auch auf Ihre Karriere aus.«

»Kommen Sie mir nicht so«, sagte Schmitz ungehalten und zog seinen Krawattenknoten enger. »Ich weiß genau, was auf dem Spiel steht.«

»Dann ist es ja gut«, sagte Toni. »Die Laufarbeit in einem Vermisstenfall ist aufwendig. Wir brauchen auch zusätzliche Kräfte hier im Team.«

»Ich werde sehen, was sich machen lässt«, erwiderte der Kriminalrat und erhob sich. »Ich habe jetzt noch einen wichtigen Termin. Wenn Sie Fragen haben oder nicht weiterwissen, können Sie sich jederzeit an mich wenden. Ich verlasse mich darauf, dass Sie schnell Ergebnisse liefern.« Schmitz verließ den Besprechungsraum.

Toni sah ihm nach und hoffte, dass er den Kriminalrat nicht zu sehr unter Druck gesetzt hatte. Einen trotzigen Vorgesetzten konnte er nicht gebrauchen.

»Phong«, sagte er. »Wir müssen alles über die beiden Jungs herausfinden. Gleich morgen früh besorgst du dir ihre Computer! Außerdem will ich, dass du den Ex-Mann von Frau Winter überprüfst. Er hat ein wackliges Alibi.«

»Ist er denn ein Verdächtiger?«, fragte Gesa. »Er wird doch nicht den Freund seines Sohnes erschossen haben.«

»Zu diesem frühen Zeitpunkt dürfen wir nichts ausschließen«, erwiderte Toni. »Was ist mit den übrigen Nachforschungen?«

Phong schob seine getönte Brille den Nasenrücken hoch und antwortete: »Staatsanwältin Winter war vorhin da, um die relevanten Fälle der letzten zwei Jahre herauszusuchen. Das Ergebnis siehst du auf dem voll beladenen Aktenwagen, der da drüben steht. Hendrik Spohrs Gerichtsunterlagen habe ich angefordert und hoffe, dass sie morgen eintreffen. Dann kann ich dir mehr über den Brandanschlag berichten. Neue Infos von der Spurensicherung habe ich euch zusammengestellt und ausgedruckt. Der Schuh des mutmaßlichen Täters ist ein gängiges Modell, das sowohl in der Brandenburger Straße und im Havelpark in Dallgow-Döberitz als auch in unzähligen Berliner Geschäften erhältlich ist.«

»So viel Zeit haben wir nicht«, sagte Toni. »Die Spur greifen wir erst auf, wenn wir anders nicht weiterkommen.«

»Sehe ich genauso«, sagte Phong. »An dem Stalker bin ich dran. Die Recherche gestaltet sich schwieriger, als ich dachte. Der Mann war in psychiatrischer Behandlung, und einige Infos unterliegen der ärztlichen Schweigepflicht.«

»Das war's?«, fragte Toni.

»Das war's«, bestätigte Phong.

»Bei der Sichtung der Akten helfe ich dir gleich.«

»Heute Abend noch?«

»Natürlich heute Abend«, erwiderte Toni und wandte sich an Gesa. »Ich möchte, dass du morgen früh in Sacrow und Umgebung die Klinken putzt. Wenn wir morgen zusätzliche Kräfte erhalten, kannst du sie selbstständig einteilen. Ich will wissen, ob einer der Anwohner einen Schuss gehört hat. Ist ihnen ein schnell wegfahrender BMW aufgefallen? Am Havelufer stehen zahlreiche Villen, die mit Videoüberwachung ausgestattet sind. Vielleicht hat eine Kamera etwas aufgezeichnet. Außerdem möchte ich wissen, ob es relevante Videoüberwachung in Richtung Potsdam oder Kladow gibt.«

»Dann kann ich mir den Hochzeitstag meiner Eltern wohl abschminken«, sagte Gesa.

»Tut mir leid«, erwiderte Toni. »Ich selbst werde morgen bei den Eltern von Hendrik vorbeischauen. Fritjof Winter hat etwas von Anarchofreunden seines Sohnes erzählt, vielleicht gibt es einen politischen Hintergrund. Möglicherweise waren die Jungs in irgendwelche Aktionen verwickelt. Ich denke, der grobe zeitliche Ablauf des Tathergangs ist klar, die Feinheiten müssen wir rekonstruieren. Und vor allem suchen wir ein Motiv!«

9

Es war schon kurz nach Mitternacht, als Toni auf das Hausboot zurückkehrte. Er trat an die Reling und umfasste die rostige Eisenstange. Die Temperaturen waren deutlich gefallen, und er genoss es, wie sich die kühle Luft an seine Schläfen schmiegte. Die Buglichter spiegelten sich auf dem gewellten Wasser, das leise gegen die Bordwand schwappte. Jenseits der schimmernden Reflexionen wirkte es abgründig.

Toni war noch zu aufgekratzt, um sich gleich in die Koje zu hauen. Deshalb ging er die Ereignisse des Tages noch einmal durch. Vermutlich hatte er bei der Dienstbesprechung etwas übertrieben, indem er die Versäumnisse herausstrich und die weiteren Maßnahmen befahl. Langfristig war es klüger, die Teammitglieder zum Mitdenken anzuregen und sie Eigeninitiative entwickeln zu lassen, aber es war ihm darum gegangen, die Ermittlungen schnell zu strukturieren. Immerhin stand das Leben von Alexander auf dem Spiel. Für ein harmonisches Arbeitsklima konnte er später noch sorgen. Die Sichtung der Akten hatte ihnen auch noch keine neuen Ermittlungsansätze beschert, aber Phong würde morgen früh weitersuchen.

Wie mochte es Caren wohl gehen?, fragte er sich. Sicherlich hockte sie zu Hause, zermarterte sich das Hirn und kam vor Sorge um. Wahrscheinlich wartete sie verzweifelt auf einen Lagebericht. Es sprach für ihre mentale Stärke, dass sie ihn noch nicht angerufen und sich nach dem Fortschritt der Ermittlungen erkundigt hatte.

Toni zückte sein Handy und überlegte, was er ihr schreiben sollte. Einerseits wollte er ihr Mut machen, andererseits wollte er auch keine Hoffnungen wecken, die später enttäuscht wurden. In einer solchen Situation zählten eigentlich nur Ergebnisse, und die konnte er noch nicht liefern. »Wir sind am Ball!«, schrieb er. »Ich komme morgen Nachmittag zu dir.«

Es dauerte nur eine halbe Minute, bis ihm ein Piepton mitteilte, dass er eine Antwort erhalten hatte. »Danke«, schrieb sie. »Ich weiß, dass du alles tust. Versuch jetzt zu schlafen. Morgen musst du ausgeruht sein.«

Als er Akkordeonklänge hörte, sah Toni überrascht von dem Display auf, schaltete das Smartphone aus und steckte es in die Tasche. Er lauschte in die Nacht und nahm jetzt ein sehnsüchtiges Lied wahr, das vom Vorschiff kam, wo sein Sohn eine eigene Kabine hatte. Normalerweise tönten das Maschinengewehrfeuer eines Computerspiels oder ein rhythmisches Tastaturgehacke aus dieser Region. Dass Aroon Musik hörte, war neu. Möglicherweise war die Veränderung auf den Einfluss seiner Freundin zurückzuführen. Offenbar weckte sie unbekannte Seiten. Hoffentlich war die Zuneigung beidseitig.

Eine Weile lauschte Toni noch dem Song, der Bilder von einem Zirkus, einer Hafenspelunke und von fernen Ländern wachrief. Endlich merkte er, wie die Anspannung von ihm abfiel und wie erschöpft er war. Er überlegte, ob er noch kurz bei Aroon vorbeischauen sollte, aber der Junge hatte sich unangekündigte Besuche zu dieser Uhrzeit verbeten, was Toni momentan ganz recht war.

Gähnend trottete er über das Oberdeck zur Stahltür, öffnete sie unter lautem Knarzen und stieg mit eingezogenem Kopf die blanken Stufen hinunter. Im Salon stellte er den Geschenkkorb auf den Esstisch. Vielleicht würde sich Sofie über die italienischen Spezialitäten freuen. Sie waren zu schade, um sie wegzugeben. Und ein bisschen Alkohol an Bord schadete nichts. Er hatte die Situation unter Kontrolle. Er hatte jetzt ein richtiges Leben, und er konnte sich nicht vorstellen, dass ihn etwas so sehr aus der Bahn werfen könnte, dass er erneut zur Flasche griff.

Während er nach einem Apfel langte und hungrig hineinbiss, fiel sein Blick auf eine Leinwand, die auf der Staffelei stand. Jetzt nahm er auch den intensiven Ölgeruch wahr. Toni lächelte. Seit ihrem Verschwinden vor siebzehn Jahren hatte Sofie zum ersten Mal wieder einen Pinsel geführt. Das war ein gutes Zeichen! Möglicherweise hatte die Hypnosetherapie etwas in Bewegung gesetzt, vielleicht gab es neue Erkenntnisse.

Neugierig schaltete er das Deckenlicht an und trat näher. Es war ein abstraktes Gemälde, das sich durch üppige Rundungen und weiche Formen auszeichnete. Die lasziven Rottöne bescherten dem Betrachter ein sinnliches Farberlebnis. Für ihn war es ein erotisches Bild, das in dieser Weise wohl nur von einer Frau stammen konnte, und Toni fragte sich, ob Sofie ihre Weiblichkeit betonen wollte.

Plötzlich hatte er das Bedürfnis, mit ihr zu reden, so wie sie es früher oft getan hatten, als sie mit einem VW-Bus durch Indien gefahren waren. Damals philosophierten sie über das Leben, ohne sich jemals länger festzulegen. Das mussten sie auch nicht, denn sie waren ständig in Bewegung. Eine neue Idee, der nächste Rave oder ein berauschender Sonnenuntergang waren wichtiger als bleibende Werte.

Manchmal war Sofie zu dieser Uhrzeit noch wach. Sie lag dann im Bett, knabberte Studentenfutter und las. Vielleicht hatte er Glück! Leise ging er rüber in die Eignerkabine und blieb abrupt vor der Koje stehen.

Der Anblick traf ihn unvorbereitet.

Im Schlaf hatte Sofie sich aufgedeckt, ihr Nachthemd war hochgerutscht und entblößte ihren Slip, unter dem sich der Venushügel abzeichnete. Ihre schlanken Schenkel waren gespreizt, was wie eine Einladung aussah.

Toni schluckte hart.

Ihm wurde schmerzlich klar, wie sehr er diese Frau begehrte. Es war eine Qual, jede Nacht neben ihr zu liegen und sie nicht lieben zu dürfen. Monatelang hatte er sein Verlangen unterdrückt. Jetzt übermannte es ihn so heftig, dass er sich fragte, wie lange er sich noch zurückhalten konnte.

Toni schaffte es nicht, sich von ihrem Anblick loszureißen. Bewegungslos verharrte er in seiner Position, um sie wenigstens mit den Augen zu besitzen. Er kam sich vor wie ein Voyeur, er fühlte sich schuldig, weil sie sich nicht freiwillig seinem Blick preisgegeben hatte, aber sie war so schön! So sexy!

Seine Erregung wuchs stetig an. In seinen Ohren rauschte das Blut, als Sofie ein helles Seufzen von sich gab. Sie zog ein Bein an und ließ es zur Seite fallen. Dann öffnete sie die Augen und sah ihn direkt an.

Ein zartes Lächeln umspielte ihre Lippen und verflog, als sie seinen ausgehungerten Blick bemerkte. Sie schaute an sich herunter, erfasste die Situation und griff nach der Decke, um sie schnell über sich auszubreiten und ihre Blöße zu bedecken.

Toni merkte erst jetzt, dass er den Atem angehalten hatte. Geräuschvoll schnappte er nach Luft. In seiner Körpermitte pulste und pochte es unbeeindruckt.

Mit der Decke über der Brust rutschte Sofie ein Stück hoch und sagte: »Caren Winter ist eine schöne Frau.«

Toni brauchte einen Moment, bis er seine Gedanken sortiert hatte. Er fragte sich, wie sie jetzt auf die Staatsanwältin kam. Es fühlte sich bescheiden an, als er erwiderte: »Das Gleiche hat sie heute auch von dir gesagt. Jedenfalls brauchst du dir keine Sorgen zu machen. Zwischen uns war nie etwas.«

»Das hätte ich auch nicht erwartet.«

Toni kniff die Augen zusammen. »Das klingt ja beinahe enttäuscht!«

»Nein, nein«, erwiderte Sofie schnell. »Nun schau nicht so. Komm lieber ins Bett und schlaf ein paar Stunden. Das war sicher ein anstrengender Tag.« Sie klopfte einladend auf die Matratze.

Er zog sich aus und legte sich neben seine Frau, die sich sogleich an ihn schmiegte und mit der Hand über seine Brust strich.

»Wie war dein Tag?«, fragte er, während er mit den Fingerspitzen durch ihr duftendes Haar fuhr. »Kommst du ohne mich zurecht?«

»Ja«, erwiderte Sofie. »Es tut gut, mal alleine zu sein. Ich denke viel nach, und dabei wird mir einiges klar.«

10

Vor acht Monaten

In der Griebnitzsee-Villa saß Hendrik mit seinem besten Freund Alexander am Computer und lauschte, wie seine Mutter im Erdgeschoss Rechtsanwalt Pufahl an der Haustür empfing. Angeblich hatten die beiden etwas Wichtiges zu besprechen, aber Hendrik wusste, dass sie sich nur wie verliebte Teenager anschmachten würden.

Wie peinlich!

Kurz darauf knarrten die Stufen der alten Holztreppe. Jemand kam hoch. Die Zimmertür öffnete sich, und seine Mutter trat ein. Anfang der neunziger Jahre war sie ein gefragtes Model gewesen, das in Versandhauskatalogen Unterwäsche präsentiert hatte. Mittlerweile trug sie einen grellen Lippenstift, der besser zu einer jüngeren Frau gepasst hätte. Ansonsten hatte sie eine tadellose Figur.

Seine Mutter schaute irritiert auf einen kleinen Fototempel, neben dem mehrere Kerzen flackerten und dem schwarz gestrichenen Zimmer etwas Höhlenartiges gaben. »Bist du religiös geworden?«, fragte sie.

»Da kannst du ganz beruhigt sein«, erwiderte Hendrik. »Das ist ein Schrein für Carlo Giuliani, aber der Name sagt dir wahrscheinlich nichts.«

»Äh, nein«, antwortete sie. »Ich wollte dich auch nur bitten, die Musik auszulassen. Ich muss mit Rechtsanwalt Pufahl über den Grenzweg sprechen. Es gibt neue Entwicklungen, auf die wir reagieren müssen.«

Der frühere Grenzweg lief am Ufer des Griebnitzsees entlang und war ein Zankapfel, um den sich ein Rechtsstreit entwickelt hatte. Während die Stadt Potsdam und eine Bürgerinitiative eine öffentliche Nutzung erreichen wollten, betrachteten die Anwohner ihn als Teil ihres privaten Wassergrundstücks. Die Fronten waren verhärtet, und eine baldige Einigung war nicht in Sicht.

»Dann wünsche ich euch viel Spaß!«, sagte Hendrik lauernd.

»Na ja, Spaß«, erwiderte seine Mutter, bemerkte den Gesichtsausdruck ihres Sohnes und verließ lieber schnell das Zimmer.

»Warum guckst du so?«, fragte Hendrik an Alexander gewandt.

»Willst du sie etwa auch vögeln?«

»Was?«, rief der Sechzehnjährige erschrocken aus.

»Paule hat es getan.«

»Paule? Dein Kommilitone aus der Uni? Unser gemeinsamer Kumpel hat mit deiner Mutter geschlafen? Der ist doch nicht älter als du.«

»Nach dem Weinfest im Bootshaus. Ich hab es selbst gesehen. Er ahnt nicht, dass ich es weiß, aber er hat Muffensausen, dass ich es herausbekommen könnte. Deshalb frisst er mir zurzeit aus der Hand.«

»Ich weiß gar nicht, was ich sagen soll. So etwas würde ich nie tun.«

Hendrik betrachtete den Freund. Er war noch nie illoyal gewesen. Auch hatte er noch nie einen Anlass gegeben, um wütend auf ihn zu sein. Hendrik wusste selbst nicht, warum er immer so aggressiv reagierte. »Es tut mir leid. Bitte entschuldige!«

»Ich hab nur so geguckt«, sagte Alexander, »weil ich Carlo Giuliani auch nicht kenne.«

»Was? Dann musst du noch viel lernen«, sagte Hendrik.

Jetzt war er in seinem Element und erzählte alles, was er über das Leben und Sterben des italienischen Globalisierungsgegners wusste. Im Jahr 2001 hatte der Dreiundzwanzigjährige an einem gewaltsamen Protest gegen den G8-Gipfel in Genua teilgenommen. Auf der Piazza Alimonda hob er einen Feuerlöscher mit beiden Händen vor die Brust und lief, mit einer schwarzen Sturmhaube maskiert, auf einen Carabinieri-Jeep zu. Aus dem Inneren des Wagens wurden zwei Schüsse abgefeuert, eine der Kugeln traf ihn aus kurzer Distanz ins Gesicht. Er fiel auf den Asphalt und blieb leblos liegen. Das Polizeiauto überfuhr ihn bei der Flucht zweimal. Nachdem die Bilder um die Welt gegangen waren, wurde sein Tod zu einem Fanal der autonomen Bewegung, und zahlreiche Bands aus dem linken Spektrum hatten ihm ein musikalisches Denkmal gesetzt.

Hendrik stellte seinem Freund auch die anderen Kämpfer vor, deren Porträts zusammen mit Zeitungsausschnitten an den Wänden hingen. Zum Abschluss sagte er: »Das ist meine Familie. Meine Ahnengalerie. Auch wenn die ganze Welt sie vergisst – ich werde mich an sie erinnern. Und jetzt lass uns loslegen.«

Er öffnete mit dem Feuerzeug zwei Bier, reichte eine Flasche an den Freund und setzte sich an den Computer. Nachdem er sich eine selbst gedrehte Kippe angezündet hatte, loggte er sich im Forum ein und sah, dass viele ihrer Bekannten schon online waren.

»Hey, hey«, schrieb er unter seinem Pseudonym Tunnelratte. »Habt ihr es schon gehört? Unbekannte haben einen Bagger geklaut und in den Beelitzer Heilstätten den Eingangsbereich der Chirurgie beschädigt.«

»Gut so«, antwortete Lucyintheskies. Hinter dem Nicknamen verbarg sich Fred, ein dreißigjähriger arbeitsloser Koch, der mit harten Drogen »experimentierte«. Wenn er kein »H« beschaffen konnte, beamte er sich mit Ketamin weg. »Der neue Eigentümer will Ruhe haben, um seinen Baumkronenpfad zu bauen. Er hat die Tür mit Betonplatten gesichert, um Leute wie uns auszusperren. Vorne wären wir nicht mehr reingekommen. Ich glaube, dass sie den Eingang plattgemacht haben, weil sie wütend waren und dem Mann einen Denkzettel verpassen wollten. Unser Schloss wollten sie bestimmt nicht ramponieren.«

»Ist doch egal, warum«, schrieb Paule, der eigentlich Paul hieß, ein Kommilitone von Hendrik war und dessen Mutter nach dem Weinfest beglückt hatte. Der Einundzwanzigjährige hatte eine große Klappe und zu jedem Fliegendreck eine eigene Meinung, aber wenn es bei Demos hart auf hart kam, konnte man sich hundertprozentig auf ihn verlassen. »Jahrelang hat sich kein Schwein für die Ruinen interessiert, und dann kommt so ein Geldsack daher und riegelt alles ab. Ich meine, das ist unser Territorium. Wie viele Partys haben wir da steigen lassen? Wir waren die Einzigen, die dem Gelände Respekt erwiesen haben.«

»Hallo, Tunnelratte«, mischte sich DarkDesire ein. Hinter dem Pseudonym verbarg sich eine siebzehnjährige Trebegängerin, die Annalena hieß und schon aus unzähligen Heimen ausgerissen war.

Mit ihren schwarzen glatten Haaren, der hellen Haut und den vollen roten Lippen sah sie aus wie ein gefallener Engel. Meistens wohnte sie bei älteren Herren und ließ sich eine Zeit lang aushalten, bis sie irgendwann genug hatte und weiterzog. »Ist Alex bei dir? Ich hab heute Abend noch kein Posting von ihm gesehen.«

»Sitzt neben mir«, schrieb Hendrik. »Die Tastaturhoheit hab heute ich.«

»Grüß ihn mal«, erwiderte DarkDesire alias Annalena.

»Ist angekommen«, schrieb Hendrik. »Er kann gerade nicht antworten. Er ist knallrot angelaufen und kann weder denken noch sprechen. Au! Jetzt hat er mir auch noch in die Rippen geboxt!«

»Genug Süßholz geraspelt«, schrieb Paule. »Der Sachschaden an dem Bagger soll fünfzigtausend Euro betragen. Das ist der Anfang eines langen Zermürbungskrieges. Man muss den Gegner treffen, wo es ihm am meisten wehtut. Wir werden unser Territorium verteidigen, und zwar mit allen Mitteln.«

»Was willst du tun?«, fragte Lucyintheskies alias Fred.

»Na was wohl?«, schrieb Hendrik schnell. »Eine Party feiern natürlich. Und zwar eine krasse Orgie, von der wir noch unseren Enkeln erzählen können. So zeigen wir am besten, dass die Heilstätte uns gehört.«

»Yeah«, tippte DarkDesire alias Annalena. »Der Party-Underground lebt! Wir sollten allen Bescheid geben, die wir kennen.«

»Da bin ich dabei«, schrieb Lucyintheskies alias Fred.

»Meinetwegen«, antwortete Paule, der offenbar etwas anderes im Sinn gehabt hatte.

Ihr Plan war natürlich illegal. In dem Forum hatten sich schon die krudesten Leute angemeldet, und nicht alle lagen auf ihrer Wellenlänge. Damit die Einzelheiten nicht öffentlich wurden, verabredeten sie Zeit, Anfahrt und Organisatorisches per E-Mail. In dem Verteiler tauchten immer mehr Namen auf, und es zeichnete sich ab, dass sich fünfzig und mehr Leute einfinden würden.

»Das wird endgeil«, sagte Hendrik und fuhr den Rechner herunter.

Alexander blickte ihn verwundert an. »Wieso hast du eine Party angeleiert? Wir planen doch etwas anderes?«

»Vertrau mir«, erwiderte Hendrik, riss ihnen zwei neue Bier

auf und trat an die Musikanlage. Er legte eine CD ein, und schon bald erklang nach der Melodie von Nenas »Neunundneunzig Luftballons«: »Neunundneunzig Bullenwannen, stehn vor uns / in hellen Flammen / neunundneunzig Mollis flogen / als die Wannen aufgezogen / Bullen sprangen schnell heraus / kriegten auch noch einen drauf ...«

Hendrik regelte die Lautstärke kurz herunter. »Wenn ich ihnen gesagt hätte, was wir vorhaben, hätten sie Schiss gekriegt und wären nicht gekommen. Wenn sie erst mal in den Heilstätten sind, machen sie garantiert mit, weil keiner von ihnen als Angsthase dastehen will. Und jetzt wollen wir meiner Mutter und ihrem Kavalier mal ein bisschen einheizen. *Come on, Pogo-time!*«, brüllte er und riss die Lautstärke bis zum Anschlag auf.

Während sie mit dem Bier um sich spritzten und wild lostanzten, dröhnte aus den Boxen: »... Bullen sprangen schnell heraus / kriegten auch noch einen drauf / sind jetzt alle arg lädiert / haben gleich den Dienst quittiert / die machen uns jetzt nicht mehr ein / und gemeinsam könn'n wir schrein / BRD, du Bullenstaat, wir haben dich / zum Kotzen satt!«

11

Am Sonntagmorgen nahm Sofie klaglos hin, dass Toni arbeiten musste. Mit einem Anruf organisierte sie sich Gesellschaft. Ihre Physiotherapeutin, die eine gute Freundin geworden war und mit Künstlern und anderen Kreativen auf einem Resthof bei Groß Kreutz lebte, würde sie abholen und am Abend wieder nach Hause chauffieren. Einerseits fiel es Toni schwer, die Kontrolle aus der Hand zu geben, andererseits war er erleichtert, dass seine Frau versorgt sein würde, denn die Lösung des Kriminalfalls würde seine ganze Konzentration erfordern.

Früh brach er zur verlassenen Kaserne in Krampnitz auf, wo er den Vater des Opfers treffen wollte. Nicht zum ersten Mal bereute er, dass er seinen Peugeot gegen einen uralten Renault Kangoo eingetauscht hatte. Zwar passte Sofies Rollstuhl mühelos in den Kofferraum, auch hatte der Handel ihnen Bargeld in die Kasse gespült, aber jetzt war er Dauergast in der Kfz-Werkstatt. Und der nächste Aufenthalt kündigte sich bereits an. Jedes Mal, wenn er einen Gang hochschaltete und das Gaspedal durchtrat, rollte der Wagen gespenstisch leise über die Landstraße, bis plötzlich der Motor losröhrte und das Auto doch noch beschleunigte. Er konnte nur hoffen, dass der Renault bis zum Ende der Ermittlungen hielt.

Nachdem Toni den Krampnitzsee passiert hatte, setzte er den Blinker und fuhr auf einen unbefestigten Parkplatz. In der Nacht hatte es geregnet, und einige Pfützen hatten sich in Senken gesammelt. Ein gelbes Schild kündigte den Wochenendverkauf von Obst, Gemüse und Blumen an.

Toni öffnete das Handschuhfach und entdeckte im Inneren die Reiseunterlagen. Den Urlaub auf La Gomera hatte er völlig vergessen, aber er nahm sich fest vor, Sofie noch an diesem Abend zu überraschen. Er griff sich die Dienstwaffe, zog den Zündschlüssel ab und stieg aus. Die herbstlich gefärbten Bäume versperrten den Blick auf die Kaserne. Zwischen den Ästen hingen Nebelschleier.

Der Bauunternehmer Spohr hatte ihm bei dem morgendlichen

Telefonat geschildert, wo er ihn finden könnte. Ohne Probleme entdeckte Toni den Trampelpfad, der auf einen Mauerdurchbruch zuführte. Über eine provisorische Rampe kletterte er auf das verlassene Gelände.

Die Kaserne war ab 1937 als Kavallerie- und Panzertruppenschule erbaut und bis zum Abzug der GUS-Truppen 1992 genutzt worden. Seit über zwanzig Jahren standen zahlreiche Wohn- und Dienstgebäude, das Offizierskasino, das Fähnrichheim, die Turnhalle und mehrere Technikbereiche leer und verfielen. Das Areal war ein Eldorado für Nostalgie- und Gruseltouristen, für Urban Explorer, Geocacher und Devotionaliensammler. Auch Hollywood hatte das morbide Setting entdeckt und Kassenschlager wie »Tribute von Panem«, »Inglourious Basterds« oder »Resident Evil« hier gedreht.

Auf einer Pflasterstraße, die von Unkraut und Gräsern überwuchert war, hielt sich Toni in westlicher Richtung. Hinter jungen Birken ragten verwahrloste Gebäude auf, und er erfasste instinktiv, was die einmalige Atmosphäre ausmachte. An den vernagelten Fenstern, an den verrosteten Teppichstangen und dem überwucherten Sportplatz war abzulesen, dass alles, was sich hier abgespielt hatte, unwiederbringlich der Vergangenheit angehörte. Gleichzeitig war dieser Ort noch keiner neuen Bestimmung zugeführt worden, was ein Gefühl des Schwebenden, des Vagen und des Ungewissen auslöste, das in der geordneten Welt außerhalb der Kasernenmauer kaum entstehen konnte. Dieser Ort suggerierte eine Parallelexistenz.

Toni steuerte auf zwei Gebäude zu, die wohl Ende der dreißiger Jahre erbaut worden waren. An den Außenfassaden entdeckte er graue Steinreliefs aus der NS-Zeit, farbige Malereien von Rotarmisten und Graffitis jüngeren Datums. Mitten auf dem Pflaster lag eine Sperrholzplatte, die mit kyrillischen Schriftzeichen bedeckt war. Weil er den Bauunternehmer nirgends entdecken konnte, betrat Toni das größere Gebäude, aus dem ein Gepolter erklungen war. Irgendwo heulte der Wind durch ein offenes Fenster.

»Herr Spohr!«, rief er. »Sind Sie hier?«

Der Betonboden war übersät mit Schutt, Holzsplittern und Glasscherben, die unter seinen Stiefeln knirschten. Eine gut erhaltene Treppe mit schönem Handlauf führte ins Obergeschoss, aber Toni war sich sicher, dass die Geräusche aus dem Erdgeschoss stammten. Auf eine weiße Kassettentür hatte jemand mit dunkelroter Farbe ein Kreuz gemalt. War das getrocknetes Blut?

Toni hörte wieder ein Rascheln und betrat einen größeren Raum, in dem ein provisorisch gezimmertes Rednerpult stand. Wer zum Teufel hielt hier Vorträge? Oder sollte das etwa die Kanzel eines Predigers sein? In den Ecken lagen zahlreiche leere Schnapsflaschen und Papierfetzen herum. Er wollte sich gerade bücken, um einen kleinen silbernen Gegenstand aufzuheben, als in seinem Rücken schwere Schritte und ein heiseres Gebrüll erklangen.

Erschrocken wirbelte Toni herum. Was seine Augen sahen, entzog sich den üblichen Kategorien. Eine riesige Gestalt, die nur aus verfilzten Haaren und dreckigen Lumpen zu bestehen schien, stürzte auf ihn zu. Über seinem Kopf hielt der Riese einen großen Stein.

Toni stolperte zurück, hob schützend den Arm und griff nach dem Schulterhalfter.

»Gunther. Stopp!«, schrie da jemand.

Der haarige Riese kam zum Stehen.

Toni zerrte weiter an seiner Pistole, die sich in einer Öse verhakt hatte. Verdammt noch mal – er war eindeutig aus der Übung.

»Die können Sie stecken lassen«, sagte ein kleiner, untersetzter grauhaariger Mann, den Toni als Harald Spohr identifizierte.

Der Bauunternehmer trat in den Raum und fuhr fort: »Gunther betrachtet dies Gebäude als seinen Wohnsitz und verteidigt es gegen Eindringlinge. Aber er wollte Ihnen nur einen Schreck einjagen, damit Sie nicht wiederkommen. Gestern hab ich das Gleiche erlebt. Wir haben einen Handel geschlossen. Für eine Flasche Wodka lässt er mich in Ruhe arbeiten. Ist es nicht so, Gunther?«

»Das ist ihm jedenfalls gelungen«, platzte Toni heraus, dem das Herz bis zum Hals schlug. Er wandte sich dem Riesen zu, der einen übelkeiterregenden Gestank verströmte. »Ich hätte Sie erschießen können. Das ist Ihnen hoffentlich klar?«

Der Riese stand einfach nur da.

»Er kann nicht antworten«, sagte Spohr. »Ich glaube, dass er stumm ist. Seinen Namen hat er mir auf ein Stück Pappe geschrieben.«

»Und wozu dann das Rednerpult?«, fragte Toni.

Der Bauunternehmer tippte sich an die Stirn. »Da herrscht etwas Unordnung. Kommen Sie mit nach draußen, da können wir reden. Sie sind doch Hauptkommissar Sanftleben?«

»Einverstanden«, sagte Toni und schaute noch einmal zurück. Die Voraussetzungen für eine Verhaftung waren gegeben, aber niemand würde von einer solchen Maßnahme profitieren. Deshalb konnte er die Handfesseln auch stecken lassen.

Gunther ließ unterdessen den Stein fallen und zog eine Flasche Premiumwodka aus der Manteltasche.

Draußen war die Luft deutlich besser. Jetzt entdeckte Toni auch einen grünen Porsche Cayenne, der im Dickicht parkte. Offenbar hatte sich Spohr bereits Ersatz für den verschwundenen BMW X5 beschafft.

»Was tun Sie hier eigentlich?«, fragte er und nahm den Bauunternehmer genauer in Augenschein. Dieser strahlte eine vibrierende Energie und Tatkraft aus, wie sie vielen Erfolgsmenschen zu eigen war. Sein roter, breiter Schädel, die wulstigen Lippen und die schwieligen Hände gaben ihm etwas Zupackendes.

»Dieses Gelände ist vor Jahren verkauft worden, um einen Potsdamer Stadtteil für bis zu dreitausendachthundert Einwohner entstehen zu lassen«, erwiderte Spohr. »Trotzdem ist hier nichts zur Erhaltung der Bausubstanz veranlasst worden, und die denkmalgeschützten Gebäude verkommen allmählich. Die Bauverwaltung möchte die Sanierungspläne retten und führt eine juristische Auseinandersetzung mit dem Rechteinhaber. Ich bin hier, um den Istzustand zu begutachten und einen Maßnahmenkatalog gegen den Pilz- und Schimmelbefall zu erstellen.«

»Haben Sie dafür nicht Leute? Ich meine, Sie leiten ein großes Unternehmen.«

Der Bauunternehmer krümmte sich leicht, so als hätte er einen Schlag in den Magen erhalten. Als er sich wieder gefasst hatte, fragte er gepresst: »Warum dieses Treffen? Bei unserem Telefonat waren Sie sehr vage. Gestern Morgen war schon ein Kollege von

Ihnen da. Außerdem musste ich einen Fragebogen zu meinem gestohlenen Auto ausfüllen.«

Toni begriff, dass der Mann hier Ablenkung suchte. Tatenlos zu Hause zu sitzen war nicht sein Ding. »Ich habe die Leitung der Ermittlungen erst gestern Abend übernommen. Es ist wichtig, dass ich mir ein Bild von Ihrem Sohn mache. Wie war er so?«

»Wie Zwanzigjährige eben sind«, sagte Spohr. Zuerst zitterte sein Doppelkinn, dann geriet sein ganzes Gesicht in Wallung, bis er seinen Mund verzog und einen heulenden Laut von sich gab. Ein Tränenstrom ergoss sich über seine Wangen, und er zitterte am ganzen Leib. Plötzlich drehte er sich weg und schrie heiser in den Wald: »Himmelherrgott! Verdammte Scheiße! Warum? Warum nur?«

Toni blickte betroffen auf den zuckenden Rücken und überlegte, wie er auf den Gefühlsausbruch reagieren sollte. Wenn der Bauunternehmer Beistand gewollt hätte, hätte er sich nicht abgewandt. Es schien eher so, als wollte er seinen Schmerz nicht teilen.

Da machte Spohr erneut kehrt und sagte: »Ich war bestimmt nicht der beste Vater. Ich hab immer zu viel gearbeitet. Auch sonst hab ich keinen Zugang zu ihm gefunden. Alles, was ich unternommen habe, hat er falsch verstanden. Manchmal hatte ich den Eindruck, dass wir in unterschiedlichen Sprachen redeten. Wenn ich mich abgerissen habe, um rechtzeitig zu Hause zu sein und ihm Gute Nacht zu sagen, hat er sich schweigend zur Wand gedreht. Verstehen Sie, was ich meine?«

Der Bauunternehmer hatte ohne Punkt und Komma gesprochen, und Toni gewann den Eindruck, dass sich der Mann alles von der Seele reden wollte. »Sie hatten also das Gefühl, dass Sie es ihm nicht recht machen konnten?«

»Genau!«, schrie Spohr, während ihm weitere Tränen über die Wangen liefen. »Ich bin ein einfach gestrickter Mann. Meine Stärke ist die Tat. Ich mache, mache und mache, bis ich irgendwann umkippe, und das war es dann. Ich bin nicht sensibel, und große Lebensängste kenne ich auch nicht. Mein Sohn hat sich durch das große Haus, das Geld und die Annehmlichkeiten nie bestechen lassen. Aus ihm hätte etwas werden können. Er war klug und hatte Energie, aber es war ihm noch nicht gelungen, seine Kräfte zu bündeln. Man braucht eine Richtung, wenn man irgendwo ankommen will. Das habe ich Hendrik auch gesagt, aber er hat sich von seiner Wut mal hierhin und mal dorthin treiben lassen.«

»Wie haben Sie zu seinem sozialen Engagement in der Behindertenwerkstatt und zu seiner geisteswissenschaftlichen Studienfachwahl gestanden?«

»Das war seine Angelegenheit, da habe ich mich nicht eingemischt. Er war alt genug, um selbst zu entscheiden. Mit zwanzig Jahren hatte ich neben dem Studium schon zahlreiche Jobs, um meine jüngeren Geschwister durchzufüttern. Ich hab Hendrik auch nie als meinen Nachfolger gesehen. Für mich war die Firma ein Mittel zum Geldverdienen. Nicht mehr und nicht weniger. Wenn meine Frau sie nach meinem Tod verkaufen will, dann soll sie es tun.«

»Wissen Sie, ob Hendrik ein verstärktes Interesse an Autos oder sogar Kontakte in ein kriminelles Milieu hatte?«

»Das kann ich mir nicht vorstellen. Die Brandstiftung war auch nur so eine Dumme-Jungen-Geschichte, aber alles, was ich Ihnen erzählen kann, sind nur Vermutungen. Ich hab keine Ahnung, was er in seiner Freizeit getrieben hat. Wenn Sie etwas Konkretes erfahren wollen, sollten Sie einen früheren Studienfreund von mir aufsuchen, der so etwas wie ein Wahlvater für Hendrik war. Ich hab ihn vor über vierzig Jahren an der Freien Uni in Dahlem kennengelernt. Als die Leute in den Siebzigern aus der DDR geflüchtet sind, hat er dort einen Antrag auf Einbürgerung gestellt und war lange Zeit auf der anderen Seite. Ich sage das nur, um Ihnen einen Eindruck zu geben, was für ein Typ er ist. Nach der Wende hat er sich wieder gemeldet. Und siehe da: Wir lebten beide in Potsdam. Wenn Sie Ermittlungsansätze brauchen, sollten Sie ihn aufsuchen. Er weiß mehr über Hendrik als jeder andere Mensch.«

»Wie ist das Verhältnis zu Ihrer Frau? Sie verstehen sicher, dass ich mir ein Bild von Hendriks familiärem Umfeld machen muss.«

»Als ich Meike kennengelernt habe, war sie zwanzig und ich achtundvierzig. Der große Altersunterschied ist irgendwann zum

Problem geworden. Wir führen keine richtige Ehe mehr, wir sind eher gute Freunde.«

Toni musste daran denken, dass die Väter beider Jungen mit viel jüngeren Frauen zusammenlebten. »Eine letzte Frage noch«, sagte er. »Wo finde ich Hendriks Wahlvater?«

12

In der Lennéstraße drückte Toni auf den Messingklingelknopf, und kurz darauf ertönte der Türsummer. Er betrat das Treppenhaus des Altbaus und entdeckte gleich die geöffnete Wohnungstür, aus der ein Mann mit einem langen grauen Bart schaute. Er trug eine Nickelbrille, ein weißes Unterhemd, eine hellblaue Latzhose und Birkenstocklatschen.

Toni zeigte seinen Dienstausweis, brachte sein Anliegen vor und wurde in das Wohnungsinnere gebeten. Die Decke war knapp vier Meter hoch, die Wände waren in sanften Rottönen gestrichen. Das geölte Kiefernholzparkett knarrte leicht. Rechts mündete der Flur in die Küche. Eine helle Fensterfront war mit einer Tür versehen, die in einen Hinterhofgarten führte.

Nach einer solchen Wohnung hatte Toni Ausschau gehalten, für ihre Zwecke wäre sie genau passend. Saniert, zentrumsnah und rollstuhlgeeignet. Leider waren die Mieten in Potsdam kaum zu bezahlen.

»Sie wollen nicht zufällig ausziehen?«, fragte Toni.

»Nur mit den Füßen voraus«, erwiderte Feldmann freundlich. »Ich war dabei, als das Haus Anfang der neunziger Jahre besetzt wurde. Zwei Jahre später hab ich einen guten Mietvertrag ausgehandelt. Hier steckt viel Eigenarbeit drin.«

Toni wusste, dass Potsdam nach der Wende die »Besetzerhauptstadt« gewesen war, und hätte dem Mann gerne ein paar Fragen dazu gestellt. Auch interessierte ihn, was Feldmann bewogen hatte, DDR-Bürger zu werden, aber er musste die Ermittlungen vorantreiben. Es hatte schon Vermisstenfälle und Entführungen gegeben, bei denen wenige Stunden über Tod und Leben entschieden hatten. »Herr Spohr sagte mir, dass Sie Hendrik am besten gekannt hätten. Wie würden Sie den Jungen beschreiben?«

»Ja«, sagte Feldmann geknickt, nahm seine Nickelbrille ab und putzte sie. »Ich war total schockiert, als Harald mich gestern angerufen hat. Der Junge hatte doch noch alles vor sich. Er war noch gar nicht dran. Und so richtig begreifen kann ich es auch jetzt nicht.«

Irgendwo rauschte eine Toilettenspülung. Eine Tür öffnete sich, und eine nackte Frau trat auf den Flur. Sie hatte lange braune Haare und den biegsamen Körper einer Zwanzigjährigen. Nur die Fältchen um ihre strahlenden Augen verrieten, dass sie schon über fünfzig sein musste. Obwohl sie keinerlei Scham oder Verlegenheit zeigte, wusste Toni nicht, wo er hinschauen sollte.

»Das ist eine meiner Mitbewohnerinnen«, sagte Feldmann und öffnete die Tür zu seinem WG-Zimmer. »Kommen Sie am besten hier rein.«

In dem hellen Raum reichten die vollgestopften Bücherregale bis unter die Decke. An den Wänden hingen farbige Mandalas neben einem Leninbild. Überall standen Reisesouvenirs aus Russland, Fernost und Südamerika herum. Die beiden Männer setzten sich auf einen Flickenteppich, der mit bunten Kissen bedeckt war.

Aus einem Samowar schüttete Feldmann zwei Tassen Tee ein und sagte: »Hendrik fehlte das Urvertrauen. Er war ein Getriebener, ein Zweifler, der sich mangels echter Überzeugungen überall ausgeschlossen fühlte. Er hat zwar ständig an antifaschistischen Aktionen und Antiglobalisierungskampagnen teilgenommen, aber für ihn war alles eine persönliche Angelegenheit. Gehorsam, Fremdbestimmung und Hierarchien lehnte er strikt ab. Er wusste selber nicht, wofür oder wogegen er eigentlich kämpfte. Manchmal sprang er von einer Demo zur anderen, nur um in der Menge mitzumarschieren und seine Aggressionen rauszulassen. Ich glaube, dass er zutiefst verunsichert war.«

Toni wusste, dass das Bundeskriminalamt Angehörige des autonomen Spektrums ganz ähnlich beschrieb. Die jungen Leute waren vielfach zwischen achtzehn und fünfundzwanzig und in einer persönlichen Findungsphase. Sie verachteten die demokratischen Parteien und wählten ein unverbindliches politisches Handeln. Aber das waren nur die Ergebnisse von Statistiken, die nicht geeignet waren, um ein Lebensgefühl auszudrücken.

Bis zu einem gewissen Punkt konnte Toni nachvollziehen, was in den Autonomen vorging. Auch er hatte sich nicht von leistungs- und anpassungsfähigen Karrieristen vorschreiben lassen wollen, wie er sich verhalten sollte. Sofie und er waren bewusst zu einer Weltreise aufgebrochen, um sich dem gesellschaftlichen

Druck zu entziehen und eine autarke Entscheidung zu fällen, nach welchen Wertmaßstäben sie ihr Leben einrichten wollten. Sie hatten ebenfalls nach individueller Freiheit gestrebt, aber sie hatten diese durch friedliche Selbstfindung erreichen wollen und nicht durch Kampf.

»Hendrik war wegen Brandstiftung vorbestraft«, sagte er. »Hat er an weiteren gewalttätigen Aktionen teilgenommen? Gab es Streit in der Szene? Oder hatte er Feinde aus anderen politischen Lagern? An wen kann ich mich wenden, um mehr über ihn zu erfahren?«

»Darüber weiß ich nichts«, erwiderte Feldmann. »Darüber hat er nichts erzählt. Und darüber wollte ich auch nichts erfahren. Mehr als einmal habe ich ihm gesagt, dass Gewaltexzesse und Sachbeschädigungen für mich nicht tolerierbar sind. Sie werden auch keine Auskünfte aus der autonomen Szene bekommen. Die sprechen nicht mit Polizisten.«

»Haben Sie nicht mit dem Jungen diskutiert?«

»Doch, ich hab es versucht. Häufig sogar. Aber irgendwann habe ich es aufgegeben. Wenn Hendrik seine politische Haltung definierte, beschrieb er sich als Autonomen, dessen Hauptanliegen die Zerschlagung der bestehenden Verhältnisse war. Seine Antriebskraft bezog er aus einer kompromisslosen Ablehnung der bestehenden Ordnung, aber eigentlich war er gegen alles. Nur die individuelle Freiheit, die uneingeschränkte Selbstbestimmung war ihm wichtig. Mich nannte er öfters einen Sozialreformer, was für junge Leute seiner Überzeugung fast so schlimm ist wie ein Revisionist oder Sozialdemokrat. Verstehen Sie? Die Autonomen verlieren ihre Daseinsberechtigung, sobald der Kampf beendet ist. Deshalb müssen sie immer weitermachen und können keine Kompromisse schließen.«

»Was hat Sie und Hendrik verbunden?«, fragte Toni.

»Nur das Menschliche«, erwiderte Feldmann. »Politisch lagen wir weit auseinander. Ich bin jemand, der die Ausübung von Gewalt strikt ablehnt. Ich nehme mein Recht auf freie Meinungsäußerung wahr, aber Plakate, ›Latschdemos‹ und Sitzblockaden haben Hendrik nicht gereicht. Für ihn war jedes Gesetz, jeder Grundsatz und jede Etikette ein Mittel zur Unterdrückung, das ihn berechtigte, zurückzuschlagen. Manchmal hatte ich den Eindruck, dass er alles, wofür sein Vater stand, bekämpfen wollte.«

»Ist es nicht immer so?«, fragte Toni. »Haben nicht alle Söhne Probleme mit ihren Vätern? Und haben nicht alle Töchter Schwierigkeiten mit ihren Müttern?«

»Das stimmt vermutlich«, erwiderte Feldmann, »aber nicht alle Kinder sind so extrem wie Hendrik.«

Toni ratterte noch die Fragen nach dem Alibi und Kontakten zu Autoschiebern durch, aber die Antworten brachten ihn nicht weiter. Er stürzte seinen Tee hinunter, verabschiedete sich mit einem Händedruck und zückte noch auf dem Weg zum Auto sein Smartphone.

»Müsebeck?«, meldete sich die Kollegin.

»Gesa«, sagte Toni. »Du hast doch einen Bruder, der eine Wohneinrichtung für verhaltensauffällige Jugendliche in Babelsberg betreut. Hat er vielleicht Kontakte zur Antifa oder zur autonomen Szene?«

»Nicht nur. Er hat auch einigen Rechten beim Ausstieg geholfen.«

»Es hat ganz den Anschein, als wäre Hendrik linksextrem gewesen. Ich muss wissen, an welchen Aktionen er beteiligt war und ob er sich Feinde gemacht hat.«

»Ich klär das ab«, sagte Gesa.

»Bei dir sonst was Neues?«

»Kann ich noch nicht sagen. Erst muss ich das Filmmaterial in die Hände bekommen.«

»Gut. Wir sehen uns später bei der Besprechung. Ich fahre jetzt zu Staatsanwältin Winter.«

13

Er parkte den Wagen in der Straße des 17. Juni und lief auf das Brandenburger Tor zu. Obwohl ein leichter Wind aufgekommen war, hing der Morgendunst noch zwischen den herbstlichen Bäumen des Tiergartens. Er trug eine große Sonnenbrille und eine unauffällige blaue Schirmmütze. In dieser Aufmachung würde er problemlos als einer der zahllosen Touristen durchgehen.

Heute früh hatte er einen Makler mit dem Kauf eines Segelbootes beauftragt und die Kopie des Reisepasses als Anlage beigefügt. Er wusste, dass er mit einem hohen Einsatz spielte. Trotzdem fühlte er sich so klar und heiter wie seit Jahren nicht mehr. Er musste nur aufpassen, dass niemand in seinem Umfeld seine Veränderung bemerkte, aber er war schon immer gut darin gewesen, sein wahres Ich zu verbergen.

Auf dem Pariser Platz wurde ein Trabbi ausgestellt, der zu einer Stretchlimousine ausgebaut worden war. Zahlreiche Asiaten ließen sich mit dem skurrilen Fahrzeug fotografieren und reckten den Daumen in die Höhe. Eine ungefähr dreißigjährige Frau mit einer voluminösen Föhnfrisur lief in ihn hinein, bedachte ihn mit einem eisigen Blick und schnauzte: »Nun passen Sie doch auf!«

Er sah ihr in die Augen und spielte ernsthaft mit dem Gedanken, ihr die Hände um den Hals zu legen und so lange zuzudrücken, bis sie kein Lebenszeichen mehr von sich gab. Das wäre sicher nicht schlecht, aber noch mehr Befriedigung würde es ihm verschaffen, wenn er nicht irgendeine Stellvertreterin, sondern die wahre Schuldige erwürgte: seine Frau.

Es belebte ihn ungemein, dass er sich mittlerweile einen solchen Schritt zutraute, aber er würde sich noch zurückhalten müssen, denn vor ihm lag ein Neuanfang, der gründlich geplant werden musste. Er wollte sich diese Chance nicht kaputtmachen lassen. Endlich würde er der Mann sein, der er immer sein wollte.

Er hatte zahlreiche Möglichkeiten durchgespielt. Er hätte über einen ausländischen Server eine E-Mail verschicken können, aber er war sich nicht sicher, ob die Experten die IP-Adresse des

Computers herausbekommen konnten. Und in einem Internet-café oder an einem Arbeitsplatz in einer Bibliothek hingen überall Videokameras. Ein so unüberschaubares Risiko durfte er nicht eingehen.

Aus all diesen Gründen hatte er eine alte Methode gewählt. Er hatte sich eine Zeitschrift, die in hoher Auflage erschien, gekauft und eine unmissverständliche Botschaft ausgeschnitten. Zusammen mit einer Prepaid-SIM-Karte hatte er den Brief in einen wattierten Umschlag gesteckt. Normalerweise dürfte ihr Posteingang nicht überwacht werden. Und wenn doch, würde er es merken.

In der Wilhelmstraße, dem früheren Machtzentrum Hitlers, kreuzten mehrere Touristengruppen mitsamt Fremdenführern zu Fuß, auf Fahrrädern und auf elektrischen Stehrollern seinen Weg. Er hatte sich absichtlich einen Briefkasten mit Sonntagsleerung ausgesucht, der viel frequentiert wurde. Mit Handschuhen öffnete er die gelbe Klappe und steckte seine Sendung hinein. Aller Voraussicht nach würde sie morgen ihr Ziel erreichen. Und dann würde sich zeigen, ob er mit seiner Einschätzung richtiglag.

14

Toni fuhr über die Glienicker Brücke Richtung Wannsee, wo vor hundert Jahren sein Urgroßvater gelebt hatte, der ein Kriminologe der ersten Stunde gewesen war. Er musste dringend mit Caren sprechen, um mehr über ihren Sohn Alexander zu erfahren. Per SMS hatte sie ihm geantwortet, dass sie sich im »Wirtshaus Moorlake« befinde.

So bog er in den Nikolskoer Weg ab. Links und rechts ragte der Wald auf. Immer wieder knallten Eicheln auf die Windschutzscheibe, was sich wie Explosionen anhörte. Einige Pilzsammler schoben sich durchs Unterholz. Auf dem Parkplatz lenkte er den Renault in eine der letzten freien Nischen.

Das »Wirtshaus Moorlake« war nicht nur ein beliebtes Ausflugsziel an einer märchenhaften Havelbucht, sondern auch ein kultureller Veranstaltungsort, wo bekannte Schauspieler auftraten. Toni war hier einmal zu einer Lesung aus den Werken von Joachim Ringelnatz gewesen, die er in guter Erinnerung behalten hatte.

Der Biergarten am nebligen Fluss war kaum besucht. Zwar waren einige Tische gedeckt, auch lagen rote Decken auf den Stühlen bereit, aber die Gäste zog es bei diesen Temperaturen ins warme Gasthaus. Toni reckte den Hals, bis ihn ein Klopfen zur Veranda blicken ließ. Caren stand hinter der Glasscheibe und winkte ihm mit beiden Händen zu.

Nachdem sie sich begrüßt hatten und er sich zu ihr an den Zweiertisch gesetzt hatte, erschien ein Kellner in einem weißen Hemd, einer grünen Weste und einer schwarzen Hose. Auf einem Tablett brachte er zwei Cognacs und stellte sie ab.

»Wohlsein«, sagte er und verschwand wieder.

»Ich hab dir auch einen bestellt«, sagte Caren. »Ich hoffe, das war okay?« Als sie seinen Blick bemerkte, wurde ihr plötzlich klar, dass sie einen Fehler begangen hatte. Sie griff sofort nach seinem Schwenker und goss die goldbraune Flüssigkeit in ihr eigenes Glas. »Bitte entschuldige. Das war dumm von mir. Ich hatte völlig vergessen, dass du ... dass ...«

»Schon gut«, erwiderte Toni. »Wie geht es dir?«

»Ich hab es zu Hause nicht mehr ausgehalten. Irgendwann bin ich losmarschiert. Durch den Neuen Garten, über die Brücke, vorbei am Schloss Glienicke, und jetzt bin ich hier und ... trinke.«

Toni konnte gut nachvollziehen, wie sie sich fühlte. Seine Frau war über sechzehn Jahre verschwunden gewesen. In dieser Zeit war er zwischen dunklen Vorahnungen und irrwitzigen Hoffnungsschimmern hin- und hergerissen. Die Ungewissheit war so zermürbend, dass er sie nur mit Calvados ertrug. Damals wurde er zum Alkoholiker. »Hast du schon was gegessen?«, fragte er.

Caren nickte, dann schüttelte sie den Kopf. Schließlich griff sie nach seiner Hand und hielt sie fest. »Gibt es Neuigkeiten?«

»Tut mir leid«, sagte Toni leise und drückte ihre eiskalten Finger.

»Ich weiß, dass du alles tust«, sagte Caren. »Ich bin dir so dankbar, dass du den Fall übernommen hast. Ich weiß das sehr zu schätzen. Gestern hab ich mir ein paar Akten mit nach Hause genommen, aber ich kann mich nicht konzentrieren. Ich weiß überhaupt nicht, was ich den ganzen Tag machen soll.«

Bei dem Kellner bestellte Toni ein Kalbsschnitzel und Bollenfleisch. Caren konnte sich eins der beiden deftigen Gerichte aussuchen, was sie vielleicht erden würde. Das andere würde er selbst essen, um seinen knurrenden Magen zu besänftigen.

»Erzähl mir etwas über deinen Sohn«, sagte er. »Wie ist er so?«

»So wie ich«, erwiderte Caren. »Nicht wie mein Ex-Mann. Eher zurückhaltend, schüchtern, manchmal zaghaft, emotional.«

Toni war verwundert, wie groß der Unterschied zwischen Carens Selbsteinschätzung und seinem Eindruck von ihr war. Im Beruf hatte er sie als selbstbewusste Person erlebt, die ihren Standpunkt verteidigen konnte. Sie war stets verbindlich, freundlich und vermittelnd gewesen, aber sie hatte auch nicht nachgegeben, wenn sie von einer Sache überzeugt war. »Zurzeit suche ich dringend nach Ermittlungsansätzen«, sagte er. »Ich brauche einfach mehr Infos.«

»Verstehe«, erwiderte Caren und stürzte den doppelten Cognac hinunter. »Direkt nach der Trennung von meinem Ex-Mann war

Alexander in der Gothic-Szene unterwegs. Er hat sich schwarz angezogen und die Augen dunkel geschminkt. Er hat düstere und deprimierende Gedichte geschrieben, die vom Tod handelten. Und er war auf Partys an verlassenen Bahnhöfen und in leer stehenden Kasernen, in alten Bunkern und baufälligen Schlössern. Ich hab nie begriffen, was die Kids an diesen Ruinen so faszinierend finden.«

Toni dachte an seinen morgendlichen Besuch in der Krampnitzer Kaserne. »Nun, ich glaube, dass die Jugendlichen diese Orte mit ihrer Musik, ihren Ideen und ihren Gefühlen füllen, um eine Parallelwelt zu erschaffen. Sie eignen sich die Ruinen an, und für kurze Zeit werden sie zu autonomen Zonen, wo sie sich frei entfalten können und wo niemand ihnen etwas vorschreiben kann.«

»Vielleicht hätte ich dich früher fragen sollen«, sagte Caren.

»War er immer noch in der Gothic-Szene unterwegs?«, fragte Toni. »Gab es Streit? Irgendwelche Konflikte?«

»Ich weiß es nicht. Ich kann dir nur sagen, dass sich sein Kleidungsstil geändert hat. Die Klamotten sind immer noch schwarz, aber sie liegen eng am Körper an und haben einen eher militärischen Schnitt. Er hat auch Hanteln gestemmt, was ich meinem Jungen niemals zugetraut hätte. Er ist nicht unsportlich, aber früher gehörte er eher der Tischtennisfraktion an. Fußball und Basketball waren ihm immer zu körperbetont.«

»Sein Freund Hendrik war möglicherweise in der linksextremen Szene aktiv. Waren sie in irgendetwas verwickelt?«

»Ich weiß es nicht«, sagte sie verzweifelt.

»Ist dir irgendetwas Konkretes eingefallen, was uns weiterhelfen könnte?«

»Ich weiß gar nichts. Nichts! Glaubst du, ich bin eine schlechte Mutter?«

»Bestimmt nicht«, sagte Toni sanft.

So gefasst Caren bei ihrem gestrigen Besuch auf dem Hausboot gewesen war, so verstört wirkte sie heute. Nachdem der Kellner die Speisen gebracht hatte, bestand Toni darauf, dass sie das ganze Kalbsschnitzel mit Kartoffelsalat aufaß. Caren wiederum bestand darauf, die Rechnung zu übernehmen, was Toni ohne große Widerrede geschehen ließ, weil ihm peinlicherweise eingefallen war, dass er nicht genügend Geld dabeihatte. Immerhin würde er mit der ersten Gehaltsüberweisung wieder flüssiger sein.

Auf der Rückfahrt in die Stadt knatterte ihnen eine Motorradgang entgegen. Ein leichter Nieselregen benetzte die Windschutzscheibe. Die Wischblätter quietschten.

Toni rieb sich die Schläfen. Nach der Befragung der Angehörigen zeichnete sich das Bild von zwei verunsicherten jungen Männern ab, die sich Subkulturen angeschlossen hatten, um Halt zu finden. Wahrscheinlich hatten sie sich gegenseitig gestärkt. Fraglich war nur, inwiefern ihn diese Erkenntnisse weiterbrachten. Er brauchte dringend Anhaltspunkte, um auf ein konkretes Mordmotiv zu stoßen, und er hoffte, dass Gesa und Phong mehr vorzuweisen hatten.

Toni fuhr zunächst Richtung Cecilienhof. Wegen einer Baustelle musste er einen Umweg nehmen, der ihn an der russischen Kolonie Alexandrowka vorbeiführte. In der Großen Weinmeisterstraße bat Caren ihn, vor einem weißen Mehrfamilienhaus anzuhalten. Ihr Arbeitsplatz – das Justizzentrum – lag nur einen Katzensprung entfernt.

»Willst du noch auf einen Kaffee hochkommen?«, fragte sie. »Es ist kaum auszuhalten so alleine. Ich frage mich die ganze Zeit, ob ich etwas verkehrt gemacht habe, ob ich irgendetwas hätte tun können, um all das zu verhindern.«

»Bestimmt nicht«, erwiderte Toni.

»Die ganze Situation hat mir den Spiegel vorgehalten«, sagte Caren. »Meine Eltern sind tot, meine Schwester lebt in Los Angeles. Wir sehen uns höchstens zweimal im Jahr. Ich hab viele Bekannte, aber ich hab niemanden, dem ich mich anvertrauen könnte. Außerdem bin ich fürchterlich verspannt. Mein Nacken bringt mich noch um.«

Toni war verwundert, dass unter der perfekten Fassade ein einsamer Mensch zutage kam. Mit der Hand griff er hinüber und massierte ihr die Schultern. Caren reckte sich seinen Berührungen entgegen. Ihre Haut fühlte sich warm und weich an. Der Geruch eines leichten Parfüms wehte ihm entgegen. Tatsächlich waren ihre Muskeln steinhart, und er musste einige Kraft aufwenden, um sie zu lockern. Er dachte daran, dass sie einmal mehr von ihm gewollt hatte, aber für ihn war immer klar gewesen, dass es nur eine Frau in seinem Leben geben konnte.

»Wenn du es nicht aushältst, kannst du mich jederzeit anrufen«, sagte er und zog seine Hand zurück. »Ich werde deinen Sohn finden – das verspreche ich dir. Jetzt muss ich ins Kommissariat. In einer Stunde ist eine Besprechung angesetzt.«

15

»Weil das Opfer keinerlei Papiere bei sich trug«, sagte Phong im Besprechungsraum, »müssen wir davon ausgehen, dass der Täter seine Taschen ausgeräumt hat. Leider konnte die KTU keine Fingerabdrücke, DNA-Spuren oder textile Anhaftungen finden. Der Mörder muss Lederhandschuhe getragen haben.«

»Mist«, sagte Toni. Jetzt konnten sie sich Vergleichsproben von dem Stalker und Fritjof Winter sparen. Es wäre so einfach gewesen, sie um ihre Mithilfe zu bitten und sie als Täter auszuschließen.

»Das Projektil wurde zur Vergleichsuntersuchung zum BKA geschickt«, sagte Phong. »Wenn die Waffe schon mal bei einem Verbrechen benutzt wurde, finden die Kollegen das heraus. Allerdings kann es ein paar Tage dauern, bis sie eine Rückmeldung geben.«

»Gibt es Neuigkeiten zum Tatort?«, fragte Toni.

»Und ob«, erwiderte Phong, nahm einen großen Schluck von seiner Cherry-Cola und stellte das Glas auf dem weißen Resopaltisch ab. »Die Blutlache an der Mauer ist groß gewesen. Hendrik hat viel Blut verloren, bis der Blutkreislauf nach dem Kopfschuss zum Erliegen kam. Wir gehen davon aus, dass zwischen dem ersten und zweiten Treffer eine erhebliche Zeit verstrichen ist.«

»Interessant«, sagte Toni. »Da stellt sich die Frage, warum der Täter gewartet hat. Wollte er eine Information? Hat er seinen Gegner verhöhnt oder über ihn triumphiert? Oder war er über sein eigenes Handeln erschrocken? Möglicherweise hat er auch mit sich gerungen, ob er den Mann wirklich töten soll ... Sonst noch was?«

»An der rechten Hand des Opfers wurden Schmauchspuren gefunden«, erwiderte Phong. »Nicht etwa auf der Handinnenseite wie üblich bei Abwehrverhalten, sondern auf dem Daumen, dem Handrücken und dem Handgelenk. Die Kollegen schlussfolgern daraus, dass Hendrik den Lauf umklammert hat.«

Toni kniff die Augen zusammen. »Möglicherweise haben sie um die Waffe gekämpft. Oder Hendrik zog die Waffe absichtlich zu sich heran. Wollte er vielleicht sterben? Endlich wird es etwas konkreter. Hast du dir die Computer der Jungs besorgt?«

»Klar.«

»Fang mit Hendriks Computer an. Er war der Ältere und nach allem, was ich bisher in Erfahrung gebracht habe, auch der Extremere. Vieles deutet darauf hin, dass er der Anführer war.«

In diesem Augenblick öffnete sich die Tür, und Gesa trat ein. Sie sah abgehetzt und müde aus. Seufzend ließ sie sich auf einen Stuhl fallen und rutschte auf der Sitzfläche vor, um die Beine auszustrecken. »Bitte entschuldigt die Verspätung, aber ich laufe mir die Hacken ab. Ich hab den ganzen Tag nichts gegessen.«

Phong schob ihr eine große Schüssel mit Gummibärchen, weißen Mäusen und Haribo-Konfekt zu. »Bedien dich! Alles, was wir bisher besprochen haben, liegt als Ausdruck für dich bereit.«

»Hast du nichts Anständiges?«, beschwerte sich Gesa. Trotzdem griff sie in die Schüssel und stopfte sich den Mund voll.

»Hast du noch keine Verstärkung bekommen?«, fragte Toni.

Kauend und mit vollen Backen brachte Gesa Töne heraus, die wie »Öh, öh« klangen.

Erneut öffnete sich die Tür, und Kriminalrat Schmitz stürzte herein. »Durchbruch«, schrie er. »Wir haben einen Durchbruch erzielt. Wir haben die Rohkarosserie gefunden. Sie wurde in der Nähe der Autobahnausfahrt Phöben abgelegt. Zwar gibt es an dieser Stelle weit und breit keine Videoüberwachung, aber anhand der Nummer konnte sie eindeutig dem gestohlenen Wagen zugeordnet werden. Bei anderen Fahrzeugen ist die Bande genauso vorgegangen.«

»Was bedeutet das?«, fragte Toni.

»Nun, sie haben den BMW auseinandergeschraubt, um die einzelnen Teile möglicherweise in andere Autos gleichen Typs einzubauen. Nur etwa dreißig Teile der Wagen aus dem Premiumsegment sind mit Individualkennziffern ausgestattet und können zurückverfolgt werden. Bei den restlichen tausend Bauteilen ist das nicht der Fall. Sie können daher auch frei verkauft werden.«

»Aha«, sagte Gesa. »Und warum legen sie die Rohkarosserie ab?«

»Na, das ist doch eindeutig«, sagte Schmitz und rümpfte die

Nase, so als wäre seine Mitarbeiterin begriffsstutzig. »Die Versicherungen übernehmen die Rohkarosserien und veräußern sie an Schrott- und Ersatzteilhändler, die als Mittelsmänner für die Banden arbeiten und die Rohkarosserien mitsamt Papieren legal erwerben. So können die Fahrzeuge wieder zusammengesetzt und mit echten Dokumenten ausgestattet werden.«

Toni schüttelte den Kopf. Das war ja unglaublich! Er überlegte, was diese Information für den Fall bedeutete. Zum einen war nun klar, dass der BMW X5 tatsächlich von einer Schieberbande gestohlen worden war, was wiederum die Schlussfolgerung erlaubte, dass Alexander nicht mit dem Wagen geflohen war.

»Ich muss jetzt dem Polizeipräsidenten Bericht erstatten«, sagte Schmitz. »Heute Abend wird das Lockfahrzeug ausgebracht. Machen Sie nur weiter. Es kann ja nichts schaden, wenn wir der Vollständigkeit halber in alle Richtungen ermitteln.«

»Warten Sie!«, sagte Toni, aber sein Vorgesetzter hatte ihn entweder nicht gehört oder er hatte ihn nicht hören wollen. So stand Toni auf und folgte dem Kriminalrat nach draußen. Er überholte ihn auf dem Gang und stellte sich ihm in den Weg. »Was ist mit der Verstärkung, die Sie versprochen haben?«

»Moment«, erwiderte Schmitz. »Ich hab gar nichts versprochen. Ich habe lediglich gesagt, dass ich sehe, was sich tun lässt. Ich habe einige E-Mails verschickt und gefragt, wer freie Kapazitäten hat. Jetzt warte ich auf Antworten. Es ist ja nicht so, dass die Kollegen Langeweile haben. Auf dieser Etage geht es bei jedem Fall um Leben und Tod. Wir müssen auch die Verhältnismäßigkeit im Auge behalten. Vielleicht ist der Junge nur an die Ostsee abgehauen und lässt sich die Sonne ins Gesicht scheinen.«

»Das glauben Sie doch selber nicht«, erwiderte Toni. »Verschicken Sie keine E-Mails, sondern teilen Sie die Leute ein. Das sind Ihre Teams, Sie können entscheiden.«

»Da haben Sie nun auch wieder recht. Ich werde sehen, was sich machen lässt.«

»Nein, verdammt. Wir brauchen Unterstützung, und zwar jetzt.«

»Wie reden Sie eigentlich mit mir?«

Toni ahnte bereits, dass er bei Schmitz auf die sanfte Tour nichts erreichen würde. Irgendetwas stimmte mit dem Mann nicht. Er setzte Scheuklappen auf und zeigte nur ein einseitiges Interesse für die Autospur, wovon jeder erfahrene Kriminalist abraten würde. Natürlich konnten Personalengpässe entstehen, aber unter normalen Umständen wäre das Team bereits aufgestockt worden. Toni musste an Caren denken und an die verzweifelte Situation, in der sie steckte. Er baute sich zu seiner vollen Körpergröße auf und sagte fest: »Morgen will ich drei zusätzliche Ermittler und mindestens zehn Beamte, die den Schlosspark absuchen.«

»Sie sind nicht in der Position, um Forderungen zu stellen«, erwiderte Schmitz.

»Doch, das bin ich. Und Sie wissen auch, warum.«

Schmitz lächelte spröde. »Ich habe mich schon gefragt, wann Sie Ihren Untersuchungsbericht zum Baumblütenmörder ins Spiel bringen würden, aber ich warne Sie, Sanftleben. Sie halten nur diesen einen Trumpf in der Hand, und Sie sollten sich gut überlegen, wann Sie ihn ausspielen. Hinterher kann es nämlich ungemütlich werden.«

»Das ist kein verdammtes Spiel«, platzte Toni heraus. »Wann kapieren Sie das endlich? Es geht um eine Ermittlung und möglicherweise um das Leben eines sechzehnjährigen Jungen. Sie kennen mich, und Sie wissen, dass ich keine leeren Drohungen ausspreche. Wenn wir morgen keine Verstärkung haben, nagele ich Ihren Arsch an die Wand. Das kann ich Ihnen versprechen.«

Schmitz funkelte ihn böse an.

Toni erwiderte den Blick kühl. Ohne mit der Wimper zu zucken, sagte er: »Morgen!«, und ließ seinen Vorgesetzten stehen.

Im Besprechungsraum setzte er sich auf den Stuhl und atmete tief ein und aus, bis sein Zorn verraucht war. Vielleicht hatte er den Bogen überspannt, vielleicht hatte er nach siebzehnmonatiger Abwesenheit den Umgang im Behördenalltag verlernt, aber er hatte jetzt alles in die Waagschale geworfen. Morgen würde er die Ermittlungen effektiver gestalten können – da war er sich sicher.

»Warum kann ich nicht den Hochzeitstag meiner Eltern feiern«, sagte Gesa, »wenn hier sowieso niemanden interessiert, was wir herausfinden?«

»Moment mal«, sagte Toni. »Vergesst ganz schnell, was der

Kriminalrat soeben von sich gegeben hat. Von einem Durchbruch kann nicht die Rede sein. Es ist genauso gut möglich, dass der Autodieb den Schlüssel zufällig gefunden hat und nichts mit dem Mord zu tun hat. Schmitz und seine Leute verfolgen eine vielversprechende Spur, aber sie können falschliegen. Wir müssen weitermachen, und es eilt, weil Alexander möglicherweise in Not ist. Was hast du herausgefunden?«

»Also gut«, erwiderte Gesa und zog energisch ihren Parka aus. »Einer der Anwohner hat nach Mitternacht, ungefähr gegen halb eins, einen SUV mit hoher Geschwindigkeit Richtung Kladow rasen sehen.«

»Das könnte zum Todeszeitpunkt passen«, sagte Phong mit vollem Mund.

»Hast du schon Videomaterial sichergestellt?«, fragte Toni.

»An zwei der Häuser waren tatsächlich Kameras mit IR-Scheinwerfern installiert, die vermutlich auch den Straßenbereich aufgenommen haben. Leider waren die Anwohner nicht da, aber ich habe eine Nachricht und meine Telefonnummer hinterlassen. Es dürfte nicht mehr lange dauern, bis sie heimkehren und sich melden.«

»Gut«, sagte Toni. »Lass dem Kollegen von der Organisierten Kriminalität Kopien zukommen. Vielleicht erkennt er den Fahrer, das Nummernschild eines weiteren Fahrzeugs oder etwas anderes, was uns entgeht.«

»Außerdem hat Staatsanwältin Winter mir eine Liste mit Kontaktdaten von Alexander zugeschickt«, sagte Gesa. »Schule, Freunde, Tischtennisverein. Das sollte alles abgeklappert werden.«

»Ich weiß«, sagte Toni. »Ich bin mir ziemlich sicher, dass wir morgen früh drei zusätzliche Kräfte für die Laufarbeit haben. Du teilst sie so ein, wie es dir am sinnvollsten erscheint. Phong, was ist mit Hendriks Verurteilung wegen Brandstiftung? Gibt es da einen politischen Hintergrund?«

»Das lässt sich aus der Gerichtsakte nicht ersehen, weil Hendrik von seinem Aussageverweigerungsrecht Gebrauch gemacht hat«, erwiderte der Kriminalkommissar. »So konnte wenig über die Motive und Mittäter in Erfahrung gebracht werden. Weil der Vorsatz durch die Herstellung eines Molotowcocktails aber außer

Frage stand, ist an der Rechtmäßigkeit der Verurteilung nicht zu rütteln.«

Wieder nichts Konkretes, dachte Toni frustriert und fragte: »Was ist mit dem Stalker?«

»Er heißt René Lichter und ist fünfunddreißig Jahre alt«, erwiderte Phong. »In seiner Kindheit erlebte er häusliche Gewalt und Missbrauch. Die weiteren persönlichen Daten findet ihr in den Unterlagen, die ich euch ausgedruckt habe. Normalerweise leben Stalker zurückgezogen und stehen auf einer niedrigen sozialen Stufe. Lichter hat hingegen eine Maurerlehre absolviert. Vor über einem Jahr begann er, Caren Winter mit Briefen, E-Mails und Telefonanrufen zu belästigen. Er verfolgte sie auf Schritt und Tritt und wusste über alles, was in ihrem Leben geschah, Bescheid. Im Februar drang er schließlich in ihre Wohnung ein und hängte seine Kleidungsstücke in den Schrank. Bei dem Einbruch wurde er von einer Nachbarin beobachtet, die sofort die Polizei verständigte. Den eintreffenden Beamten erklärte er, dass die Wohnungsinhaberin seine Verlobte sei.«

»Ts, ts«, machte Gesa kopfschüttelnd.

»Sein Verhalten führte schließlich zu einer Einweisung in eine forensische Klink«, fuhr Phong fort, »wo er den Ärzten von einer Seelenverwandtschaft mit Staatsanwältin Winter berichtete. Zufällige Begegnungen deutete er als schicksalhafte Fügungen, flüchtige Blicke als Zeichen ihrer Liebe und Grüße wie ›Guten Tag‹ oder ›Hallo‹ als codierte Botschaften. Die Ärzte stellten Symptome von Derealisation und Depersonalisation fest. Außerdem äußerte er mehrfach, dass andere Patienten in seinen Kopf sehen und ihn ausspionieren würden. Letzten Endes wurde die Diagnose Schizophrenie mit erotomanischen Zügen gestellt. Die verordnete Therapie schlug an, und vor drei Monaten wurde er mit einer günstigen Prognose entlassen.«

Toni betrachtete Phong aufmerksam.

Der fischte sich grinsend ein Haribo-Konfekt aus der Schüssel und sagte: »Ihr wollt nicht wissen, wo ich so schnell die klinischen Details herhabe. Ich hab sie auch nirgends schriftlich fixiert. Sie sind nur zu eurer Info.«

»Alles klar«, sagte Toni. »Caren hat berichtet, dass Lichter sie seit Februar – also vermutlich seit seiner Einweisung – nicht mehr belästigt. Für wie wahrscheinlich hältst du es, dass er seinen Liebeswahn aufgegeben hat?«

»Schwer zu sagen«, erwiderte Phong. »Die Ausprägung ist von Fall zu Fall unterschiedlich. Generell würde ich sagen, dass Stalking ein Phänomen ist, das sich nicht über Monate, sondern über Jahre oder Jahrzehnte erstreckt. Selbst wenn ein Erotomane für einige Zeit nicht aktiv wird, versteht er behördliche Annäherungsverbote oder Wohnungswechsel eher als Probe für seine Liebe. Deshalb sind Zweifel berechtigt, dass er bereits von Staatsanwältin Winter abgelassen hat. Allerdings weicht Lichter in mehrerlei Hinsicht von der Norm ab. Er hat eine psychische Erkrankung, er ist einer Arbeit nachgegangen, und er ist verheiratet, was für einen Stalker sehr ungewöhnlich ist.«

»Ist er jemals gewalttätig geworden?«

»Jedenfalls nicht gegen Personen. Und außer der aufgebrochenen Wohnungstür gab es auch keine aufgeschlitzten Reifen, Kratzer im Auto, abgerissene Briefkästen oder Graffitis am Haus.«

»Du hast dir ein erschöpfendes Bild von ihm gemacht. Würdest du ihm die Tat zutrauen?«

»Boah. Was für eine Frage? Ich bin kein Arzt, sondern sammele Fakten. Alles, was ich hier zum Besten gebe, ist Laienwissen.«

»Trotzdem«, beharrte Toni.

Phong biss sich nachdenklich auf die Unterlippe und sagte schließlich: »Auf deine Verantwortung! Aber ich hangele mich an der Statistik entlang. Wutmotivierte Stalker werden viel häufiger gewalttätig als Erotomanen. Von Letzteren ist nur jeder fünfte in körperliche Übergriffe verwickelt. Und in diesen Fällen gab es meistens eine intime Vorbeziehung. Insofern halte ich es eher für unwahrscheinlich, dass er gewalttätig wurde. Allerdings gibt es mehrere Punkte, die diese Einschätzung relativieren. Erstens können auch Erotomanen außer Kontrolle geraten. Zweitens litt er an einer psychischen Erkrankung, die ihn ebenfalls aggressiv werden lassen könnte. Und drittens richtete sich das gewalttätige Verhalten nicht gegen Caren Winter, sondern gegen eine dritte Person. Vielleicht hat er sich bedroht oder in die Enge getrieben gefühlt. Was an der Sacrower Heilandskirche passiert ist, wissen wir nicht. Also brauchen wir mehr Fakten, um ihn festzunageln oder zu entlasten.«

Toni nickte zustimmend. »Gute Arbeit, Kollege. Solange ich dieses Team leite, bleibst du mein Mann am Computer.«

Phong ballte die Hand zur Faust und sagte: »Strike!« Dann warf er einen Lakritzbonbon in die Luft und fing ihn mit dem Mund auf.

Toni dachte, dass er nun mit den nötigen Infos ausgestattet war, um sich ein persönliches Bild zu machen. Morgen würde er René Lichter aufsuchen und sein Alibi überprüfen.

16

Obwohl Toni völlig platt war, als er kurz nach Mitternacht über den Steg zum Hausboot ging, erfasste er sofort, dass etwas anders war als gestern Nacht. Er blieb stehen und fragte sich, ob ihm seine strapazierten Nerven einen Streich spielten oder ob er tatsächlich eine Veränderung bemerkt hatte.

Aufmerksam nahm er den Schiffskörper in Augenschein, der sich schemenhaft aus der Dunkelheit hob. Ungewöhnlich waren nur die Bullaugen, aus denen ein goldener Lichtkegel auf das kabbelige Wasser fiel. Ja, normalerweise schlief Sofie zu dieser Uhrzeit bereits. Dass sie vermutlich noch wach war, war tatsächlich »anders«, aber kein Grund zur Beunruhigung, sondern nur die Ausnahme von der Regel.

Schwerfällig setzte er sich wieder in Bewegung, verzichtete auf einen Zwischenstopp an der Reling und öffnete die knarzende Stahltür. Während er die blanken Stufen mit eingezogenem Kopf hinunterstieg, hörte er ein Klopfen, das leiser wurde und sich wie Sofies Gehstock anhörte, der sich auf den Bodendielen schnell entfernte und schließlich ganz verstummte.

Läuft sie vor mir weg?, fragte sich Toni.

Im Salon war die Stehlampe gedimmt. Es roch aromatisch nach Räucherstäbchen und Duftölen. Aus den Boxen erklang die Stimme einer Jazzsängerin, die für ihr sanftes dunkles Timbre bekannt war.

Irgendetwas ging hier vor, und Toni bewegte sich durch den schmalen Gang auf die Eignerkabine zu. Er öffnete die Kajüttür zu ihrem gemeinsamen Schlafzimmer und blickte auf zahlreiche flackernde Kerzen, die die dunklen Holzwände in einen orange-gelben Schein tauchten.

Sofie lag rücklings auf dem Bett. Sie war nackt und räkelte sich lasziv.

Toni schluckte hart. Er war gebannt vom Anblick ihres Körpers, den er in dieser Weise zuletzt vor über siebzehn Jahren gesehen hatte. Ihre kleinen, festen Brüste, ihre schlanken Gliedmaßen und die Scham fesselten und erregten ihn. Er konnte den Blick nicht abwenden und begriff, dass seine Frau ihn verführen wollte.

Ihm fiel ihr abstraktes Ölgemälde ein, das er spontan mit dem Wiedererwachen ihrer Weiblichkeit assoziiert hatte. Vielleicht hatte er richtiggelegen. Das Bild passte zu dieser Situation, aber selbst wenn Sofie nur eine Phase durchlebte, die in einigen Tagen wieder verebbte, wollte er sie auskosten. Seitdem er sie gefunden hatte, hatte er auf diesen Moment gewartet. Was kümmerte ihn der morgige Tag, wenn er jetzt alles haben konnte, wonach es ihn so stark verlangte?

Während er sich die Klamotten vom Leib riss, wischte er sich mit dem Handrücken die Tränen aus dem Gesicht. Es war ihm egal, ob sich nur die aufgestauten Gefühle entluden oder ob er aus Erleichterung weinte. Diese unfassbare Frau bot sich ihm dar, und er wollte sie so sehr, dass es körperlich wehtat.

Mit einem Satz war er über ihr und küsste sie auf den Mund. Ihre Lippen waren weich und nachgiebig. Er bohrte seine Nase in ihre Halsbeuge und saugte ihren unverwechselbaren Duft auf. Rastlos bewegte er sich nach unten und nahm jeden Quadratzentimeter ihres Leibes mit seinen Händen, mit seiner Zunge und mit seiner Haut in Besitz. Er spürte ihr Entgegenkommen, er spürte ihr Verlangen, aber er blieb unruhig, bis er sich endlich zwischen ihre gespreizten Schenkel kniete und sein berstendes Glied einführte.

Mit jedem Millimeter, den er tiefer drang, spürte er, wie bereit sie war. Als er vollständig in ihr war, hielt er inne und hörte das Pochen seines Blutes. Er nahm ihren keuchenden Atem wahr, er sah ihre lustvoll geweiteten Augen, er spürte ihre Fingernägel auf seinem Rücken und war sich endlich sicher, dass dies alles wirklich geschah.

Quälend langsam bewegte er sich auf und ab. Der Kitzel war so intensiv, dass er ihn kaum aushalten konnte. Er wollte sich beherrschen, er wollte jede Millisekunde auskosten, aber ihr Unterkörper presste sich gegen ihn. Sie griff nach seinen Pobacken und flüsterte ihm ins Ohr, dass er kommen solle, dass er tief in ihr kommen solle.

Alles in ihm zog sich zusammen. Er spürte schon die erste gewaltige Welle, sie wuchs weiter an, bis sie ihn ergriff und mitriss. Aufstöhnend warf er den Kopf in den Nacken, packte ihre Hüfte und ergoss sich zuckend in ihren Schoß.

17

Vor acht Monaten

Kurz nach Mitternacht parkte Hendrik den Geländewagen an einem Ort, der weit genug von den Heilstätten entfernt lag. Den Rest des Weges legte er mit den anderen zu Fuß zurück. Ein letztes Mal ließ er die Wodkaflasche kreisen und warf das leere Glasbehältnis dann auf eine Grünfläche, wo es dumpf aufprallte.

Heute war der große Tag! Heute würden sie losschlagen!

Er trat an den Bauzaun und zerrte mit aller Kraft an ihm, bis sich ein schmaler Spalt öffnete. Nacheinander schlüpften Alexander, Paule, Annalena und Fred hindurch. Letzterer übernahm auf der anderen Seite das Metallgitter und erwies ihm den gleichen Dienst. Hendrik reichte den Pappkarton an, dann zwängte er sich durch die Lücke. Jetzt befand er sich auf dem zweihundert Hektar großen Sanatoriumsgelände.

»Was ist in dem Paket drin?«, flüsterte Paule. Es war so kalt, dass sein Atem weiße Wolken warf. »Das klirrt so gläsern. Ist das Schnaps für die Party?«

»Das erfährst du noch früh genug«, erwiderte Hendrik leise und nahm den Pappkarton wieder entgegen. »Wir müssen von der Straße runter. Und lasst die Taschenlampen aus. Ich finde den Weg auch so.«

In der Dunkelheit hastete er an dem alten Küchengebäude vorbei und bog vor der Waschküche in den Wald ab. Die Fensteröffnungen sahen aus wie die dunklen Augenhöhlen eines Totenschädels. Über ihm knarrten die Fichtenstämme im eisigen Westwind. Auf dem gefrorenen Boden lagen so viele Nadeln, dass seine Schritte gedämpft wurden und kaum zu hören waren. Er blieb kurz stehen und wartete, bis die anderen aufgeschlossen hatten.

»Alle da?«, fragte er.

»Brr, ist das kalt!«, fluchte Fred.

»Dann weiter!«, flüsterte Hendrik.

Das Mondlicht erhellte den Trampelpfad nur ungenügend. Wurzeln, Bodenlöcher und Steine waren kaum zu erkennen, sodass er die Füße vorsichtig aufsetzte, um sich nicht die Knöchel zu verstauchen. Das lauteste Geräusch war sein Atem – und dann ertönte plötzlich ein Knacken. Es kam nicht von ihrer Gruppe.

»Stopp«, zischte Paule, der hinter ihm lief. »Sofort stopp! Ich hab was gesehen! Da vorne ist jemand!«

Hendrik ging in die Knie. Er kniff die Augen zusammen und spähte in die Dunkelheit. Mit Sicherheit war er kein ängstlicher Typ, aber ihn befiel ein klammes Gefühl, das nur zu verstehen war, wenn man die Geschichte dieses Ortes kannte.

Am Ende des Ersten Weltkriegs war hier einer der größten Massenmörder aller Zeiten gesund gepflegt worden, um später als »Führer« Deutschland in den Untergang zu treiben. Zwischen 1989 und 1991 hatte der »Rosa Riese«, ein Serienkiller aus Lehnin, fünf Frauen und einen Säugling getötet. Zwanzig Jahre später, im Jahr 2008, brachte ein Fotograf ein Model um.

An diesem Ort entfalteten sich dunkle Energien. Das machte zweifellos die Faszination aus, aber es hinterließ auch einen bangen Beigeschmack. Niemand konnte ahnen, was als Nächstes passieren würde.

Jetzt erkannte Hendrik die Schemen ebenfalls. Es musste eine mehrköpfige Gruppe sein. »Scheiße«, zischte er, versteckte schnell den klirrenden Pappkarton hinter einem Baum und sprang ins Dickicht. Ein Ast peitschte ihm ins Gesicht. Er rannte in den Wald und kniete sich erneut hin. Die anderen waren ihm gefolgt und versammelten sich keuchend um ihn.

»Was ist los?«, fragte Fred und blickte sich gehetzt um. Eben hatte er noch gefroren, jetzt lief ihm der Schweiß in Strömen übers Gesicht. Er stank abartig nach dem Zeug, das er sich in die Venen spritzte.

»Da vorne hocken ein paar Gestalten«, flüsterte Hendrik. »Und ich hab keine Ahnung, was die vorhaben.«

»Wenn das Bullen wären, hätten die uns längst hopsgenommen«, erwiderte Alexander leise. »Die sind genauso vorsichtig wie wir. Ich glaube nicht, dass wir uns vor denen verstecken müssen.«

Hendrik klopfte dem jüngeren Freund anerkennend auf die Schulter und sagte lauter: »Wo du recht hast, hast du recht.« Jetzt war es ihm peinlich, dass er so kopflos die Flucht ergriffen hatte. Er wollte diesen Fauxpas ausbügeln und stapfte hinüber. »He, ihr da«, rief er. »Alles easy. Ihr könnt rauskommen.«

Nach und nach erhoben sich fünf Gestalten. Als Hendrik näher getreten war, erkannte er anhand der Zusammensetzung, dass es sich um eine der illegalen Führungen handeln musste, die regelmäßig auf dem Gelände stattfanden. Der kleine Lockenkopf vorne links trug eine Outdoorjacke, eine Cargohose und Wanderstiefel. Er musste der ortskundige Guide sein. Die anderen Gruppenmitglieder, drei Männer und eine Frau, waren wie sexy Satanisten angezogen und führten technisches Equipment mit. Vielleicht wollten sie einen Gruselporno drehen. Möglicherweise gehörten sie auch zu den Fotografen, die hier Shootings abhielten und ihr Motiv hinterher zerstörten, um einzigartige Bilder zu knipsen, die sie zu Wahnsinnspreisen verkloppten.

»Verdammt«, sagte der Guide. »Ich hab mir beinahe in die Hose gemacht. Ich hab gehört, dass der neue Besitzer Wachschutz mit Hunden engagiert hat.«

»Wuff«, machte Paule. »Wuff, wuff!«

»Das ist nicht witzig«, sagte der Guide. »Ich hab echt keinen Bock, mich mit einem Rottweiler anzulegen. Was macht ihr überhaupt hier? Ich meine, mitten im Februar!«

»Party in der Chirurgie«, erwiderte Hendrik und schaute sich die Frau genauer an. Sie hatte ihr blondes Haar mit Gel zurückgekämmt und trug ein schwarzes Halsband mit einem Silberring, an dem eine Leine festgemacht war, die einer der finsteren Ledertypen in der Hand hielt. So etwas hatte er noch nie gesehen. Die waren wahrscheinlich völlig kaputt, aber irgendwie auch interessant. »Wenn ihr wollt, könnt ihr später vorbeikommen.«

»Wir müssen weiter«, sagte der Ledertyp mit der Leine und gab dem Guide einen brutalen Stoß in den Rücken, sodass dieser einen Ausfallschritt nach vorne machte, um nicht der Länge nach hinzuschlagen. Die Gruppe setzte sich in Bewegung und verschmolz mit den Schatten.

»Hoffentlich stechen sie den Lockenkopf nicht ab«, sagte Annalena. »Der hat garantiert keine Ahnung, mit wem er sich da eingelassen hat.«

»Wieso?«, erwiderte Hendrik. »Das waren doch nur harmlose Gothic- oder Sadomasofreaks.«

»Nee!« Annalena schüttelte entschieden den Kopf und machte ein verkniffenes Gesicht. Offenbar wusste sie mehr, aber sie hielt den Mund.

Paule riss der Geduldsfaden. »Ich will jetzt endlich wissen, was in diesem verdammten Pappkarton ist. Wenn es das ist, was ich glaube, führst du irgendetwas im Schilde, und ich will nicht blind in meinen Untergang rennen.«

»In diesem Ton hast du gar nichts zu wollen«, sagte Hendrik und fuhr etwas versöhnlicher fort: »Aber du hast recht. Es geht euch alle an. Kommt mit!«

Er stapfte zurück zum Karton, kniete sich daneben und holte seine Taschenlampe heraus. Nachdem er sie eingeschaltet hatte, richtete er den Strahl so nach unten, dass alle beobachten konnten, wie er die Papphälften auseinanderklappte und den Inhalt präsentierte. »Tataaa!«

»Das sind ja Mollis!«, sagte Fred und wischte sich den Schweiß aus dem Gesicht, der entweder schon wieder ausgebrochen war oder noch immer in Strömen lief. »Was soll die Scheiße? Du weißt genau, dass ich auf Bewährung draußen bin. Ich will nicht wegen irgendeinem Kinderkram in den Knast.«

»Mach dir nicht ins Hemd«, zischte Hendrik. »Hast du etwa geglaubt, dass wir hier einfach nur eine Party schmeißen und das Feld kampflos räumen? Die Mollis sind nicht nur irgendwelche Brandsätze. Sie sind ein Ausdruck unseres Lebensgefühls, unsere Manifestation der Freiheit. Heute könnt ihr zeigen, wofür wir stehen. Wir leben nach unseren eigenen Gesetzen und lassen uns nicht aussperren. Nicht von irgendwelchen Geldsäcken und nicht von den Bullen.«

»Krasse Rede, Alter«, sagte Paule. »So kenne ich dich. Ich dachte schon, dass du zu einem dieser Bedenkenträger mutiert wärst.«

»Was hast du vor?«, fragte Annalena und kreuzte bibbernd die Arme über der Brust. Als Alexander sah, wie stark sie fror, wickelte er sofort seinen Schal ab und legte ihn ihr schüchtern um.

»Wir fackeln einen Bauwagen am Zentral-Badehaus ab«, erwiderte Hendrik. »So ein Spinner will es zu einem Wellnesstempel umbauen.«

»Scheiße, jetzt verschandeln sie auch noch das Badehaus«, sagte Fred.

»Hab ich das richtig verstanden?«, fragte Paule. »Die Sanierung des Badehauses muss doch zig Millionen verschlingen. Das rentiert sich nicht in hundert Jahren. Ich meine – wer soll denn für eine verdammte Fangopackung in diese Wälder kommen? Das klingt nach einem völlig irrsinnigen Plan.«

»Ist es auch«, sagte Alexander, »genauso irre wie der Typ, der ihn sich ausgedacht hat. Der ist ein lupenreiner Psycho und stalkt meine Mutter.«

»Echt?«, fragte Annalena mitfühlend und griff nach Alexanders Hand. »Das ist ja krass, dann bin ich auf jeden Fall dabei.«

»Deine Mutter ist doch Staatsanwältin«, sagte Paule. »Eine wertvolle Stütze der Gesellschaft.«

»Vor allem ist sie seine Mutter«, erwiderte Hendrik scharf. »Außerdem bist du mit einer richtigen Kapitalistenschleuder hergefahren. Das ist auch nicht gerade konsequent.«

»Ist die Sanierung überhaupt mit dem Rechteinhaber abgestimmt?«, fragte Paule unbeeindruckt weiter. »Sicher müssen Bauanträge gestellt werden, und die Ausbesserungen müssen mit dem Denkmalschutz abgeklärt werden. Das dürfte einen bürokratischen Kleinkrieg geben, der in einem Land wie Deutschland einige Jahre in Anspruch nehmen dürfte.«

»Jetzt halt mal die Schnauze, du verdammter Motherfucker«, zischte Hendrik genervt. »Das ist doch völlig nebensächlich. So langsam glaube ich, dass du hier der Bedenkenträger bist. Entscheidend ist einzig und allein, wer dabei ist.«

Demonstrativ hob Hendrik die Hand.

Alexander und Annalena folgten ihm sogleich.

Nachdem Paule den ersten Schreck überwunden hatte, überlegte er offenbar, ob die Bezeichnung »Motherfucker« auf die Aufdeckung seines Geheimnisses zurückzuführen oder nur ein dummer Zufall war. »Du willst also zwei Fliegen mit einer Klappe schlagen«, sagte er kleinlaut und räusperte sich. »Erstens willst du einen persönlichen Rachefeldzug starten und zweitens unsere autonome Zone verteidigen.«

»Dass du immer alles so sezieren musst!«, erwiderte Hendrik und taxierte ihn kühl. »Wer bist du? Ein Erbsenzähler, oder was?«

»Nein«, erwiderte Paule. »Ich will nur wissen, worauf ich mich einlasse. Jetzt bin ich im Bilde und kann dir guten Gewissens antworten, dass ich wegen Punkt zwei dabei bin.«

Hendrik verdrehte die Augen und wandte sich an Fred. »Was ist mit dir?«

Dem lief nicht nur der Schweiß übers Gesicht, jetzt schlotterten ihm auch noch die Glieder. Offenbar war er auf Turkey.

»Frag mich nachher noch mal«, antwortete Fred. »Erst muss ich ... muss ich mir was besorgen.«

»Dann ist es abgemacht«, sagte Hendrik. »Wir gehen jetzt auf die Party. Und später, wenn die Sache steigt, sage ich euch Bescheid.«

18

Am nächsten Morgen erwachte Toni früh und wälzte sich von einer Bettseite auf die andere. Er schlug die Augen auf und sah, dass Sofies Hälfte leer war. Im Laken zeichnete sich noch der Abdruck ihres Körpers ab, aber sie war bereits aufgestanden. Seufzend drehte er sich auf den Rücken und schaute an die Decke.

Seine Arme und Beine fühlten sich bleischwer an. In der Nacht hatten sie sich aneinandergeklammert wie Ertrinkende. Obwohl sie längst wund gewesen waren, hatten sie sich aufs Neue stimuliert und miteinander geschlafen. Fünf- oder sechsmal war das so gegangen. Er hätte nicht für möglich gehalten, dass Sofie in ihrem Zustand oder auch er dazu imstande waren, aber etwas hatte sie weiter getrieben, bis sie irgendwann so erschöpft gewesen waren, dass sie mitten im Akt eingeschlafen waren. Die Erinnerung an ihre Ausschweifungen zeigte sofort Wirkung.

Mit erigiertem Glied sprang Toni auf und ging in den Salon. Seine nackten Fußsohlen schmatzten auf den Dielen. In dem offenen Durchgang blieb er stehen und beobachtete, wie seine Frau an der Anrichte hantierte. Der Präsentkorb stand neben ihr. Sie zerbröselte süßes italienisches Gebäck über einer Glasschüssel mit Früchten. Sie trug nur ein enges Unterhemd und einen knappen weißen Slip, der ihr schönes Gesäß betonte.

Er dachte daran, dass heute der perfekte Tag war, um ihr von seiner Überraschung zu erzählen. Auf La Gomera konnten sie weitermachen, wo sie gestern Nacht aufgehört hatten. Zwischendurch konnten sie am Pool ausruhen und sich die Sonne auf den Bauch scheinen lassen. Jetzt zweifelte er nicht mehr daran, dass sie sich freuen würde, aber vorher wollte er sie noch einmal vernaschen.

Von hinten trat er an sie heran, umschlang sie mit seinen Armen und rieb sein Glied an ihren Lenden. Er drückte seinen Mund an ihr Ohr und flüsterte: »Ich muss nur an dich denken, um hart zu werden. Du bist die schönste Frau der Welt.«

»Ach, Toni«, sagte sie und wand sich in seiner Umarmung. »Du siehst doch, dass ich gerade einen Obstsalat zubereite.«

»Nur einmal noch«, flüsterte er und führte seine Hand langsam nach unten, wo seine Finger zunächst auf den weißen Baumwollslip trafen und dann ihre weiche Spalte ertasteten.

In einer plötzlichen Heftigkeit drehte Sofie die Schultern hin und her und nahm auch ihre Arme zur Hilfe, um ihn abzuschütteln. »Jetzt lass mich endlich in Ruhe«, sagte sie. »Ich will das nicht.«

Verwirrt trat Toni einen Schritt zurück. Hatte er etwas falsch gemacht?

»Und schau mich nicht wie ein liebeskranker Teenager an«, sagte Sofie. »Das geht mir auf die Nerven.«

Toni kannte ihre Stimmungsschwankungen. Trotzdem taten sie weh. Besonders stark waren sie vor siebzehn Jahren gewesen, bevor sie spurlos verschwunden war. Er wusste noch immer nicht mit Sicherheit, was sie damals angetrieben hatte. War es eine postnatale Depression gewesen, oder hatte ein anderer konkreter Anlass dahintergesteckt?

»In der letzten Nacht hast du meine Berührungen genossen«, sagte er. »Du konntest nicht genug von ihnen bekommen. Und jetzt stößt du mich weg. Was hat sich in den vergangenen Stunden verändert?«

Ihr aggressiver Gesichtsausdruck zerfiel. Auch die steile Falte zwischen ihren hellen Augenbrauen glättete sich. Er bemerkte, dass die Konturen ihrer Lippen von der gestrigen Nacht noch verwischt waren, als sie aufgewühlt erwiderte: »Das ist es nicht.«

»Was ist es dann? Hat die Hypnosetherapie etwas ergeben? Gibt es neue Erkenntnisse?«

»Es tut mir so leid«, sagte sie und knickte die Schultern ein. Ihre Augen schwammen in Teichen. »Du kannst nichts dafür, du bist wie immer, du bist der einzige Mann, den ich jemals geliebt habe. Das darfst du nicht vergessen – hörst du? Ich möchte dich nicht verletzen. Du bist meine Vergangenheit, du hast mir ein neues Leben geschenkt, und du bist meine Gegenwart. Du bedeutest mir so viel.« Sie schluchzte und brach in Tränen aus.

Behutsam zog er sie an sich. Dieses Mal wehrte sie sich nicht. Er strich über ihren bebenden Rücken und sprach beruhigend auf sie ein. »Du bist wunderschön und klug! ... Du machst Riesenfortschritte! ... Du musst dich erst wieder eingewöhnen! ... In den letzten siebzehn Jahren hat sich so viel verändert! ... Alles wird gut, das verspreche ich dir ...«

Während er sanft auf sie einredete, merkte er, wie er unbewusst nach einer Ursache ihrer Verzweiflung forschte. Gleichzeitig fürchtete er sich, dass er fündig werden könnte. Er hatte das Gefühl, dass es etwas in ihr gab, an das er nicht herankam. Eine dunkle Kammer, die sorgsam verschlossen war. Vielleicht wusste sie selbst nicht einmal, was sich dort verbarg.

Er hielt sie noch eine Weile im Arm, strich ihr durchs Haar und küsste sie auf die Stirn, bis sie sich selber von ihm löste und ihm versicherte, dass alles in Ordnung war. Gemeinsam setzten sie sich an den Tisch und frühstückten. Durch die Bullaugen fiel das erste Tageslicht. Weißgraue Nebelschwaden zogen über die Bucht.

Bemüht fingen sie ein Gespräch an und unterhielten sich eine Weile über Belangloses, bis ihnen nichts mehr einfiel und sie verstummten. Sofie konzentrierte sich auf ihre Mahlzeit, und Toni beobachtete sie dabei. Was ist nur los?, fragte er sich.

Als er eine Viertelstunde später im Wagen saß und mehrmals den Zündschlüssel drehte, ohne dass der Motor ansprang, sorgte er sich nicht um die Batterie oder um den nächsten Werkstattaufenthalt, sondern um seine Frau. Ein zweites Mal würde er nicht den gleichen Fehler begehen. Wenn er den Eindruck gewinnen sollte, dass sich ihr psychischer Zustand weiter verschlechterte, würde er professionelle Hilfe besorgen. Allein der Gedanke, sie noch einmal zu verlieren, war unerträglich.

19

Toni wollte schon einen Bootsnachbarn bitten, ihm Starthilfe zu geben, als sein Renault doch noch ansprang. Er fuhr zum Kommissariat und ließ auf dem Parkplatz den Motor laufen. Schnell überzeugte er sich, dass sein Vorgesetzter zusätzliche Kräfte organisiert hatte. Dann brach er in Richtung Kloster Lehnin auf, wo sich Carens Stalker, René Lichter, derzeit aufhielt. Die Befragung würde sicherlich einige interessante Erkenntnisse erbringen.

Toni kannte die Strecke gut und wusste, dass er ungefähr eine halbe Stunde brauchen würde. Mit dem Gedanken, dass Sofie ihn jederzeit erreichen konnte, zwang er sich zu innerer Ruhe. Solange er in diesem Fall ermittelte, musste er einen klaren Kopf bewahren.

Beim Wildpark standen Fahrzeuge des Forstamtes am Straßenrand. Arbeiter beschnitten die Bäume mit Motorsägen, um sie winterfest zu machen. Am Plessower Eck warb der Obsthof Lindicke mit bunten Schildern für seine Erzeugnisse. Wenig später fuhr Toni durch Plötzin, wo die Häuser in typisch brandenburgischer Bebauung so nah an der Fahrbahn standen, dass er sich fragte, ob die Bewohner manchmal Angst hatten, dass ihnen ein Auto ins Wohnzimmer krachte.

Schon früher hatte er die Überlandfahrten gemocht, weil sie ihn durch idyllische Dörfer führten, die ihrem ganz eigenen Rhythmus folgten. Vor einigen Toreinfahrten standen Tische mit Kürbissen und Walnusssäcken, die man kaufen konnte.

Toni erreichte die Gemeinde Kloster Lehnin und stellte seinen Wagen auf dem großen Parkplatz ab. Die Gründung des namensgebenden Zisterzienserklosters war im Jahr 1180 durch Markgraf Otto I. erfolgt. Heute beherbergte die historische Anlage das Luise-Henrietten-Stift, das viele wohltätige und heilende Einrichtungen wie ein Altenhilfezentrum, ein Hospiz und eine Kindertagesstätte betrieb. Auch wurde ein breit gefächertes Fortbildungs- und Kursangebot offeriert.

Phong hatte in Erfahrung gebracht, dass René Lichter hier

sogenannte Rekreationstage verbrachte. Mit dem liturgischen Rahmen der Stundengebete, mit Meditation und Körperarbeit, mit Schweigen und langen Wanderungen durch die Natur wollte er Gott finden. Hoffentlich ist er erfolgreich, dachte Toni und schritt durch das Klostertorfragment.

Die Sonne hatte sich durchgesetzt und strahlte auf junge und alte Bäume herab, deren herbstlich gefärbte Blätter in phantastischen Farben leuchteten.

Der Empfang befand sich im gelben Elisabethhaus. An der Tür hing ein Zettel, der sich an die Übernachtungsgäste richtete. Eine Mobilfunknummer war angegeben, die Toni sogleich in sein Handy tippte. Der Leiter des Gästewesens erteilte ihm die Auskunft, dass gestern zwar einige Teilnehmer angereist seien, der Kurs aber erst heute Nachmittag beginne. Er solle sein Glück in der Klosterkirche versuchen, die von den Ankömmlingen gerne besucht werde. Bei einem Fehlschlag solle er sich noch mal melden, dann würden sie sich gemeinsam auf die Suche machen.

Toni bedankte sich für die Hilfe und betrat das imposante Gotteshaus, das zwischen 1183 und 1262 erbaut worden war und zu den bedeutendsten Backsteinbauten in Brandenburg zählte. Die dreischiffige Pfeilerbasilika wies eine Kreuzform auf. Im Inneren waren Bögen und Säulen rot verklinkert, dazwischen waren die Flächen weiß verputzt. Die massiven Kirchbänke wirkten unter dieser hohen gotischen Decke fast verloren. Dass sich ein Gläubiger – angesichts dieser Größenverhältnisse – seiner eigenen Beschränktheit und der Allmacht Gottes bewusst wurde, geschah wohl zwangsläufig.

Toni fand René Lichter im »Raum der Stille«, einem kleinen, niedrigen Gebets- und Andachtsraum, in dem es zwischen Backsteinsäulen nur wenige Sitzgelegenheiten gab. Auf einem vielarmigen Kerzenständer brannten ein Dutzend Teelichter, die Gläubige angesteckt hatten, um für ihre Angehörigen und Freunde Gottes Segen zu erwirken.

Toni wusste nicht genau, was für ein Scheusal er erwartet hatte, aber das äußere Erscheinungsbild überraschte ihn. Wenn man alle Informationen berücksichtigte, erwies es sich jedoch als stimmig.

Lichters Haar war von einer undefinierbaren Farbe, die zwischen Blond und Braun rangierte. Obwohl er breitschultrig war, saß er gekrümmt in der Bank und hielt den Blick gesenkt. Seine Kleidung war von ordentlicher Qualität, ohne jedoch durch Farbgebung, Motive oder Schnitt aufzufallen. Der Mann konnte sich in jeder Menschenmenge bewegen, ohne dass er in Erinnerung blieb. Er wirkte so schüchtern, verloren und introvertiert, dass man unwillkürlich den Wunsch verspürte, ihm aufmunternd auf die Schulter zu klopfen. Man konnte ihm in keiner Weise ansehen, dass ein gefährlicher Liebeswahn in ihm lauerte.

Toni setzte sich neben ihn und wies sich aus. Ihm war klar, dass dies nicht der richtige Ort für eine Befragung war, aber er wollte sie überfallartig hinter sich bringen, um Carens Namen herauszuhalten. Der Psychoterror sollte nicht von vorne losgehen.

»Im Rahmen einer Verbrechensermittlung muss ich überprüfen«, sagte er, »wo Sie in der Nacht von Freitag auf Samstag zwischen zweiundzwanzig Uhr und zwei Uhr morgens waren.«

»Was für ein Verbrechen?«, fragte Lichter erschrocken und hob den Kopf, ohne ihm in die Augen zu sehen.

Toni musste an die familiäre Vorgeschichte des Mannes denken, die Phong bei der letzten Besprechung angedeutet hatte. Viele Erotomanen wuchsen in einem kalten oder brutalen Umfeld auf, in dem sie kein Selbstbewusstsein entwickeln konnten und sich minderwertig fühlten. Im Laufe ihres Lebens gelang es ihnen nicht, erfüllende Partnerschaften einzugehen. So zogen sie sich immer mehr zurück und bauten Phantasiewelten auf, in denen sich ihre Sehnsüchte erfüllen konnten.

Toni spürte, dass bei René Lichter vieles im Argen lag. Beinahe hatte er Mitleid mit ihm, bis er sich ins Gedächtnis rief, welche Todesängste Caren ausgestanden hatte.

»Ich habe Ihnen eine einfache Frage gestellt«, sagte Toni hart. »Antworten Sie gefälligst!«

»In der Nacht von Freitag auf Samstag?«, fragte Lichter. Eingeschüchtert blickte er nach vorn, dann seitlich an Toni vorbei und schließlich auf seine Hände. So ging es weiter, sein Kopf wanderte hin und her, bis er plötzlich stammelte: »Im Haus meiner Frau. Wir ... wir waren getrennt, aber wir ... wir wohnen jetzt wieder zusammen.«

»Und Ihre Frau kann das bezeugen?«

»Ja ... ja.«

»Wo hält sie sich zurzeit auf?«

»In Brielow am Beetzsee. Die Straße heißt ... heißt Am Seehof, aber Sie dürfen sie nicht ... nicht beunruhigen. Ich hab nichts getan. Und ich möchte gerne ... gerne wissen, was –«

»Haben Sie einen Wagen?«, unterbrach Toni ihn und notierte sich die Adresse.

»Ich ... ich meine, wir ... also meine Frau hat ein Auto. Ich darf es ... benutzen. Können Sie mir nicht ... sagen, um was –«

»Danke für Ihre Kooperation«, sagte Toni und stand auf. »Wenn Ihre Angaben der Wahrheit entsprechen, haben Sie nichts zu befürchten und werden nichts mehr von mir hören.«

Ohne sich noch einmal umzusehen, verließ er die Klosterkirche. Zweifellos würde diese Begegnung den Mann noch lange beschäftigen. Toni wusste, dass er keine menschliche Glanzleistung vollbracht hatte, aber er hatte eine Abwägung vornehmen müssen, was schützenswerter war: Lichters Gemütszustand oder Carens Sicherheit. Insofern hatte er richtig gehandelt.

20

Vor acht Monaten

Ein schriller Schrei hallte in den Beelitzer Heilstätten durch die alte Chirurgie.

Obwohl Hendrik eine Gänsehaut bekam, musste er lachen. Diese Einlage ging zweifellos auf das Konto eines Partygastes, der sich einen Scherz erlaubte und für eine authentische Atmosphäre sorgte.

Am Ende des Zweiten Weltkriegs waren hier Eingriffe ohne Narkose durchgeführt worden. Man munkelte, dass die Schmerzensschreie der Patienten in stillen Nächten aus der Vergangenheit echoten. Man erzählte sich auch, dass die Seelen der Verstorbenen durch die Flure schlurften, Türen zuschlugen und anderen Unfug trieben. Sogar die Geisterjäger der »Austria Paranormal Investigators« hatten die Erscheinungen untersucht.

Hendrik glaubte nicht an solchen Hokuspokus, aber die realen Gefahren sah er durchaus. Vor einigen Jahren bröckelte ein französischer Balkon an der Ostseite des Gebäudes ab und riss jemanden in den Abgrund. Jemand anderes sprang im Drogenrausch vom Dach und kam ebenfalls ums Leben. Man musste an einem solchen Ort nicht nur die Baufälligkeit berücksichtigen, sondern auch dem Todessog widerstehen, der von dieser morbiden Pracht ausging.

»Im Winter eine solche Party zu feiern ist eigentlich unsinnig«, sagte Toralf, der regungslos am offenen Fenster stand und in die Ferne spähte. Womit er seinen Lebensunterhalt bestritt, war völlig unklar. Seriöse Möglichkeiten boten sich ihm nicht, denn auf seiner Stirn war ein Hakenkreuz tätowiert, das er mit Nähnadel und Tinte notdürftig zu einer »666«, zur Zahl des Antichristen, umgestochen hatte, die seinen Gesinnungswandel veranschaulichte. Er sprach mit einer sanften Stimme, die in einem beunruhigenden Kontrast zu seinem kalten, emotionslosen Blick stand. »Doch genau deshalb ist es richtig. Sogar die Jahreszeiten können uns nichts vorschreiben.«

»Genau, Alter«, sagte Hendrik, der in Toralf so etwas wie ein

Studienobjekt sah. Er wollte herausfinden, welche Lebensquali-
tät man hatte, wenn man über keinerlei menschliche Regungen
und Einfühlungsvermögen verfügte. Für heute hatte er genügend
Material gesammelt und verschob sein Fazit auf einen späteren
Zeitpunkt. Er trank sein Bier in einem Zug aus, warf die Flasche
aus dem Fenster und schaute auf seine Armbanduhr. »Ich muss
weiter.«

»Soll ich auf dem Posten bleiben?«, fragte Toralf.

Weil der Baggerangriff auf den Eingangsbereich nicht lange
zurücklag und die Bullen möglicherweise patrouillierten, hatte
Hendrik mit ein paar anderen Leuten vereinbart, dass sie in alle
Himmelsrichtungen Ausgucke besetzten, um rechtzeitig gewarnt
zu sein. Große Befürchtungen mussten sie allerdings nicht hegen.
Die Chirurgie bot zahlreiche Fluchtmöglichkeiten. Sogar eine
Hundertschaft konnte nicht alle Ausgänge kontrollieren.

»Ich schick dir eine Ablösung«, erwiderte Hendrik. »Es war
wieder aufschlussreich, mit dir zu plaudern.«

Er stapfte durch den Gang, der bei diesem hundertsechzig Meter langen Gebäude endlos wirkte. Alte Fliesen, Scherben und
Geröll knackten unter seinen Sohlen. Zwei schwankende Gestalten kamen ihm entgegen. Wahrscheinlich waren sie zu abgefüllt,
um als Spähposten zu taugen. Trotzdem schickte er sie zu Toralf.
Links von ihm führten offene Türen in die ehemaligen Patientenzimmer, wo sich im gelben Schein der Laternen gespenstische
Szenen abspielten.

Es dauerte nicht lange, bis er Fred entdeckte, der neben einem
Schutthaufen auf einer Matratze kauerte. Der arbeitslose Koch
hatte den Oberarm abgebunden. Eine Kanüle steckte in seiner
Vene. Aus der Einstichstelle sickerte ein schmaler Streifen Blut. So
weggetreten, wie er war, hatte er sich vermutlich »H« gespritzt. In
diesem Fall wäre er für *actions*, wie gezielte Aktionen im Szene-
jargon hießen, nicht zu gebrauchen.

Hendrik gab ihm eine Ohrfeige und sagte: »Wach auf. Es ist so
weit.«

Fred schlug die Lider auf. »Ja, klar«, murmelte er und blinzelte
einige Male, bis er die Augäpfel verdrehte und sein Kopf zur Seite
sackte.

Hendrik schüttelte den Kopf. Wenn Fred bei diesen Temperaturen einschlief, würde er auskühlen, wenn nicht gar erfrieren. Er blickte sich suchend um. Das unruhige Licht einiger Kerzen reichte kaum in die dunklen Ecken, wo noch andere Junkies herumlagen. Endlich entdeckte er einen Schlafsack, der von dunklen Spritzern übersät war, und breitete ihn über Fred aus.

Dann begab er sich zurück in den Flur und setzte seine Suche fort. Er steckte den Kopf in die Patientenzimmer, bis er Paule entdeckte, der auf dem Rücken lag und mit geschlossenen Augen die großen Brüste von Lotte knetete, die rittlings auf ihm saß. Die fünfzigjährige Obdachlose stöhnte heiser, während sie sich langsam auf und ab bewegte. Bis vor zwei Jahren hatte die frühere Sozialarbeiterin ein Wohnprojekt betreut und sich aufopferungsvoll um junge Ausreißer gekümmert. Dabei lernte sie auch Annalena kennen. Dann wurden die Mittel gestrichen, und sie landete selbst auf der Straße. Mittlerweile soff sie wie ein Loch und lehnte jede staatliche Hilfe strikt ab.

Obwohl Lotte ganz unten angekommen war, mochte Hendrik sie. Jetzt musste er jedoch daran denken, dass Paule auch seine Mutter gevögelt hatte. Diese hatte sich so sehr ihrem Charity-Life verschrieben, dass sie den gesunden Menschenverstand verloren hatte. Hatte sie überhaupt eine Ahnung, mit wem sie da rumgemacht hatte? Er wollte lieber nicht wissen, in wen Paule sein Ding noch so reinsteckte.

Als Hendrik wütend in den Raum stapfte, bemerkte er, dass hier noch andere Paare pimperten. In der Luft lag ein schwerer Sexgeruch. Er kniete sich neben Paule, stieß ihn grob an und sagte: »Benutzt du wenigstens Kondome?«

»Was?«, erwiderte Paule, schlug die Augen auf und blickte sich hektisch um.

Hendrik hätte ihm am liebsten in die Fresse gehauen, aber das hätte auch nichts geändert. »Guck nicht so dämlich. Es ist gleich so weit!«

»Mann, Alter. Du siehst doch, dass ich beschäftigt bin.«

»Dann komm mal zum Abschluss. Wir treffen uns in zehn Minuten am östlichen Ausgang. Da, wo wir den Pappkarton deponiert haben.«

Hendrik ging weiter und begegnete zahlreichen Bekannten. Die meisten gehörten den Autonomen oder verwandten Subkulturen an. Natürlich waren auch Leute darunter, die sich keiner Richtung zugehörig fühlten, aber hier war das egal. In diesem verfallenen Gebäude wurden viele Überzeugungen toleriert. Jeder durfte sich mit seinen Spleens und Macken präsentieren, ohne abgewertet zu werden. In den Weiten der Beelitzer Wälder durfte sich jeder geben, wie er war.

Die Heilstätte ist unsere Endstation Sehnsucht, dachte Hendrik.

In dem Dachboden über dem Flügel fand er endlich Annalena und Alexander. Im schummrigen Licht zweier Taschenlampen tanzten sie nach einem Lied, das sie über kleine weiße Ohrstecker hörten. Nach den sanften Bewegungen zu urteilen, musste es sich um einen langsamen Song handeln. Während sie sich an den Händen hielten, bewahrten sie einen halben Schritt Abstand, sodass sich ihre Körper nur selten berührten. Und wenn es doch einen Kontakt gab, zuckten sie zurück, als hätten sie sich verbrannt.

Hendrik wusste ungefähr, was Annalena durchgemacht hatte. Bei all der Scheiße, die sie von klein auf ertragen hatte, war es ein Wunder, dass sie sich noch nicht aufgehängt hatte. Trotzdem brachte sie genügend Zartheit auf, um sich auf jemanden wie Alexander einzulassen, der sexuell unerfahren und wegen der Scheidung seiner Eltern völlig verunsichert war.

Hendrik hatte noch nie zu Sentimentalitäten geneigt, aber was sich hier abspielte, war von einer Unschuld, die auch ihn berührte. Er überlegte, ob er die beiden gewähren lassen sollte, aber sein Pragmatismus siegte über die romantische Anwandlung. Sie hatten noch etwas zu erledigen. Und Alexander sollte den ersten Molli werfen. Immerhin gehörte der Bauwagen dem Stalker seiner Mutter.

Er trat neben sie, wartete, bis die beiden die Stöpsel aus den Ohren gezogen hatten, und sagte: »Es geht los!«

21

In Brielow, am Wohnort des Stalkers, trat Toni an die Haustür des Eigenheims und lauschte. Er nahm Musik wahr, außerdem die Stimmen zweier Personen. Er drückte auf den Klingelknopf und hörte, wie zuerst das Gespräch verstummte und dann der romantische Song ausgestellt wurde. Auf die eingekehrte Stille passierte nichts. Als nach einer Minute noch immer niemand erschienen war, presste Toni erneut seinen Daumen auf den Klingelknopf und beließ ihn an Ort und Stelle, bis er durch die Milchglasscheibe die Silhouette einer hochgewachsenen Frau sah.

Die ungefähr Vierzigjährige riss die Tür auf und sagte mit einer rauchigen Stimme: »Nun ist aber gut.« Irritiert wanderte ihr Blick an ihm rauf und runter und blieb schließlich an seiner Muschelkette hängen.

Toni kannte diese Reaktion. Er passte eben in keine Schublade. »Sind Sie Frau Lichter?«, fragte er.

Ihre wasserstoffblonden Haare waren hoch und zur Seite toupiert, sodass sie ihr schmales Gesicht wie ein Strahlenkranz umgaben. Ihr durchtrainierter Oberkörper steckte in einem schwarzen Body, der in einem hautengen Minirock mündete, der bis zur Mitte ihrer schlanken gebräunten Schenkel reichte. Mit einer Hand zupfte sie am Saum, so als säße das Kleidungsstück nicht richtig, mit der anderen Hand hielt sie eine halb volle Sektflöte. An ihren Fingern steckten zahlreiche Silberringe. Von ihrer ganzen Erscheinung ging etwas Raubtierhaftes aus.

»Ja«, erwiderte sie mit einer Reibeisenstimme.

Toni starrte auf die prickelnde goldgelbe Flüssigkeit und spürte ein Ziehen in den Eingeweiden. Unter Aufbietung seiner ganzen Willenskraft riss er sich los und sagte: »Wollen Sie denn gar nicht wissen, wer ich bin?« Natürlich befürchtete er, dass René Lichter seine Frau über seine Ankunft informiert und Absprachen mit ihr getroffen hatte.

»Das werden Sie mir schon sagen«, erwiderte sie.

Er zog seinen Ausweis aus der Tasche und sagte: »Kriminalpolizei Potsdam. Im Rahmen einer Ermittlung muss ich wissen, wo sich Ihr Ehemann in der Nacht von Freitag auf Samstag zwischen zweiundzwanzig Uhr und zwei Uhr morgens aufgehalten hat.«

»Moment«, sagte Frau Lichter, zog die Tür hinter sich zu und trat zu Toni hinaus auf das Eingangspodest. Sie griff sich den Ausweis, begutachtete ihn von beiden Seiten und gab ihn wieder zurück. »Ich will zuerst wissen, was René angestellt hat.«

»Er hat vermutlich gar nichts angestellt. Bei dieser Befragung geht es nicht darum, ihm etwas nachzuweisen, es geht einzig und allein darum, ihn von vornherein als Verdächtigen auszuschließen. Insofern handelt es sich um eine reine Routineangelegenheit. Bitte beantworten Sie jetzt meine Frage.«

»Hören Sie mal gut zu. Ich kenne meine Rechte. Ich muss überhaupt nichts sagen, wenn Sie mir nicht mitteilen, um was es sich handelt.«

Frau Lichter wirkte sehr selbstsicher. Durch einen aggressiven Tonfall würde sie sich nicht einschüchtern lassen. Also musste er anders ans Ziel gelangen und legte die Hand auf die Klinke. »Am besten reden wir drinnen weiter«, sagte Toni.

Sofort schob sich Frau Lichter zwischen ihn und die Tür. »Nein«, sagte sie, »das will ich nicht.«

»Hören Sie«, sagte Toni streng. »Es muss niemand erfahren, dass Sie Männerbesuch empfangen, während Ihr Ehemann Hilfe im Kloster Lehnin sucht. Mit wem Sie hier zusammen sind, geht weder mich noch sonst irgendjemanden etwas an. Deshalb rate ich Ihnen zu kooperieren.«

»Wollen Sie mich erpressen?«

»Ich will Antworten«, erwiderte Toni. »Und ich verstehe nicht, warum Sie ein solches Theater veranstalten. Aber wenn Sie eine härtere Gangart bevorzugen, ist es mir auch recht. Sie hören von mir.«

Abrupt drehte Toni sich um und marschierte auf das Gartentor zu. Ihm gefiel nicht, was er hier abzog, aber er konnte Carens Schutz nur gewährleisten, wenn er weder ihren Namen noch den Grund der Befragung offenlegte.

Frau Lichter stöckelte ihm auf schwarzen Pumps schnell hinterher. »René muss nichts erfahren. Er hat schon genug gelitten.«

Aus irgendeinem Grund nahm Toni der Frau die Rücksicht-nahme auf ihren Ehemann nicht ab. Er hielt es für wahrscheinlicher, dass sie die Affäre aus einem anderen Grund verheimlichen wollte. Vielleicht wollte sie die Identität ihres Liebhabers schützen. »Also zum letzten Mal: Wo war Ihr Ehemann in der Nacht von Freitag auf Samstag?«

»Lassen Sie mich mal überlegen. Und rasten Sie nicht gleich wieder aus, ja? In der Nacht von Freitag auf Samstag, ja? Da sind wir früh zu Bett gegangen. So gegen neun Uhr abends. Daran sind die meisten Maurer gewöhnt, weil sie früh auf die Baustellen fahren.«

»Und Sie haben auch tatsächlich geschlafen?«

Im Gesicht von Frau Lichter zuckte es argwöhnisch. »Was denn sonst?«

»Ich meine, ob er nachts vielleicht aufgestanden ist? Oder ob er das Haus noch mal verlassen hat?«

»Ach so. Würden Sie bitte nicht so schreien. Dass Sie von der Polizei sind, muss ja nicht die halbe Nachbarschaft mitbekommen.«

»Und?«

»Keine Ahnung. Wenn ich schlafe, dann schlafe ich.«

Jetzt war es an Toni, seine Gesprächspartnerin argwöhnisch zu mustern. »Wie können Sie sich ein Haus in dieser gehobenen Neubausiedlung leisten? Direkt am Beetzsee? In dieser reizvollen Landschaft? Ihr Ehemann hat angedeutet, dass es Ihnen gehört.«

Ein Anflug von Stolz huschte über ihr Gesicht. »Alles Eigenarbeit. René ist sehr fleißig. Er braucht nur jemanden, der ihm die Richtung vorgibt.«

Tonis Blick fiel auf eine Palette Pflastersteine und mehrere Säcke Zement. Richtschnüre waren zwischen der Hauswand und der Garage gespannt, die in den hinteren Gartenbereich führten. Es sollte wohl ein gepflasterter Weg verlegt werden. Und plötzlich verstand Toni, was die Eheleute verband. Die Frau schöpfte aus der Beziehung einen materiellen Nutzen, und der Mann bezog aus ihren Aufträgen sein Selbstbewusstsein. Solange er Dienstleistungen für sie verrichtete, wurde er gebraucht und war etwas wert. Für normale Menschen mochte diese Übereinkunft deprimierend erscheinen, aber für René Lichter war es möglicherweise der einzige Weg, um zu überleben.

»Ihr Mann erwähnte, dass Sie getrennt waren. Warum wohnen Sie wieder zusammen?«

»Nach der Trennung ging es ihm eine Zeit lang nicht so gut«, erwiderte Frau Lichter. »Er hat Dummheiten begangen, und die Ärzte haben mir erklärt, dass die Trennung ein traumatisches Erlebnis für ihn war und seine seelische Krise ausgelöst hat. Er tat mir so leid. Und da hab ich ihn zurückgenommen.«

Erneut fiel es Toni schwer, ihr die Rolle der selbstlosen Helferin abzunehmen. Es war wohl eher so, dass sie während der Trennung gemerkt hatte, dass ihr ein Versorger fehlte, der ihr ein angenehmes Leben ermöglichen konnte. »Was war der Grund für Ihre Trennung?«

»Das ist privat. Das muss ich Ihnen nun wirklich nicht beantworten.«

Toni fragte sich, ob der Liebhaber im Inneren des Hauses oder einer seiner Vorgänger eine Rolle gespielt hatte. Die Antwort war allerdings nicht wichtig genug, um sie mit Druck einzufordern. »Wo steht Ihr Wagen?«

Mit Besitzerstolz zeigte sie auf die Straße und sagte: »Das weiße BMW-Cabriolet da.«

»Es kann sein, dass ich oder einer meiner Kollegen Ihre Aussage protokollieren muss. Möglicherweise müssen Sie zu diesem Zweck ins Kommissariat kommen. Auf Wiedersehen«, sagte Toni und begab sich zu dem Fahrzeug.

Der BMW war ein Modell der Kompaktklasse. Der Kofferraum war zu klein, um einen Sechzehnjährigen darin zu befördern. Auf der winzigen Rückbank und den Vordersitzen konnte Toni keine Blutspuren oder verdächtige Gegenstände entdecken. Nach dem Zustand der Fußmatten zu urteilen, lag die letzte Grundreinigung mehrere Wochen zurück.

Er fotografierte das Fabrikat der Reifen und die Profile, soweit er sie ablichten konnte. Die Bilder schickte er mit der Bitte an Phong, sie an die KTU weiterzuleiten und mit den Reifenspuren zu vergleichen, die am Schlosspark Sacrow sichergestellt worden waren. Dann setzte er sich ins Auto und fuhr Richtung Potsdam.

Während die Sonne auf das Autodach schien und die Landschaft vorüberflog, dachte Toni, dass sich einige Angaben von Frau Lichter in das Gesamtbild einfügten. Stalking wurde häufig durch ein einschneidendes negatives Erlebnis ausgelöst. Der Tod einer Bezugsperson, die Trennung des Partners, plötzliche Arbeitslosigkeit oder eine schwere Demütigung konnten zum Auslöser werden. Durch den Liebeswahn versuchte der Stalker, das zerstörte Selbstwertgefühl wiederherzustellen.

Toni sah die gekrümmte Gestalt René Lichters noch vor sich. Erneut regte sich Mitgefühl in ihm, und erneut rief er sich zur Ordnung. Schon bei früheren Fällen hatte er widerstreitende Empfindungen gehabt, wenn Missbrauchsopfer zu Tätern geworden waren, aber er durfte sich den klaren Blick nicht vernebeln lassen. Er musste sich auf die Aufgabe konzentrieren, die ihm zugewiesen war: die Aufdeckung von Straftaten. Das Urteil mussten andere fällen.

22

Vor acht Monaten

Auf dem Gelände der Beelitzer Heilstätten hockten sie zu fünft auf dem gefrorenen Waldboden. Ihr Atem warf weiße Fahnen. Hendriks Finger waren so steif, dass er sie kaum bewegen konnte. Mehrmals rieb er die Hände aneinander, bis er endlich die Papphälften auseinanderklappte, die Mollis aus dem Karton nahm und die Stofffetzen mit Benzin tränkte. Danach verteilte er die Flaschen an Annalena, Alexander und Paule.

»Hör zu«, sagte er zu Fred, der zu seiner großen Überraschung ebenfalls erschienen war. »Ich rechne es dir hoch an, dass du hier bist, aber ich weiß nicht, ob das eine gute Idee ist. Du siehst ziemlich fertig aus.«

»Gib ... schon ... her«, erwiderte Fred und machte zwischen den Worten Pausen, die sich so lang dehnten wie geschmolzener Käse. Geräuschvoll zog er den Rotz hoch und griff sich einen Molli.

»Ist okay«, sagte Paule. »Ich pass auf ihn auf.«

»Auf deine Verantwortung«, erwiderte Hendrik und verteilte Feuerzeuge, die auch bei Wind gut funktionierten, und Trillerpfeifen, die sie sich um den Hals hängten. »Wir teilen uns auf«, fuhr er fort. »Der Bauwagen steht an der Straße nach Fichtenwalde, ungefähr auf der Höhe des Badehauses. Paule, du kennst das Gelände genauso gut wie ich. Du und Fred – ihr lauft einen weiten Bogen und nähert euch über die Quadranten B und C an. Wir treffen uns in spätestens fünfzehn Minuten. Wenn ihr den Bullen begegnet oder irgendetwas schiefgeht, benutzt ihr zur Warnung die Trillerpfeife und haut in östlicher Richtung ab. Wir treffen uns dann beim Auto.«

»Was ... ist ... mit der ... Party?«, erkundigte sich Fred, dem am Ende seiner Frage die Augen zufielen.

»Jetzt reiß dich mal zusammen«, sagte Paule, packte ihn am Kragen und rüttelte ihn wach.

Hendrik schüttelte missbilligend den Kopf, aber er wusste, dass er sich auf Paule verlassen konnte. Wenn dieser versprach, dass er auf Fred aufpassen würde, würde er sein Wort halten. »Die Party ist weit genug entfernt. Die anderen werden von dem Zauber erst etwas mitbekommen, wenn die Feuerwehr und die Bullen aufkreuzen. Und dann müssen sie auch nichts befürchten. Die Einsatzkräfte können ja nicht gleichzeitig den Tatort sichern und die Chirurgie filzen.«

»Was ist mit uns?«, fragte Alexander und meinte Annalena und sich.

»Ihr kommt mit mir«, erwiderte Hendrik. »Wir nähern uns aus westlicher Richtung an. Hat noch jemand Fragen?«

»Nee!«, sagte Fred und wischte sich mit dem Jackenärmel über die Nase.

»Also dann«, sagte Hendrik. »Macht kaputt, was euch kaputt macht.«

Annalena, Alexander und Fred erwiderten sofort: »Yeah! Macht kaputt, was euch kaputt macht.«

Paule schüttelte grinsend den Kopf. »Du bleibst unverbesserlich«, sagte er und blickte auf seine Uhr. »In spätestens fünfzehn Minuten also?«

»Genau«, bestätigte Hendrik, griff sich den Molli und machte sich auf den Weg. Schon bei der Vorbesprechung war sein Adrenalinspiegel gestiegen. Jetzt fühlte er sich so lebendig wie seit der letzten Straßenschlacht nicht mehr. Während er zwischen den Bäumen hindurchpirschte, fühlte er sich wie ein Einzelkämpfer im Feindesland. Die eisige Luft schmiegte sich an seine glühenden Wangen. Ihm wurde so warm, dass er die Knopfleiste seiner Steppjacke aufriss.

Zwischen den schaukelnden Kiefernästen tauchte immer wieder der Mond auf. Die dunklen Krater sahen wie Aknenarben in einem leichenblassen Gesicht aus. Der Wind strich um die Baumstämme und wirbelte ein Stück Zeitungspapier auf, das an einem Betonpfeiler hängen blieb. Es gab nur wenige Leute, die sich auf dem Gelände so gut auskannten wie er. Jedes verrammelte Gebäude, jede Absperrung, jeder Zaun und jede Mauer bot nach zwanzig Jahren Leerstand zahlreiche Lücken. Man musste nur wissen, wo die Schlupflöcher waren.

An der Straße nach Finsterwalde hockten sie sich hinter einen Baum. Von diesem Standort konnten sie nicht nur die Straße in beide Richtungen einsehen, sondern hatten auch einen perfekten Blick auf den Bauwagen, der aus Holz bestand und gut abfackeln würde. Dahinter erhob sich das mächtige Badehaus.

»Dahinten sind Paule und Fred«, flüsterte Alexander.

Hendrik reckte den Kopf um den Baumstamm herum. »Ja, jetzt sehe ich sie auch. Wieso stolzieren sie so übers Gelände? Haben die eine Vollmeise? Können die sich keine Deckung suchen?«

»Oh Scheiße«, sagte Alexander. »Da kommen die Bullen.«

»Was?«, rief Hendrik.

»Siehst du die drei Lichtkegel dahinten? Gerade hat einer die beiden anderen angeleuchtet. Die tragen Uniformen, das sind eindeutig Bullen.«

Hendrik schluckte hart und sagte: »Paule und Fred laufen direkt in sie hinein. Wenn sie Fred erwischen, plaudert der alles aus. Sobald er auf Turkey ist, kann der sein Maul nicht halten. Dann gesteht der alles, nur um den nächsten Schuss zu kriegen. So eine Scheiße!« Er dachte fieberhaft nach. In wenigen Sekunden spielte er alle Alternativen durch. Es gab nur einen vernünftigen Weg. »Haut ab!«, sagte er zu Alexander und Annalena. »Los, macht schnell. Uns bleibt nicht viel Zeit.«

»Was ist mit dir?«, fragte der Freund.

»Ich werde die anderen warnen. Los jetzt. Haut endlich ab. Sonst ist alles umsonst«, erwiderte Hendrik und beobachtete, wie die beiden zuerst zögerlich und dann immer schneller in südlicher Richtung davonrannten.

Hendrik trat aus dem Schatten der Bäume, stieß mehrmals in die Trillerpfeife und sah, wie Paule und Fred erstarrten. Es dauerte nicht lange, bis die beiden den Schreck überwanden. Sie entdeckten die Bullen, machten auf dem Absatz kehrt und flüchteten. Die Mollis schmissen sie weg, sodass die Glasflaschen zersprangen. Das zweimalige Klirren ließ die Polizisten in ihre Richtung schauen. Sie wollten schon die Verfolgung aufnehmen, als Hendrik aus seiner Tasche einen Bengalo zog und ihn zündete. Er schwenkte die rote, sprühende Flamme über dem Kopf und brüllte: »Ich bin hier, ihr Pappnasen. Kommt her und holt mich!«

Mit angehaltenem Atem schaute er auf die Beamten. Sie wirkten unschlüssig und berieten sich kurz, dann entschieden sie sich für ihn. Ja, das war gut so! Jetzt würde er ihnen zeigen, was 'ne Harke war.

Er warf den Bengalo weg und spurtete los. Seine Beine griffen weit in die Dunkelheit aus, seine Füße flogen über den harten Grund. Er zog die kalte Luft in seine Lungen ein und fühlte sich frei. Das waren die Momente, für die es sich zu leben lohnte. In diesen Extremsituationen spürte er, wie kraftvoll sein Blut durch die Adern pumpte. Er fühlte sich stark, furchtlos, beinahe unsterblich. Gleichzeitig waren seine Sinne so geschärft, dass ihm nichts entging. Alle Eindrücke verarbeitete er rasend schnell.

Er hörte ihre lauten Rufe, dann eine dumpfe Antwort aus einiger Entfernung. Waren noch mehr Patrouillen unterwegs? Was machten die hier? Wenn überhaupt, hätte er sie heute Nacht bei der Chirurgie erwartet. Aber das war jetzt nebensächlich. Er musste zusehen, dass er ihnen entwischte.

Nach Süden konnte er nicht laufen, da sich dort Annalena und Alexander versteckten. Zu weit in den Norden durfte er auch nicht, weil er die Polizisten nicht zur Party führen wollte. Und im Osten suchten Paule und Fred das Weite. Er sah nur eine Möglichkeit. Er musste die Gleise erreichen und sich dann in Richtung Westen halten. Irgendwo würde er sich in einem Gebüsch verkriechen, bis genügend Zeit verstrichen war. Dann würde er zurückkehren, den Bauwagen abfackeln und die anderen suchen.

Glücklicherweise war er geistesgegenwärtig genug gewesen, um nicht in den Bengalo zu schauen. Er konnte die finsteren Gebäude, die zugewachsenen Wege, die Pfeiler und Steinhaufen genau erkennen. Die kalte Luft brannte in seinen Lungen, aber seine Muskeln bebten vor Energie. Um ihn zu kriegen, mussten diese dämlichen Bullen früher aufstehen.

Er hörte ihr Gebrüll. Sie riefen sich Kommandos zu. Sollen sie doch, dachte er, sie werden mich nie ...

Abrupt stoppte er. Vor ihm, vielleicht zwanzig Meter entfernt, hatten sich zwei Gestalten aufgebaut, die Taschenlampen auf ihn richteten. Hinter ihm knirschten schnelle Schritte. Rechts kamen ebenfalls drei Polizisten zum Stehen.

Verdammte Scheiße! Das war eigentlich unmöglich. Sie hatten ihn umzingelt. Diese dämlichen Bullenschweine hatten ihn tatsächlich eingekesselt.

»Was halten Sie da in der Hand?«, rief einer der Beamten.

»Das wirst du schon noch sehen«, sagte Hendrik keuchend, holte sein Feuerzeug heraus und zündete den Stofffetzen an. »Ihr lasst mich jetzt schön durch, sonst ...«

»Achtung, Brandsatz«, schrie einer der Beamten. Sofort wurden mehrere Pistolen aus den Halftern gezogen. »Stehen bleiben und abstellen. Sofort abstellen.«

»Das hättet ihr wohl gerne«, sagte Hendrik und holte mehrmals aus, als würde er den Molli auf die Beamten schleudern. »Ihr lasst mich jetzt sofort durch, ansonsten wird es euch leidtun.«

»Das ist meine letzte Warnung«, sagte der Beamte. »Wenn Sie den Brandsatz nicht sofort abstellen, mache ich von der Schusswaffe Gebrauch.«

»Willst du mich etwa abknallen, du Schwein?«

»Stehen bleiben, hab ich gesagt«, schrie der Beamte und feuerte einen Warnschuss in die Luft ab, um gleich darauf Hendrik erneut anzuvisieren.

Der sah in alle Richtungen und suchte vergebens nach einer Fluchtmöglichkeit. Wie hatte er sich nur so täuschen können? Wie hatte er seinen Gegner nur so unterschätzen können?

»Scheiße. Verdammte Scheiße!«, schrie er frustriert, drehte sich um und schleuderte den Molotowcocktail in die Dunkelheit. Der Brandsatz zersprang, und ein Flammenteppich breitete sich rasend schnell auf dem Dachstuhl eines verfallenen Gebäudes aus. Die morschen Holzbalken fingen sofort Feuer.

23

»Es hat tatsächlich geklappt«, sagte Phong im Kommissariat. Die alte/neue Tätigkeit schien ihm gut zu bekommen. Er füllte sein »Dirty Diana«-T-Shirt so aus, dass es keine Falten mehr warf. »Die Autobande hat den Köder geschluckt und den Wagen gestern Nacht gestohlen. Sie haben das normale Ortungssystem ausgeschaltet und das zusätzlich installierte nicht entdeckt.«

»Wer hätte das gedacht?«, erwiderte Toni. »Und wie geht es weiter?«

»Um dem ersten Fahndungsdruck zu entgehen, hat die Bande den Wagen auf einem Großparkplatz in Berlin-Spandau abgestellt. Erst wenn die Aufmerksamkeit der Verkehrspolizei abflaut, werden sie den Wagen in ein Versteck oder die Montagehalle fahren. Das ist die übliche Vorgehensweise und kann ein, zwei oder drei Tage dauern.«

»Ich hoffe, dass wir so viel Zeit haben«, sagte Toni. »Was hast du in der Zwischenzeit über Fritjof Winter herausgefunden?«

»Er ist im ›Förderverein Beelitzer Heilstätten‹ aktiv, der im Prozess gegen Hendrik Spohr Nebenkläger war.«

»Oh. Das ist eine interessante Verbindung. Möglicherweise lässt sich daraus ein Motiv konstruieren.«

»Leider könnte es genauso gut Zufall sein. Winter ist ein Gesellschaftstier. Es existiert wohl kein Verein oder Society-Club, in dem er nicht Mitglied ist oder in dem er noch keinen Vortrag gehalten hat.« Phong hatte Tonis hungrige Blicke bemerkt, die sich auf eine XXL-Pizza mit scharfer Salami richteten, und sagte: »Solange ich dein Mann für die Recherchen bin, gibt es hier immer kalorienreiche Nahrung. Bedien dich.«

»Das ist ein weiteres Pro-Phong-an-den-Computer-Argument, das meinem Vorgänger wohl entgangen ist. Danke«, sagte Toni, griff nach einem würzig duftenden Achtelstück und biss hinein.

»Interessanter könnte der Grund sein«, sagte Phong, »weshalb Winter so viele gesellschaftliche Kontakte knüpft. Er hat die Vortragstätigkeit nämlich erst vor Kurzem begonnen. Sie spült ihm zusätzliches Geld in die Kasse.«

»Hat er Schulden?«, fragte Toni und leckte sich das Fett von den Fingern.

»Und zwar nicht zu knapp«, erwiderte Phong. »Seine Villa war einfach zu teuer für ihn. Um Kosten zu sparen, hat er auf Bauherrenberater oder die Dienste des Bauherrenschutzbundes verzichtet. Er war der Meinung, alle Abnahmen selber durchführen zu können. Das hatte zum Ergebnis, dass sich erhebliche Mängel eingeschlichen haben, die hinterher für das doppelte Geld bereinigt werden mussten. Es hat sich ein großer Schuldenberg angesammelt. Die Raten kann er kaum noch stemmen. Wenn er nicht schnell Bares auftreibt, dürfte er im nächsten Jahr Privatinsolvenz anmelden.«

»Woher weißt du das alles?«, fragte Toni.

»Kein Grund zur Panik«, erwiderte Phong. »Die Infos habe ich ganz legal beschafft. Der Bauleiter kann Winter nicht ausstehen. Er nannte ihn ein arrogantes Arschloch und einen notorischen Besserwisser. Ich glaube, dass er sich mal Luft verschaffen musste.«

Toni griff sich ein weiteres Achtelstück. »Ich frage mich nur, inwiefern diese Information bedeutsam für unseren Fall ist.«

»Erst wenn eine Lösegeldforderung kommt«, erwiderte Phong.

»Stimmt. Dann ja«, sagte Toni und erinnerte sich, dass Winter ihm vorgestern erzählt hatte, dass seine Ex-Frau eine große Erbschaft gemacht hatte und dass nur sie imstande war, auf eine Lösegeldforderung einzugehen. Das war verdächtig gewesen, und das sollten sie bei allen weiteren Überlegungen im Hinterkopf behalten.

Phongs Handy vibrierte. Er sah kurz auf das Display und las die Nachricht. »Die KTU«, sagte er. »Wir haben leider Pech gehabt. Die Reifen von Frau Lichter stimmen nicht mit den Abdrücken überein, die rund um den Sacrower Schlosspark genommen wurden. Das muss jedoch nicht zwangsläufig bedeuten, dass das BMW-Cabriolet nicht dort geparkt war. Es hätte auch auf einem Asphaltstück stehen können.«

»Schade.«

»Es gibt aber noch etwas anderes«, sagte Phong. »Der Suchtrupp im Park hat heute früh etwas gefunden. Ein Portemonnaie, das Hendrik gehört hat. Alle Papiere waren noch da. Nur die Geldscheine fehlten.«

»Was ist mit seinem Handy?«

»Fehlanzeige!«

»So ein Mist. Was ist mit dem E-Mail-Verkehr und dem Festnetzanschluss?«

»Alles kontrolliert. Ebenso einen Taschenkalender, den ich bei dem Jungen gefunden habe. Mit den Computern bin ich auch schon komplett durch. Hendrik hat seine Spuren sorgfältig verwischt. Ich glaube nicht, dass ich irgendwelche Dateien rekonstruieren kann. Die Verabredung an der Sacrower Heilandskirche muss er mit seiner anonymen SIM-Karte getroffen haben, und die ist verschwunden.«

»Dann hat der Täter das Handy mitgenommen, um nicht identifiziert werden zu können«, sagte Toni enttäuscht und war trotzdem erleichtert, dass sich der Personenaufwand ausgezahlt hatte. Jetzt konnte Schmitz nicht zu ihm kommen und ihm vorwerfen, dass er wertvolle Ressourcen verschwendet hätte.

»Wenn das mit dem leeren Portemonnaie kein Täuschungsmanöver ist«, fuhr Toni fort, »dann hat der Mörder ein Geldinteresse. Möglicherweise ist sein Motiv Habgier, was zu Fritjof Winter passen würde. Such weiter im Umfeld des Professors. Wenn er der Täter ist, muss er einen Grund gehabt haben, sich mit den Jungs an der Sacrower Heilandskirche zu treffen. Vielleicht haben sie ihn erpresst. Und prüfe bitte, ob er einen Waffenberechtigungsschein hat.«

»Sonst noch was?«, fragte Phong.

»Das Alibi von René Lichter ist nicht wasserdicht. Wir wissen ja, dass er Alexanders Mutter gestalkt hat. Diese Verbindung ist klar, aber mich würde interessieren, ob es auch irgendeinen Bezugspunkt zu Hendrik gibt.«

»Welcher Art sollte der sein?«

Toni zuckte mit den Achseln. »Find es heraus. Wo ist Gesa?«

»Die ist vorhin nach Sacrow gefahren, um das Videomaterial abzuholen. Die Anwohner haben sich endlich gemeldet. Sie müsste in ein paar Minuten zurück sein. Unsere Verstärkung hat sie heute Morgen für die Fußarbeit eingeteilt.«

»Okay«, sagte Toni, erhob sich von seinem Stuhl und streckte die Arme gähnend von sich. »Ich muss jetzt dringend eine Struktur in meine Überlegungen bringen. Wir sehen uns später.«

Schwerfällig begab er sich in die Küche. Der Schlafmangel machte sich allmählich bemerkbar. Er musste daran denken, wie leicht es wäre, ein paar Tabletten einzuschmeißen, um seine Leistungsfähigkeit zu erhalten. Leider hatte er auch ein Medikamentenproblem gehabt, und die Gefahr eines Rückfalls war zu groß. Eigentlich war es auch nicht die Müdigkeit, die es ihm unmöglich machte, eine plausible Hypothese aufzustellen, sondern der Ermittlungsstand.

Sie wussten zu wenig.

Frustriert schaufelte er Kaffeepulver in den Filter. Gestern und heute war er in der Gegend herumgefahren und hatte Personen befragt. Normalerweise ergaben die Aussagen Ansätze, um die Ermittlungen in eine Richtung zu lenken. Nur in diesem Fall wusste offenbar niemand, was die Jungs getrieben hatten. Ihre Aktivitäten hatten sie gründlich geheim gehalten.

Toni seufzte und sah bestimmt zum hundertsten Mal auf sein Smartphone, aber Sofie hatte ihm noch keine Nachricht geschickt. Er unterdrückte den Impuls, sie anzurufen und sich nach ihrem Befinden zu erkundigen. Er wusste genau, dass sie sich nur kontrolliert fühlen würde. Warum musste alles so kompliziert sein?

Mit einem Becher Kaffee und einer kalten Cola begab er sich zu seinem Arbeitsplatz. Wenn ihm auf die sanfte Tour nichts einfiel, musste er neue Ansätze eben erzwingen. Er würde so lange die Berichte, Fotos und Gutachten studieren, bis er eine zündende Idee hatte. Er wollte gerade die Fallakte aufschlagen, als ihn ein Piepton darauf aufmerksam machte, dass er eine Textnachricht erhalten hatte. Sie stammte von einem unbekannten Absender.

Er öffnete die Datei und las: »Wundere dich nicht. Ich benutze ein Prepaidhandy, weil ich Angst habe, dass mein Smartphone überwacht wird. Es ist etwas passiert. Bevor ich mich entscheide, muss ich mit dir sprechen. Allein. Ich bin um 17.00 Uhr am Belvedere auf dem Pfingstberg. Solltest du es nicht schaffen, ruf mich bitte auf dieser Nummer an. Caren.«

Toni sah auf seine Uhr. Er hatte noch eine knappe halbe Stunde Zeit. »Bin rechtzeitig da«, schrieb er und drückte auf Absenden.

24

Auf dem Pfingstberg wartete Toni an der Westseite des Schlosses Belvedere. Obwohl die Doppelturmanlage eine phantastische Aussicht über die Havellandschaft bot und bis achtzehn Uhr für Besucher geöffnet war, war der Park so gut wie ausgestorben. Ein einzelner Jogger hechelte schwitzend vorüber.

Im Schatten der hohen, mächtigen Mauer musste Toni an die Offiziere Gottberg, Fritzsche und Oppen denken. Sie hatten zum Verschwörerkreis gegen Hitler gehört und sich einen Tag nach dem gescheiterten Attentat, am Morgen des 21. Juli 1944, hier getroffen, um zu beratschlagen, was sie bei einer Verhaftung aussagen sollten. Wie ausweglos musste ihnen die Situation erschienen sein?

Da tauchte Caren hinter der Ecke auf und schaute sich suchend um. Als sie ihn erblickte, hellte sich ihre Miene für einen Moment auf, um sich gleich darauf wieder zu verfinstern.

Toni sah sofort, dass sie mit der hellen Baumwollhose und dem Blazer zu dünn angezogen war. Zwar hatte es noch am Nachmittag bis zu einundzwanzig Grad gehabt, aber die Sonne ging unter, und im Schatten der Bäume wurde es bereits kalt.

Caren umarmte ihn und sagte: »Ich bin dir so dankbar, dass du gekommen bist. Ich sehe schon Gespenster. Ich dachte, dass ich verfolgt werde, und habe mich in die Büsche gedrückt. Dabei bin ich auch noch in einen Hundehaufen getreten. Sieh dir das an!«

»Ganz ruhig«, sagte Toni und nahm ihre Hand. »Jetzt erzähl mir der Reihe nach, warum ich herkommen und warum dich jemand verfolgen sollte.«

Sofort schaute Caren über ihre Schulter zurück und spähte in den umliegenden Wald. »Du bist der Einzige, dem ich vertraue. Können wir nicht irgendwo anders reden? Hier ist es mir zu … exponiert.«

»Komm mit«, erwiderte Toni. Plötzlich hatte er das sichere Gefühl, dass die Ermittlungen vor einem Durchbruch standen. Schnell lief er mit Caren an der Nordseite des Belvedere entlang.

Weit über ihnen fing der Arkadengang das warme rosa-gelbe Licht der untergehenden Sonne auf. Am Fuß der Mauer sammelten sich bereits die Schatten, eine erste Ankündigung der hereinbrechenden Nacht.

Zwischen alten Bäumen eilten sie in den Wald, der das Belvedere wie ein Gürtel umschloss. Über Blätter, Erdlöcher und Geäst stolperten sie hangabwärts. Mehrmals mussten sie einander stützen, um nicht das Gleichgewicht zu verlieren. Endlich erreichten sie einen umgestürzten Baum und suchten hinter ihm Deckung. Der Feierabendverkehr brummte unter ihnen vorüber, weiter links lag der alte jüdische Friedhof. Hier würde sie niemand entdecken.

Caren kreuzte die Arme über der Brust. »Mir ist kalt.«

Toni zog seine Outdoorjacke aus, half ihr hinein und sagte: »Jetzt erzähl.«

»Ich habe heute Morgen ein Erpresserschreiben erhalten. Es wurde mir ganz normal mit der Post zugestellt«, erwiderte Caren und zog ein Stück Papier aus der Gesäßtasche. Sorgfältig faltete sie es auseinander, bis es auf DIN-A4-Format angewachsen war. »Ich hab es in eine Folie gesteckt.«

»Das hast du gut gemacht«, sagte Toni und erkannte, dass es sich um ein normales, handelsübliches Druckerpapierblatt handelte. Aus einer Zeitung waren große und kleine Buchstaben und Worte herausgeschnitten worden, die sich zu folgendem Text zusammenfügten: »Alexander befindet sich in meiner Gewalt. Wenn Sie die Polizei einschalten, wird er sterben. Ich verlange ein Lösegeld in Höhe von einer Million Euro. Ort und Zeitpunkt der Übergabe teile ich Ihnen bald mit. Stecken Sie die beigefügte SIM-Karte in ein Handy, halten Sie es auf Standby und erwarten Sie meinen Anruf. Wenn Sie meine Forderungen erfüllen, werde ich nicht die Hand an den Jungen legen. Darauf gebe ich Ihnen mein Ehrenwort.«

»Ich habe jetzt drei Mobiltelefone«, sagte Caren. »Mein altes, eins für den Erpresser und eins für dich. Er fordert ›keine Polizei‹, und du bist von der Polizei. Deshalb sind wir hier oben.«

»Verstehe«, sagte Toni. »Was willst du tun?«

»Ich habe das Geld. Meine Mutter ist vor anderthalb Jahren gestorben, ich habe ihr Haus geerbt und es für neunhundertsiebzigtausend Euro verkauft. Die Summe liegt auf der Bank, und ich habe keine Ahnung, wie ich sie anlegen soll. Was ist los? Warum guckst du so?«

»Der Erpresser fordert eine Million, und du hast fast die identische Summe auf dem Konto. Wenn du noch deinen Volvo verkaufst, hast du das Geld zusammen. Ich glaube nicht, dass das Zufall ist.«

»Der Kombi ist nur geleast, aber die restlichen dreißigtausend Euro sind kein Problem.«

»Caren«, sagte Toni ernst. »Unter diesen Umständen müssen wir davon ausgehen, dass der Entführer über dein Vermögen im Bild ist. Wer weiß alles über deine Verhältnisse Bescheid?«

»Du meinst ... ich ...« Caren senkte den Kopf, schüttelte ihn mehrmals und sagte plötzlich: »Mein Ex-Mann und mein Rechtsanwalt, Herr Dr. Pufahl. Er hat den Kaufvertrag aufgesetzt und alles notariell beurkundet. Meine Schwester weiß natürlich auch von der Erbschaft, aber sie lebt in den USA. Außerdem hat sie andere Vermögenswerte bekommen. Ansonsten habe ich niemandem davon erzählt. Die Leute werden so schnell missgünstig.«

»Wir müssen davon ausgehen, dass noch weitere Personen im Bilde sind. Dein Ex-Mann hat mir freimütig von deiner Erbschaft berichtet, er wird auch gegenüber anderen geplaudert haben. Spontan fallen mir noch das Büropersonal von Herrn Dr. Pufahl, die Beamten in den Behörden und die Bankangestellten ein, aber das sind sicher nicht alle. Was ist mit dem Stalker?«

»Er ist in meine Wohnung eingebrochen und hat in meinen Papieren gewühlt. Ja, es könnte sein, dass er den Kaufvertrag gelesen hat.«

»Also zählt er weiter zu den Verdächtigen. Zeitungsschnipsel zu verwenden ist nicht gerade neu. Vielleicht hat der Entführer aber auch Angst, dass du seine Handschrift erkennst.«

Die Sonne ging unter. Ihre roten Strahlen splitterten durch das Geäst und tanzten wie winzige Flammen auf dem feuchten Laub, das ringsum den Boden bedeckte. Ein Eichhörnchen stellte sich auf die Hinterbeine, äugte neugierig herüber und flitzte eine alte Buche hoch.

Caren setzte sich auf ihre Knie und streckte den Rücken durch.

So gefasst und klar, wie sie jetzt dreinblickte, entsprach sie ganz der Staatsanwältin, die er in den vergangenen Jahren kennengelernt hatte.

»Ich möchte dir jetzt erklären«, sagte sie, »warum ich dich hergebeten habe. Wir beide sind im Krisenmanagement geschult. Ich möchte ausschließen, dass ich kopflos handele. Bevor ich eine Entscheidung treffe, brauche ich deine ehrliche Meinung. Du bist ausgebildeter Fallanalytiker. Wie schätzt du den Täter ein?«

»Eine klassische Fallanalyse würde uns hier nicht weiterhelfen, aber ich kann dir sagen, was ich von dem Erpresserbrief halte.«

»Bitte.«

»Mir ist die Formulierung ›werde ich nicht die Hand an den Jungen legen‹ aufgefallen. Alle Sätze zuvor waren glatt verfasst, aber an dieser Stelle hakt der Lesefluss. Ich vermute, dass es einen besonderen Grund dafür gibt.«

»Was meinst du?«

»Nun, es könnte sein, dass der Entführer länger über diese Formulierung nachgedacht hat. Als er sie dann ausgeschnitten und aufs Papier geklebt hat, ist ihm vermutlich nicht aufgefallen, dass sie zum übrigen Text nicht recht passt. Außerdem scheint ihm sein Ehrenwort wichtig zu sein, und ein Mann von Ehre lügt nicht.«

»Das ist doch gut. Das ist —«

»Warte! Wenn der Entführer nicht selbst Hand an den Jungen legt, wie er schreibt, könnte Alexander durch eine andere Person oder einen anderen Umstand bedroht sein, den er zwar nicht explizit nennt, der aber genauso real sein kann.«

Caren schluckte hörbar. Sie hatte Mühe, ihre Staatsanwältinnenmiene aufrechtzuerhalten. »Natürlich. Was fällt dir sonst noch ein?«

»Ich hab schon lange mit Kriminellen zu tun, aber bisher hat noch keiner von ihnen eine derartige Redewendung benutzt. Plattmachen, töten, kaltmachen, das Licht ausblasen oder erledigen werden in diesem Zusammenhang weitaus häufiger verwendet.«

»Er ist also gebildet oder gibt sich zumindest den Anschein. Was ist mit dem Tatort?«

»Auf das Treffen hat sich der Täter vorbereitet, indem er sich bewaffnete und Handschuhe trug. Das deutet möglicherweise auf jemanden hin, der öfters in eine solche Situation gerät.«

»Du meinst einen Berufskriminellen.«

»Zum Beispiel. Oder jemanden, der einen bestimmten Plan verfolgt oder für alle Eventualitäten gerüstet sein will.«

»Das schränkt die Zahl der Verdächtigen nicht gerade ein.«

»Da stimme ich dir zu. Durch eine andere Handlung zeichnet er sich jedoch deutlicher ab. Wir wissen noch nicht, unter welchen Umständen der erste Schuss auf Hendrik gefallen ist, der ihn in den Bauch getroffen hat. Möglicherweise war er nicht beabsichtigt und hat sich bei einem Handgemenge gelöst, aber wir können mit Sicherheit davon ausgehen, dass der zweite Schuss in den Kopf in der Absicht abgefeuert wurde, den am Boden liegenden Jungen zu töten. Das erfordert eine große Kaltblütigkeit. Entweder hatte der Täter von Anfang an vor, Hendrik zu erschießen, oder er hat es als Möglichkeit in Betracht gezogen, oder ...«

»Ja?«

»Seine Hemmschwelle könnte durch bestimmte Faktoren gesenkt worden sein.«

»Ich kann dir nicht folgen.«

»Möglicherweise hat er den Jungen aus irgendeinem Grund gehasst, und sein Zorn hat ihn plötzlich übermannt, möglicherweise hat Hendrik ihn auch erpresst, und er wollte eine Bedrohung ausschalten. Es gibt zahlreiche Möglichkeiten, aber von einem Umstand bin ich überzeugt: Hendrik ist nicht zum Opfer geworden, nur weil ein Streit eskaliert ist. Der Täter hat zu ihm in einer Beziehung gestanden.«

25

Vor acht Monaten

Hendrik war mit Handschellen an ein rostiges Gerüst gefesselt und beobachtete, wie Teile des Dachstuhls einstürzten. Meterhohe orangerote Flammen leckten am Nachthimmel. Es knisterte laut, und der Rauch kratzte in seinen Atemwegen. Die Feuerwehr war eingetroffen und versuchte alles Menschenmögliche, um das Gebäude zu retten, aber der Brand breitete sich unaufhaltsam aus und würde der historischen Bausubstanz einen schweren Schaden zufügen.

Hendrik hätte gerne jemandem erklärt, dass die Heilstätten sein Territorium waren und dass er sie niemals absichtlich beschädigt hätte, aber es war sinnlos. Niemand würde ihm glauben. Wie sollte er erklären, dass er mitten in der Nacht mit einem Molotowcocktail über das Gelände rannte, ohne sein eigentliches Anschlagsziel – den Bauwagen – zu nennen? Wenn er es preisgab, würde er über Umwege Alexander ins Spiel bringen. Und diesen würden die Vernehmungen zermürben. Am besten hielt er einfach die Schnauze.

Ein dicker Polizist machte ihn von dem Gerüst los, fesselte seine Hände vor dem Bauch und führte ihn zu einem VW-Bus.

»Das war keine Heldentat, Jungchen!«, sagte der Beamte schnaufend.

»Ich bin nicht Ihr Jungchen«, erwiderte Hendrik. »Wieso sind Sie in diesem Quadranten überhaupt auf Patrouille gegangen? Das macht doch überhaupt keinen Sinn.«

»Patrouille?«, fragte der Polizist. »Nee, wir haben einen anonymen Anruf erhalten. Jemand hat nach Hilfe geschrien. Irgendetwas Schlimmes ist passiert. In einem der Gebäude haben wir Blut und haufenweise andere Spuren entdeckt. Wenn du etwas darüber weißt, sagst du es besser gleich. Wir finden es sowieso heraus.«

Hendrik musste sofort an die Sadomasofreaks und Annalenas düstere Vorahnung denken. Hatten die Ledertypen dem lockenköpfigen Führer etwas angetan?

»Siezen Sie mich gefälligst, wenn Sie mit mir reden«, erwiderte er.

Der Polizist nickte nur, schob ihn auf die Rückbank des VW-Busses und setzte sich schwer atmend neben ihn. Nachdem er seine Dienstmütze abgesetzt hatte, schloss er die Seitentür und sagte: »Wir können los!«

Der Beamte am Lenkrad legte den ersten Gang ein und fuhr an. Draußen war es immer noch so duster, dass Hendrik nicht viel erkennen konnte. Die Gebäude lagen in Dunkelheit gehüllt. Neben ihnen ragten Bäume auf. Einige Birkenstämme leuchteten weiß. Unsinnigerweise hoffte er, seine Freunde irgendwo zu entdecken, aber sie waren bestimmt nicht so dumm, sich jetzt zu zeigen. Dass ihnen die Flucht geglückt war, war sein einziger Lichtblick.

Der Fahrer drehte sich nach hinten um und sagte: »Ich verstehe euch einfach nicht. Die Beelitzer Heilstätten hätten das Potenzial, Weltkulturerbe zu werden. Und ihr kommt daher und macht alles kaputt. Jahrelang zertrümmert ihr Fenster, reißt Mauern ein und montiert alles ab, was nicht niet- und nagelfest ist. Die Geschichte mit dem Bagger neulich war der traurige Höhepunkt, und jetzt setzt du noch einen drauf, indem du ein Gebäude in Brand steckst. Was geht nur in euren Köpfen vor sich? So blöd könnt ihr doch nicht sein.«

»Sie verstehen nichts«, sagte Hendrik scharf. »Rein gar nichts.«

»Dann sag ich dir mal, was ich verstehe«, erwiderte der Fahrer. »Der neue Investor will einen Baumkronenpfad errichten und rechnet mit bis zu zweihunderttausend Besuchern im Jahr. Kapierst du eigentlich, was das bedeutet? Arbeitsplätze, Infrastruktur, Geld in die Kassen. Die Heilstätten haben so lange leer gestanden und sind verfallen, und jetzt werden sie endlich einer neuen Bestimmung zugeführt. Hier kann sich etwas Großartiges entwickeln, das der Region und den Menschen nutzt. Und ihr kommt daher und gefährdet alles.«

»Und was wird aus uns?«, brüllte Hendrik. »Wir waren zuerst hier. Wenn jetzt fette Touristen durch die Ruinen latschen und brav ihre Fotos knipsen, ist für uns kein Platz mehr.«

»Und das ist gut so«, erwiderte der Polizist. »Die Touristen bringen Geld, mit dem die Heilstätten erhalten werden können.

Im Quadranten D sollen Wohnungen und Ateliers für Künstler entstehen. Menschen können hier leben, die ihren Kindern und Kindeskindern von der Geschichte dieses Ortes erzählen. Und ihr? Ihr bringt nur Zerstörung. Wenn man euch gewähren lässt, haben wir hier in hundert Jahren ein Trümmerfeld.«

Hendrik schluchzte.

»Ist ja gut«, sagte der dicke Polizist und legte ihm die speckige Hand auf die Schulter, aber Hendrik schüttelte sie sogleich ab. Es machte ihn wütend, dass er sich in einem so jämmerlichen Zustand zeigte. Er wollte kein Mitleid und schon gar nicht von einem Erfüllungsgehilfen. War er eine so traurige Gestalt, dass seine Gegner ihn schon trösten mussten? War es so offensichtlich, dass er sein Leben verpfuschte? Mit dem Ärmel rieb er sich die tropfende Nase trocken und sagte drohend: »Fassen Sie mich bloß nie wieder an. Sonst verklag ich Sie, bis Sie Ihre Pensionsansprüche verlieren und nie wieder eine Uniform tragen dürfen. Und lassen Sie mich endlich in Ruhe. Sie beide!«

Während der VW-Bus durch die Nacht rollte, liefen Hendrik die Tränen über die Wangen. Aus dieser Geschichte würde er nicht mehr herauskommen. Was wirklich geschehen war, würde vor keinem Gericht jemals verhandelt werden. Wenn sein Anwalt keine Wunder vollbrachte, würde man ihn wegen Brandstiftung verurteilen. Er würde eine Vorstrafe erhalten und wäre für den Rest seines Lebens gebrandmarkt. Eine Karriere im herkömmlichen Sinne, wie seine Eltern es erwarteten, schied somit aus.

Während er sich seine Situation vergegenwärtigte, ereilte ihn eine beunruhigende Gewissheit: Er war schon oft ungeschoren davongekommen, aber jetzt hatte er es zu weit getrieben. Dieses Mal hatte er den Bogen überspannt. Er war an einem Punkt angelangt, von dem es kein Zurück mehr gab.

26

Auf dem Pfingstberg, unterhalb des Schlosses Belvedere, verschmolzen die Schatten miteinander. In den Büschen raschelte es, als würden sich die Kleintiere endlich aus ihrem Bau wagen.

»Eigentlich bin ich mehr an einem psychologischen Profil interessiert«, sagte Caren und hielt Tonis Outdoorjacke eng über der Brust zusammen. »Ich möchte das weitere Verhalten des Entführers einschätzen können.«

»Warte noch«, sagte Toni, dem jetzt ein entscheidendes Puzzlestück zur Verfügung stand. Endlich konnte er die bisherigen Ermittlungsergebnisse in ein großes Ganzes einordnen. »Mit gründlichem Nachdenken sollten wir weiterkommen. Lass uns davon ausgehen, dass er über deine Vermögensverhältnisse Bescheid weiß. In diesem Fall würde er nicht nur dich, sondern wahrscheinlich auch deinen Sohn kennen. Außerdem ist zu vermuten, dass er in einer Beziehung zu Hendrik steht. Fällt dir jemand ein, der beide Jungs kennt, über deine Finanzen informiert ist und Geldprobleme hat?«

Carens Blick verdüsterte sich. »Nur mein Mann, aber ich kann mir nicht vorstellen, dass er seinen eigenen Sohn entführen würde.«

»Weißt du, dass er sich mit dem Hausbau übernommen hat? Ihm steht das Wasser bis zum Hals.«

»Trotzdem.«

»Also gut. Lassen wir ihn zunächst außen vor. Hast du eine Ahnung, ob Hendrik und Alexander an jenem Abend verabredet waren?«

»Wieso?«

»Antworte einfach.«

»Nein. Das waren sie nicht.«

»Bist du dir ganz sicher?«

»Als es an der Tür klingelte, saßen wir auf dem Sofa und schauten Fernsehen. Wir vermuteten beide, dass es eine Nachbarin war, die manchmal nach Milch, Eiern oder Mehl fragt. Als Hendrik sich über den Türsprecher meldete, war mein Sohn überrascht und sehr erfreut. Ich bin mir sicher, dass er keine Ahnung hatte, dass sein Freund ihn besuchen würde. Die beiden Jungs sind dann in sein Zimmer gegangen. Vermutlich, um etwas zu bereden. Als Alexander herauskam, war er verändert.«

»Inwiefern?«

»Den Grund kenne ich nicht, aber er wirkte nicht mehr so hart, sondern zugänglicher und liebevoller. So, wie er vor der Trennung gewesen ist. Er sah mich teilnahmsvoll an und nahm mich in den Arm.«

»Zum Abschied?«

Caren zuckte mit den Achseln. »Ich wollte ihn eigentlich nicht gehen lassen, weil es schon nach zweiundzwanzig Uhr war, aber der darauffolgende Tag war ein Samstag, an dem er keine Schule hatte.«

»Wusste er vielleicht, dass es gefährlich werden könnte? Hatte er Angst, dich nicht wiederzusehen?«

»Vielleicht. Das würde sein Verhalten jedenfalls erklären. Seit der Trennung von meinem Ex-Mann herrschte zwischen uns eine gewisse Distanz. Sein Vater trug für ihn zwar die Hauptschuld, aber ich glaube, dass er mir eine Mitverantwortung gegeben hat. Unterschwellig war er enttäuscht, und das hat sein Verhalten beeinflusst. Bis zu jenem Abend.«

»Das ist interessant«, sagte Toni und dachte gründlich über die Information nach, aber es gelang ihm nicht, ihr eine relevante Bedeutung beizumessen. »Etwas anderes, was du gesagt hast, scheint mir sehr wichtig zu sein. Wir haben jetzt einen triftigen Grund zur Annahme, dass Alexanders Entführung einer spontanen Entscheidung folgte.«

»Wie kommst du darauf?«

»Wenn nicht einmal dein Sohn wusste, dass er mit Hendrik zur Sacrower Heilandskirche fahren würde, wusste es der Täter bestimmt auch nicht.«

»Es sei denn, Hendrik hat ihn darüber informiert, dass sie zu zweit kommen würden.«

»Das kann ich mir nicht vorstellen. Hendrik hatte sich bewaffnet. Er hat also eine gewaltsame Auseinandersetzung für möglich gehalten. In einer solchen Situation würde er seinem Kontrahenten nicht mitteilen, dass er Verstärkung mitbringt. Damit würde er sich selbst schwächen.«

»Einverstanden.«

»Vermutlich hat der Täter also erwartet, Hendrik alleine anzutreffen. Wenn wir alles berücksichtigen, was wir bisher wissen, könnte es sich folgendermaßen abgespielt haben: Zwischen Hendrik und dem Unbekannten kommt es zu einer Auseinandersetzung, die tödlich endet. Alexander sieht alles mit an. Der Täter überlegt, ob er den Zeugen ebenfalls erschießen soll. Da fallen ihm deine Vermögensverhältnisse ein, und er hat die Idee, ein Lösegeld zu erpressen.«

Caren schlug die Hände vor den Mund. »Oh nein. Wenn der Entschluss zur Entführung spontan erfolgte, dann war er vielleicht nicht maskiert, und Alexander kann ihn identifizieren. Damit würden die Chancen, dass mein Sohn freikommt, deutlich sinken. Wenn er Zeuge des Mordes war, muss der Täter fürchten, dass Alexander gegen ihn aussagt.«

Toni war derselben Meinung und glaubte, dass diese Schlussfolgerungen mehr als ein psychologisches Profil geeignet waren, um eine Prognose über das künftige Verhalten des Entführers zu stellen. Carens Sorgen waren berechtigt, und er sagte nichts, um ihre Befürchtungen zu zerstreuen. Sie sollte ein realistisches Lagebild haben, bevor sie entschied, wie es weitergehen sollte.

»Er hat sein Ehrenwort gegeben«, sagte Caren, »ihm nichts zu tun, wenn ich seine Forderungen erfülle.«

»Er hat nur sein Ehrenwort gegeben, ›nicht die Hand an den Jungen zu legen‹«, wandte Toni ein. »Selbst wenn er zu seinem Versprechen stehen sollte, kann die Redewendung alles Mögliche beinhalten. Außerdem gehören solche Beteuerungen bei Entführern zum Standard.«

»Nein«, sagte Caren und schüttelte heftig den Kopf. »Das kann und will ich nicht akzeptieren. Bitte nenn mir mögliche Gründe, warum er meinen Sohn laufen lassen wird.«

Toni rang mit sich. Nur weil die Gegenargumente schwächer waren, hieß das nicht, dass es sie nicht gab. »Also gut. Es wäre möglich, dass Hendrik nur ein Pseudonym des Täters kannte, wie es zum Beispiel im Internet gebräuchlich ist. Wenn der Unbekannte nicht von Anfang an vorhatte, Hendrik zu töten, hat er nicht nur Handschuhe, sondern vielleicht auch eine Maske getragen. In diesem Fall hätte Alexander sein Gesicht nicht sehen können.«

»Das ist nicht viel.«

»Ich weiß.«

»Fällt dir noch etwas anderes ein?«

»Der Entführer könnte deinen Sohn verschonen, weil er ihn oder dich so gut kennt, dass er ihn nicht erschießen kann. Er bringt es einfach nicht übers Herz.«

Caren rieb sich das Gesicht. »Wenn es zuträfe, dass er keine Maske getragen hat, würde er nach der Lösegeldübergabe fliehen müssen, weil Alexander seine Identität verraten könnte.«

»Stimmt«, erwiderte Toni. »Ein Leben auf der Flucht. Das ist für niemanden erstrebenswert.«

»Aber aus einem sicheren Versteck könnte er den Aufenthaltsort meines Sohnes verraten?«

»Hm«, machte Toni. Für seinen Geschmack klang das unrealistisch, andererseits war es nicht völlig abwegig. Eine Wette würde er jedoch nicht darauf abschließen.

»Okay«, flüsterte Caren. »Das alles macht mir wenig Hoffnung, aber wir haben nur einen möglichen Tathergang konstruiert. Nichts weiter. Du weißt selbst, wie oft sich die Ermittler mit ihren Hypothesen irren. Es kann sein, dass sich die Entführung völlig anders abgespielt hat und wir nur die falschen Schlüsse ziehen.«

»Stimmt.«

»Wenn der Täter vorhatte«, fuhr Caren fort, »Alexander zu töten, hat er es vermutlich längst getan. Das einzig Handfeste, was wir haben, ist sein Schreiben, und darin gibt er mir sein Ehrenwort. Wenn mein Sohn noch am Leben ist, will ich alles getan haben, um ihn zu retten. Das Geld ist mir nicht wichtig. Ich werde die Sache alleine durchziehen und warten, bis ich es übergeben kann. Bist du einverstanden?«

»Ich bin Kriminalpolizist«, erwiderte Toni. »Bei einer Entführung lehne ich Alleingänge grundsätzlich ab und befürworte immer die Einschaltung unserer Spezialisten. Glücklicherweise verhält es sich in deinem Fall so, dass ich bereits das Tötungsdelikt bearbeite, das unmittelbar mit der Entführung zusammenhängt. Also könntest du den Anschein erwecken, alle Forderungen des Entführers zu erfüllen. Gleichzeitig treibe ich die Ermittlungen voran. In diesem Fall dürfte der Mörder auch der Entführer sein, und wenn ich ihn finde, finde ich Alexander. Allerdings gibt es einen Schwachpunkt.«

»Die Lösegeldübergabe! Du meinst, dass wir uns die Chance entgehen lassen, den Täter zu fassen und ihn so unter Druck zu setzen, dass er uns Alexanders Versteck verrät?«

»Genau.«

»Du weißt selbst, wie viele Lösegeldübergaben gescheitert sind, weil der Täter Verdacht schöpfte. Einige Entführer sind spurlos verschwunden, ohne sich jemals wieder zu melden. Ihre Opfer sind hingegen fast immer gefunden worden, und zwar tot. Ich habe mehrere Entführungsfälle bearbeitet, ich kenne unsere Vorgehensweise bis ins Detail, und ich weiß, dass man sich erst hinterher sicher sein kann, was richtig gewesen wäre.«

Toni setzte ein völlig neutrales Gesicht auf. Sie waren an einem Punkt angelangt, wo alles gesagt worden war. Er wollte Caren nicht durch seine Mimik beeinflussen. Sie musste eine Entscheidung treffen, die sich möglicherweise auf ihr ganzes Leben auswirken würde. Und er hoffte, dass sie sich der Tragweite bewusst war.

Carens Blick tastete sein Gesicht ab. Schließlich nahm sie seine Hand und sagte: »Ich möchte daran glauben, dass Alexander noch lebt und der Entführer sein Ehrenwort hält. Ich nehme dir die Verantwortung ab und sage ganz klar, dass ich nicht möchte, dass du irgendjemandem von der Entführung erzählst und unsere Spezialisten einschaltest. Du sollst in dem Mordfall ermitteln, und wenn du den Schweinehund erwischst, sollst du ihn unter Druck setzen, bis er redet. Ansonsten ist es meine Entscheidung, und ich möchte, dass du sie respektierst.«

27

Auf dem Weg zum Auto überlegte Toni, ob er sich richtig verhielt. Caren war vom Fach und konnte die Risiken einschätzen. Außerdem hatte sie keinerlei Anzeichen von Hysterie gezeigt. Ihr Standpunkt war emotional, aber nachvollziehbar. Welche Kriterien maßgeblich waren, um in einer solchen Situation zu entscheiden, sollte ein Mensch, der zu einer professionellen Lageeinschätzung fähig war, mit sich alleine ausmachen dürfen.

Toni erinnerte sich daran, dass Caren vor über siebzehn Monaten zu ihm gestanden hatte, als er längst suspendiert worden war und die Kollegen ihn als Trinker abgeschrieben hatten. Als Staatsanwältin hatte sie ihm wichtige Informationen zugespielt und so ihre berufliche Laufbahn riskiert. Jetzt revanchierte er sich, indem er ihre Entscheidung respektierte.

Er würde sich ganz auf die Mordermittlung konzentrieren, und zum ersten Mal hatte er das Gefühl, voranzukommen. Er war davon überzeugt, dass er gute Chancen hatte, den Täter zu identifizieren. Höchstwahrscheinlich hatte der Mann keine Zeit gehabt, die Entführung vorzubereiten. Er hatte spontan gehandelt und mit Sicherheit Fehler begangen. Nach diesen Fehlern musste Toni Ausschau halten.

Er zückte sein Handy, rief Phong an und sagte: »Gibt's schon was Neues?«

»Mann ey«, erwiderte der Kollege. »Du bist gerade erst weg. Ich kann nicht zaubern, aber so viel kann ich dir schon sagen: Einen Waffenberechtigungsschein hat Fritjof Winter nicht. Dafür hat er kürzlich in einem Sportschützenverein einen Vortrag gehalten. Soll ich der Sache nachgehen?«

»Vielleicht später. Jetzt möchte ich, dass du überprüfst, ob ein gewisser Rechtsanwalt und Notar Pufahl in irgendeiner Beziehung zu Hendrik Spohr steht.«

»Mir kommt der Name irgendwie bekannt vor.«

»Außerdem möchte ich, dass du Fritjof Winter und die Ehefrau von dem Stalker für morgen ins Kommissariat bestellst.«

»Ach«, sagte Phong, »da fällt mir noch mehr ein. Das BKA hat sich gemeldet. Die Untersuchung des Projektils hat keinerlei Übereinstimmungen ergeben. Die Waffe wurde bislang bei keinem Verbrechen eingesetzt, aber – und jetzt halt dich fest – es besteht eine Verbindung zwischen Hendrik Spohr und René Lichter.«

Toni war sofort hellwach. »Ich höre.«

»Wie du ja weißt, hat Hendrik einen Brandanschlag in den Beelitzer Heilstätten verübt. Zur selben Zeit verfolgte René Lichter den wahnsinnigen Plan, das alte Badehaus zu einem Wellnesstempel umzubauen.«

»Nee!«

»Doch. So unglaublich das klingen mag. Der Eigentümer hatte ihn engagiert, um Entrümpelungen und Maurerarbeiten vorzunehmen. Das Badehaus sollte als Kulisse für eine große Spielfilmproduktion dienen. Während Lichter vor sich hin werkelte, muss ihm die Idee von dem Wellnesstempel gekommen sein. Er schloss Verträge mit Zulieferern ab und lud die Presse ein, um über sein Vorhaben zu berichten. Bei einem Interview hat er gesagt, dass die Fertigstellung eine Liebesgabe an seine ›Verlobte‹ sei. Wer damit gemeint war, kannst du dir ja vorstellen. Das Eheversprechen hatte er sich natürlich nur eingebildet. Jedenfalls atmete die ganze Region auf, dass jemand dieses architektonische Meisterwerk retten wollte.«

»Irre«, sagte Toni, der diese Geschichte kaum mit der gekrümmten Gestalt zusammenbringen konnte, die er in der Klosterkirche Lehnin getroffen hatte. Er wunderte sich, zu welchen Taten dieser introvertierte Mann fähig war. »Was ist aus dem Plan geworden?«

»Natürlich nichts. Lichter hatte den Eigentümer weder gefragt noch in Kenntnis gesetzt, und als dieser von einem mehrwöchigen USA-Aufenthalt heimkehrte, fiel er aus allen Wolken und veröffentlichte sofort ein Dementi. Lichter war bereits in die Klinik eingewiesen worden und bekam davon nichts mehr mit. Die Verträge mit den Zulieferern wurden storniert, und in der Presse erschien ein lustiger Artikel mit dem Inhalt, dass man wohl ›verrückt‹ sein müsse, um das Potenzial des Badehauses zu erkennen. Wenigstens ist Lichter ohne Schulden aus der Sache rausgekommen.«

»Welches Gebäude hat Hendrik eigentlich in Brand gesteckt?«, fragte Toni. »Doch nicht etwa das Badehaus?«

»Nein, nein. Ein Nebengebäude in einem anderen Quadranten.«

»Welchen Grund könnte Hendrik gehabt haben, es anzuzünden?«, fragte Toni. Er hatte mittlerweile seinen Wagen erreicht, schloss die Tür auf und setzte sich hinein.

»Na ja, da wurde viel gemutmaßt. Ein Investor verfolgte damals den Plan, einen Baumwipfelpfad über den Ruinen zu errichten und das Gelände für den Tourismus zu erschließen. Daraufhin gab es im Internet richtige Hetzaufrufe, um die Baumaßnahmen zu sabotieren. Ziel war es, sich den ›Abenteuerspielplatz‹ zu erhalten. Mehrere Leute haben sich im Februar und März vor Ort verabredet, um das Baugerät und die Zäune zu zerstören, die um die einzelnen Gebäude gezogen wurden. Es ist ein hoher Sachschaden entstanden. Hendriks Tat fällt auch in diesen Zeitraum. Deshalb war man beim Prozess geneigt, sie in diesen Kontext einzuordnen. Mittlerweile wurde der Baumwipfelpfad übrigens fertiggestellt. Ich war selbst da. Der Ausblick ist grandios!«

»Hm«, machte Toni. »Könnte hinter Hendriks Tat nicht auch etwas ganz anderes stecken?«

»Was meinst du?«

»Hendrik ist an jenem Abend von Polizeibeamten festgenommen worden. Vielleicht haben sie ihn erwischt, bevor er sein Ziel erreichen konnte. Vielleicht hat er aus Frust den Molotowcocktail auf das Nebengebäude geworfen. Vielleicht hat er ihn eigentlich auf das Badehaus schleudern wollen.«

»Du meinst, dass er dem Stalker von der Mutter seines Freundes einen Denkzettel verpassen wollte.«

»Genau. Kam das Dementi des Eigentümers vor oder nach dem Brandanschlag?«

»Warte mal«, erwiderte Phong und raschelte in den Papieren. »Danach. Das Dementi kam danach.«

»Das würde passen. Dann haben die Jungs wahrscheinlich die Berichterstattung zu den Sanierungsplänen gelesen und konnten nicht wissen, dass sie nicht mit dem Eigentümer abgesprochen waren. Das würde auch erklären, warum Hendrik im Prozess geschwiegen hat. Wenn er seine Beweggründe verraten hätte, wäre Alexander ins Fadenkreuz der Ermittlungen geraten.«

»Sollen wir dann nicht besser René Lichter zur Vernehmung vorladen?«

»Nein, nein. Ich will vermeiden, dass er wieder durchdreht. Seine mögliche Täterschaft steht und fällt mit dem Alibi, das seine Frau ihm gibt.«

»Okay.«

»Und nenne ihr bitte nicht den Grund, warum sie sich einfinden soll. Ich hab sie heute Morgen befragt und bewusst Carens Namen rausgehalten. Bezieh dich einfach auf mich und sag ihr die Zeit. Das sollte reichen. Ich habe sie entsprechend vorbereitet.«

»Ich kümmere mich darum. Hör mal, hier ist noch jemand, der dich sprechen will.«

Es knisterte, jemand hustete.

»Toni?«, fragte Gesa.

»Am Apparat. Was machen die Videoaufzeichnungen?«

»Das kann ich dir später erzählen. Jetzt drängt die Zeit. Mein Bruder hat –«

»Nein, warte. Das ist wichtig. Hast du dir die Aufnahmen schon angesehen?«

Gesa zögerte, als würde sie eine Abwägung treffen. Schließlich sagte sie: »Das hab ich. Die Infrarotkamera hat den gestohlenen BMW X5 nicht aufgenommen. Die Täter müssen eine andere Route gefahren sein. Trotzdem habe ich Kopien an die Kollegen von der Organisierten Kriminalität geschickt. Ansonsten wurden im relevanten Zeitraum etwa vierzig Fahrzeuge gefilmt, die in beide Richtungen unterwegs waren.«

Seitdem Toni wusste, dass Alexander entführt worden war, war es nicht mehr nötig, dass ihre Verstärkung das Umfeld des Jungen abklapperte. »Ich möchte«, sagte er, »dass du alle verfügbaren Kräfte einsetzt, um die Halter ausfindig zu machen und im Verdachtsfall zu befragen. Das hat oberste Priorität. Gib auch Phong eine Liste. Er soll überprüfen, ob irgendeine Beziehung zu Hendrik, Alexander oder Staatsanwältin Winter besteht. Wenn wir Glück haben, kriegen wir unseren Täter über sein Kennzeichen.«

»Er könnte auch von Krampnitz gekommen und hinterher

wieder in diese Richtung weggefahren sein. Da gibt es keine Kameras.«

»Schon klar. Die Chancen stehen fifty-fifty. Was ist jetzt mit deinem Bruder?«

»Er hat mich gerade angerufen und mir erzählt, dass er jemanden aus der autonomen Szene aufgetrieben hat, der Hendrik gut kennt und bereit ist, mit dir zu sprechen. Er könnte in zwanzig Minuten an der Muschelgrotte sein. Das ist im Neuen Garten.«

»Ich weiß, wo die Muschelgrotte ist. Warum ausgerechnet da?«

»Nach Sonnenuntergang ist da keine Menschenseele mehr unterwegs. Vielleicht hat er einen Ort gesucht, wo er keinen seiner Gesinnungsgenossen trifft. Schaffst du das zeitlich?«

»Die Muschelgrotte ist von meinem Standort nicht weit entfernt. Richte deinem Bruder aus, dass ich unterwegs bin.«

Toni startete den Renault und lenkte ihn durch die Nauener Vorstadt, in der sich das Militärstädtchen Nummer 7, das Hauptquartier der sowjetischen Militärspionageabwehr, befunden hatte. Er dachte an die Unterredung mit Caren, presste die Lippen zusammen und nickte mehrmals. Endlich! Sie waren dem Täter auf der Spur. Das Netz zog sich zusammen, und der Mann würde sich nicht absetzen, solange er das Lösegeld nicht hatte. Das verschaffte ihnen einen Spielraum, der ausreichen müsste. Noch ein, zwei Tage, dann hatten sie ihn.

Obwohl Toni nun wusste, dass Alexander entführt worden war, war es weiterhin notwendig, in Hendriks privatem Umfeld zu ermitteln. Der Täter hatte nicht nur ein Geldinteresse, sondern er hatte auch in einer Beziehung zu seinem Opfer gestanden. Für die kaltblütige Erschießung hatte er ein Motiv, das ihn ebenfalls überführen könnte.

Toni parkte am Ende der Großen Weinmeisterstraße und suchte im Handschuhfach nach der Taschenlampe. Dabei stieß er erneut auf die Reiseunterlagen. Jetzt war nicht der richtige Zeitpunkt, um über La Gomera nachzudenken. Er schob die Papiere zur Seite und ertastete den kalten, länglichen Metallstab.

Den Neuen Garten betrat er durch den Parkeingang an der Gasthausbrauerei »Meierei«, die heute Ruhetag hatte. Er hörte, wie der Wind in die Baumkronen fuhr und das Blattwerk raschelte.

Ein Vogel mit weiten Schwingen flog geräuschvoll über ihn hinweg.

Mit der Taschenlampe leuchtete Toni den Waldstreifen ab, bis er den Trampelpfad entdeckt hatte, der hinunter zu einer Wiese am Ufer des Jungfernsees führte. Zügig erreichte er die Muschelgrotte, die einst für Teegesellschaften gebaut worden war. Ein geeigneter Ort für eine geheime Zusammenkunft!

Toni schaltete die Taschenlampe aus, um seine Augen an die Dunkelheit zu gewöhnen. Der Mond war aufgegangen und würde genügend Licht spenden, um das Gesicht seines Gesprächspartners zu erkennen. Ohne sich zu bewegen, wurde ihm kalt. Er rieb die Hände aneinander, trat von einem Bein aufs andere und beschloss, morgen den Fleecepulli mitzunehmen, den er unter der Outdoorjacke tragen konnte.

Glücklicherweise musste er nicht lange warten.

Aus östlicher Richtung näherten sich zwei Gestalten, die wegen der Unebenheiten auf dem Trampelpfad leicht hin- und herschwankten. Links von ihnen lag der Jungfernsee wie eine silberne Scheibe. In der Ferne fuhr ein vereinzeltes Sportboot Richtung Pfaueninsel. Ein kleiner, gedrungener Mann blieb ungefähr fünfzig Meter entfernt stehen. War das Gesas Bruder? Wahrscheinlich sollte er nicht hören, was hier besprochen wurde.

Eine hagere Gestalt kam bis auf Armeslänge heran und musterte ihn grimmig. Auf dem Kopf trug sie eine schwarze Schirmmütze im Army Style, an der mehrere runde Buttons steckten. Toni entzifferte Aufschriften wie »Antifaschistische Aktion«, »Good Night White Pride«, »Idiot Nation« und »Alles für alle«. Um seinen Hals hatte der Mann ein Palästinensertuch, das wohl seine Solidarität ausdrücken sollte. Auf der Brust seines schwarzen Kapuzenpullis waren weitere Abzeichen zu sehen: ein schwarzer und ein roter Stern sowie ein schwarzes »A«, das von einem Kreis umgeben war. Darunter trug er eine schwarze Jeans. In dieser Aufmachung könnte er auf jeder Demonstration im »schwarzen Block« mitmarschieren. Um unerkannt zu bleiben, musste er nur das Palästinensertuch über die Nase ziehen, und seine Vermummung war perfekt.

Toni streckte zur Begrüßung die Hand aus und stellte sich vor.

Der ungefähr zwanzigjährige Mann schlug nicht ein und sagte: »Nur damit das klar ist: Ich bin kein Verräter. Ich will, dass der Mord aufgeklärt wird. Hendrik war mein Freund, und die Schuldigen sollen dafür zahlen.«

»Das hab ich verstanden«, sagte Toni. »Wie soll ich dich nennen?«

»Paule ist okay.«

»Also gut, Paule. Woher kanntest du Hendrik?«

»Ich will hier nicht über mich sprechen.«

»Das musst du auch nicht. Deine Rolle interessiert mich nur insofern, als sie mir etwas über deinen Freund erzählen kann. Also?«

»So richtig kennengelernt haben wir uns erst in der Uni. Wir studieren dieselben Fächer und sitzen oft bei Vorlesungen und Seminaren nebeneinander.«

»Hendrik war in der linksextremen Szene unterwegs. Hatte er im eigenen oder gegnerischen Lager Feinde?«

»Linksextrem, wenn ich das schon höre! Nur weil man ein paar unbequeme Wahrheiten anspricht, ist man gleich ein Terrorist, oder was?«

»So kommen wir nicht weiter«, sagte Toni und entschloss sich, die Ruhe zu bewahren. »Hör zu. Wir verfolgen das gleiche Ziel. Wir wollen den Mörder von Hendrik schnappen. Ich werde versuchen, meine Fragen neutral zu formulieren, und du versuchst, sie nicht als Angriff zu werten. Abgemacht?«

»Meinetwegen.«

»Also: Hatte Hendrik Feinde?«

»Ich kenne niemanden persönlich, aber ich kann mir schon vorstellen, dass er sich mit jemandem angelegt hat. Er war wie ein Pulverfass, das hochgehen konnte.«

»Kannst du mir ein Beispiel nennen?«

»Na, 2014. Da kannte ich ihn noch nicht richtig, aber da hab ich ihn schon bei der Erste-Mai-Demo in Aktion gesehen.«

»In Berlin?«

»Nee, in Kreuzberg ist tote Hose, aber in Hamburg, da geht noch was. Hendrik ist ganz alleine mit einem Pflasterstein auf die Bullenschweine los. Einer von denen hat die Nerven verloren und an seiner Pistolentasche rumgefummelt, aber Hendrik hat nur mit dem Finger auf ihn gezeigt und ihn ausgelacht. Auch als sich der Wasserwerfer auf ihn richtete, hat er mehrmals ausgeholt und so getan, als würde er gleich schmeißen. Das war natürlich richtig cool, aber ich glaube nicht, dass er überhaupt begriffen hat, in welcher Gefahr er schwebte. Er hat keinerlei Angst gezeigt. Er war nur aufgeputscht und hat unsere Parolen gegrölt.«

Toni ging auf die beleidigende Bezeichnung »Bullenschweine«, zu denen er selbst auch zählte, nicht ein. Wenn er anfangs das ganze Auftreten noch als jugendliche Verirrung abgetan hatte, war seine Nachsicht jetzt erloschen. Für ihn gab es nichts, was den Einsatz von Pflastersteinen gegen Menschen rechtfertigte oder »cool« erscheinen ließ. Paule war eindeutig auf Krawall gebürstet. Trotzdem durfte er sich nicht provozieren lassen, sonst würde er am Ende mit leeren Händen dastehen und niemandem wäre geholfen. Stattdessen überlegte er, ob er gerade eine wichtige Information erhalten hatte. Wenn Hendrik dazu geneigt hatte, gefährliche Situationen falsch einzuschätzen, hatte er möglicherweise auch die Bedrohung in der Tatnacht nicht erkannt. »War er immer so krass?«

»Ja, das kann man wohl sagen. Ich glaube, dass er einen Komplex hatte, weil seine Eltern so reich sind. Ich meine, wir alle kommen aus bescheidenen Verhältnissen. Wir führen unseren Kampf auch, um für mehr Gerechtigkeit zu sorgen. Hendrik wollte uns beweisen, dass er einer von uns ist und dass er hundertprozentig an unsere Sache glaubt, aber vielleicht war er auch vom Charakter her so extrem. Eigentlich ist es nicht verwunderlich, dass er so geendet ist.«

»Wie meinst du das?«

»Hendrik war jemand, der den Ärger angezogen hat. Ich meine, es gibt Glückspilze, und es gibt Pechvögel. Und Hendrik gehörte eindeutig zur letzten Kategorie.«

»Das ist mir zu unkonkret«, sagte Toni. »Ich kann den Täter nur ermitteln, wenn ich auf etwas Handfestes stoße. Was weißt du über den Brandanschlag in den Beelitzer Heilstätten?«

Paules ganzer Körper stand plötzlich unter Spannung, so als würde er jeden Moment angreifen oder flüchten wollen. »Wieso?«

Toni deutete die Reaktion so, dass der Junge in die Sache verwickelt war. »Nochmals zur Erinnerung«, sagte er beruhigend. »Es geht mir nicht darum, dir etwas nachzuweisen. Es geht mir nur darum, den Mord an Hendrik aufzuklären. Also?«

»Wie war noch die Frage?«

»Stichwort: Beelitzer Heilstätten.«

»Das war eine krasse Geschichte. Auch später bei der Gerichtsverhandlung ist Hendrik nicht eingeknickt und hat niemanden verpfiffen. Ein gemeinsamer Freund war da und hat gesagt, dass er Gänsehaut bekommen hat.«

»Gänsehaut? Was ist im Gerichtssaal passiert?«

»Na, Hendrik hat sich nicht unterkriegen lassen. Mehr weiß ich auch nicht.«

»War Alexander Winter ebenfalls an dem Brandanschlag auf die Beelitzer Heilstätten beteiligt?«

»Ich hab schon gesagt, dass ich kein Verräter bin.«

»Kennst du Alexander überhaupt?«

»Na klar kenne ich Alex. Er ist unser Jüngster. Noch ein bisschen grün hinter den Ohren, aber ansonsten schwer in Ordnung.«

»Kennst du auch seine Mutter?«

»Die Staatsanwältin, logisch. Eine geile Chick ist das. Ältere Frauen sind mein Ding. Nur leider steht sie auf der falschen Seite.«

Toni wusste nicht recht, wie er die Bemerkung über Carens Attraktivität einordnen sollte. Fallrelevant erschien sie ihm nicht. »Warst du mal bei Alexander zu Hause?«

»Wird das jetzt ein Verhör, oder was?«

»Das sind Routinefragen«, sagte Toni. »Ich stelle sie jeder Person, die mit Hendrik näher zu tun hatte. Also?«

»Na klar, bei der Staatsanwältin war ich zu Hause und bei ihrem Ex-Macker in Groß Glienicke auch. Der ist übrigens ziemlich unangenehm. Irgendwie typisch, dass er an der juristischen Fakultät lehrt. Der hat uns mal hochkant aus seiner Bonzenvilla rausgeschmissen.«

»Hat Alexander von einer Erbschaft erzählt, die seine Mutter gemacht hat?«

Paules Augen verengten sich zu schmalen Schlitzen. »Jetzt wird es mir aber zu bunt. Was wird das hier? Zähle ich zu den Verdächtigen?«

Wenn Paule öfters in Carens Wohnung war, hätte er den notariellen Vertrag sehen können. In diesem Fall hätte er über ihr Vermögen Bescheid gewusst. Auch sonst erfüllte er die Kriterien. Toni begriff, dass die Zahl der Verdächtigen möglicherweise höher lag, als er bisher angenommen hatte.

Er schaute sich den hageren Jungen in Kampfmontur an. Das Motiv Habgier passte nicht zu ihm. Auch die große Kaltblütigkeit, die der Täter bewiesen hatte, war keine bestimmende Wesensart dieses zornigen Studenten. Trotzdem würde Toni ihm noch einmal auf den Zahn fühlen müssen. Über den Brandanschlag auf die Beelitzer Heilstätten wusste Paule eindeutig mehr, als er bei diesem geheimen Stelldichein zugeben würde.

»Deine Aussagen sind für die Ermittlungen von Bedeutung«, sagte Toni. »Ich möchte, dass du morgen früh um zehn Uhr ins Kommissariat kommst. Dort nehmen wir ein Protokoll auf. Hier ist meine Karte.«

»Das war nicht der Deal«, erwiderte Paule. »Ich will anonym bleiben.«

»Hör zu«, sagte Toni. »Ein Mord ist eine sehr ernste Angelegenheit. Die Aufklärung hat oberste Priorität, aber ich verspreche dir, dass dein Name nicht an die Öffentlichkeit dringt. Von deinen Freunden wird niemand erfahren, dass du bei uns warst. Aber eins sag ich dir gleich. Wenn du nicht erscheinst, lass ich dich holen. Und das dürfte weitaus mehr Aufsehen erregen.«

»Sie wissen doch gar nicht, wie ich heiße und wo ich wohne.«

»Morgen früh um zehn Uhr«, sagte Toni und begab sich zügig auf den Rückweg. Eine Bemerkung von Paule war bei ihm hängen geblieben. Er musste herausfinden, was bei der Verhandlung gegen Hendrik geschehen war.

28

Im Auto rief Toni Phong an und übermittelte ihm alle Informationen, die »Paule« über sich preisgegeben hatte. Seine Studienfächer, die Teilnahme an Vorlesungen und Seminaren gemeinsam mit Hendrik und eine exakte Personenbeschreibung sollten ausreichen, um ihn schnell zu identifizieren.

Außerdem ließ er sich den Namen und die Adresse des Richters heraussuchen, der der Verhandlung gegen Hendrik vorgesessen hatte. Er kannte Herrn Dr. Körner verhältnismäßig gut. In mehreren Prozessen, die der Jurist geleitet hatte, war er als Zeuge aufgetreten. Außerdem hatten sie vor Jahren denselben Französisch-Konversationskurs belegt. Toni ging zwar nur dreimal hin, weil er als alleinerziehender Vater schnell merkte, dass er den Zeitaufwand unterschätzt hatte, aber seit ihrer Begegnung in dem Klassenzimmer hatte sich eine Komplizenschaft entwickelt, die allein darauf beruhte, dass sie frankophile Neigungen teilten.

Toni wendete den Renault, legte den ersten Gang ein und gab Gas. Er war erstaunt, dass sein Wagen schon länger keine Macken mehr gezeigt hatte. Vielleicht hatte er seinem fahrbaren Untersatz unrecht getan. Im Geiste lobte er ihn, so als könnte er durch gutes Zureden irgendetwas bewirken.

Toni dachte, dass Richter Körner ein Mann war, der für seinen Leistungswillen und sein großes Arbeitspensum bekannt war. Darüber hinaus brachte er für jedes Anliegen eine bewundernswerte Geduld auf. Er würde hoffentlich Verständnis zeigen, dass er ihm zu so fortgeschrittener Stunde einen Besuch abstattete.

Der Potsdamer Stadtteil Bornim lag im Norden und hatte einen dörflichen Charakter. Umgeben von Feldern und Seen bot das Wohngebiet viele Freizeit- und Erholungsmöglichkeiten. Toni suchte sich einen Parkplatz und ging durch einen gepflegten Vorgarten zur Eingangstür. Über der Hausnummer brannte eine Lampe, die die Granitstufen ausleuchtete. Nachdem er den Klingelknopf gedrückt hatte, dauerte es nur ein paar Sekunden, bis die Tür geöffnet wurde.

»Herr Sanftleben?«, sagte Körner erstaunt. Seine grau melierten Haare standen wirr vom Kopf ab. Seine Lesebrille ruhte an einer Kordel auf seinem weinroten Pullunder. Die hellbraune Cordhose war im Kniebereich ausgebeult. »Ich dachte, dass Sie im unbezahlten Urlaub sind.«

»Ich bin kurzfristig eingesprungen«, erwiderte Toni. »Bitte entschuldigen Sie die Störung, aber ich ermittle in einem Fall, bei dem ich Ihre Hilfe brauche.«

»Dann treten Sie ein. Ich nehme gerade eine Kleinigkeit zu mir. Wenn Sie möchten, können Sie mir Gesellschaft leisten und einen Happen mitessen.«

»Gerne«, sagte Toni und spürte, dass er schon wieder ein Loch im Magen hatte.

»Ach, lassen Sie die Stiefel nur an«, sagte Körner und ging voraus. »Morgen kommt die Putzfrau, und die Gute beklagt sich immer, wenn es nichts zu tun gibt.«

Toni sah sich beeindruckt um und erinnerte sich, dass die Frau des Richters Innenarchitektin war. Sie hatte den schönen Dielenboden und die alten Holzmöbel stilsicher mit modernen Elementen kombiniert. Ins Obergeschoss führte eine gläserne Treppe, die von dezenten Lichtelementen so geschickt illuminiert wurde, dass sie dem kleinen Eingangsbereich etwas Erhabenes verlieh.

Von dem großzügigen Wohn- und Essbereich hatte man einen Blick über eine freie Fläche, die Toni bei der Dunkelheit nicht verifizieren konnte. Vermutlich handelte es sich um ein landwirtschaftlich genutztes Feld. Auf Körners Wink hin setzte er sich auf einen eleganten Hocker. Zwischen ihnen befand sich eine gläserne Bar, die die Küchenzeile kaum merklich abteilte.

Körner stellte ihm einen Teller hin und legte Besteck daneben. »Bedienen Sie sich«, sagte er und zeigte auf einen Brotkorb, diverse Aufschnitte und Heringshappen.

Der in Ehren gealterte Strafrichter wirkte in dieser stilisierten Umgebung beinahe deplatziert. Man assoziierte mit ihm einen gemütlichen Ohrensessel, der bei jeder Bewegung quietschte, oder einen Vitrinenschrank, der zum Überquellen mit Papieren vollgestopft war. Vielleicht sieht es in seinem Arbeitsraum so aus, dachte Toni und griff nach einer Scheibe Roggenbrot, die er dick mit salziger Butter beschmierte und mit Jagdwurst belegte.

»Es geht um den Prozess gegen Hendrik Spohr, bei dem Sie den Vorsitz geführt haben.«

»Ich erinnere mich«, sagte Körner und fischte einige Heringshappen aus dem Behälter. »Sie ermitteln also in dem Tötungsdelikt. Was wollen Sie wissen?«

»Ein Zeuge hat ausgesagt, dass es bei der Verhandlung eine spezielle Situation gegeben habe. Ein Prozessbeobachter soll sogar eine Gänsehaut bekommen haben.«

»Eine Gänsehaut?«

»Hat Hendrik vielleicht jemanden provoziert? Hat er sich anderweitig ungebührlich verhalten?«

»Ja, das kann man wohl sagen. Mal abgesehen davon, dass er die meiste Zeit geschwiegen hat, hat der Junge keine Gelegenheit ausgelassen, um uns seine Verachtung spüren zu lassen. Manchmal sagen Gesten und Mienen mehr aus als Worte.«

»Das ist wohl wahr.«

»Ich glaube, ich weiß, auf welchen Vorfall Ihr Zeuge angespielt hat. Das war tatsächlich eine Provokation, wie ich sie in meiner ganzen beruflichen Laufbahn noch nicht erlebt habe.«

29

Vor vier Monaten

Hendrik saß kerzengerade in der Anklagebank und beobachtete seinen Verteidiger. Rechtsanwalt Pufahl gebärdete sich, als würde er sich für ihn einsetzen. Dabei hatte der Wichtigtuer die Fallakte nicht mal gelesen. Seine Eltern hatten auf ihn bestanden und ihn – ohne Hendriks Einverständnis – engagiert. Zwar war er Fachanwalt für Strafrecht, aber er hatte schon lange keine Mandate mehr auf diesem Gebiet übernommen. Dementsprechend plump wirkte er, wenn er sich Wortgefechte mit dem Staatsanwalt lieferte.

Der ungefähr fünfzigjährige Staatsanwalt Legrand war keinen Deut besser. Bei jeder Bemerkung wirkte er so blasiert, als hätte er mit der Geburt ein Anrecht auf die einzig richtige Sichtweise erworben. Mit seinen perlweißen Kauleisten sah er aus wie ein gealtertes Fotomodell für Zahnpasta. Es fehlte nur noch der knackige Apfel, in den er kraftvoll hineinbiss. Er war so selbstverliebt, dass er es nicht mal für nötig hielt, ihm in die Augen zu sehen. Wenn er das Wort an ihn richtete, schaute er immer ein Stück über ihn hinweg, so als wäre er keinen direkten Blickkontakt wert.

Ganz im Gegensatz zu Fritjof Winter, dem Vater von Alexander, der im Zuschauerraum saß und ihn permanent anstarrte. Dem Professor strahlte der Triumph aus der selbstzufriedenen Visage. Wenn er tatsächlich erschienen war, um sich hier Genugtuung zu verschaffen, war er ein noch größeres Würstchen, als Hendrik ohnehin schon angenommen hatte.

Diese Männer glaubten, dass sie ihm überlegen waren. Sie hielten ihn für das fehlgeleitete Reicheleutekind, den unkooperativen Straftäter mit fragwürdiger Prognose und für den schlechten Umgang, der einen negativen Einfluss auf den eigenen Nachwuchs ausübte. Sie hatten keine Ahnung, wie falsch sie lagen.

Er war viel mehr.

Glaubten sie wirklich, dass er ihnen diese Demütigung durchgehen lassen würde? Gingen sie ernsthaft davon aus, dass die Angelegenheit mit seiner Verurteilung erledigt wäre?

Auch mit dieser Annahme lagen sie daneben.

Sie alle würden bald erfahren, mit wem sie sich angelegt hatten. Für ihn ging der Kampf erst richtig los.

In den vergangenen Monaten hatte er viel Zeit gehabt, um darüber nachzudenken, wie er sich bei der Verhandlung präsentieren wollte. Die Geschichte strotzte nur so von Wankelmütigen, Opportunisten und Verrätern. Sie waren von ihren Ideen abgewichen, weil sie um ihr Leben oder ihre Karriere gefürchtet hatten. So wollte er nicht enden. Er würde weder seine Grundsätze noch seine Gefährten verraten, nur um sich Vorteile zu verschaffen, die ihm die Obrigkeit gnädigerweise einräumte.

Entscheidend war nicht die Meinung der anderen, ausschlaggebend war allein, ob er durch sein Tun den eigenen Ansprüchen genügte. Er trug die Verantwortung für sein Handeln. Und obwohl sie ihn gefasst und vor Gericht gestellt hatten, würden sie ihn nicht korrumpieren. Er war autark und stand jenseits ihrer Gesetze. Er entschied, ob er sich widerstandslos abstrafen ließ oder ob er diese Verhandlung zu seinem Podium machte.

Als sein Rechtsanwalt aufgefordert wurde, das Plädoyer zu halten, legte Hendrik ihm die Hand auf den Unterarm und sagte: »Das Schlusswort spreche ich. Das ist mein gutes Recht. Sie bleiben sitzen.«

»Überlegen Sie sich das gut«, flüsterte Pufahl. »Machen Sie jetzt keinen Unsinn.«

»Keine Sorge«, erwiderte Hendrik. »Ich weiß genau, was ich tue.«

»Bisher ist es ganz gut gelaufen«, sagte der Rechtsanwalt leise. »Der Zivilprozess steht natürlich noch bevor, aber in der Strafsache könnte es glimpflich enden, wenn Sie beteuern, wie leid es Ihnen tut, und wenn Sie geloben, Ihr soziales Engagement wieder aufzunehmen.«

»Natürlich«, sagte Hendrik, erhob sich von seinem Stuhl und drehte sich zum Zuschauerraum um, wo einige Gefährten aus der Szene saßen. Paule musste heute arbeiten. Alexander hatte den Gerichtssaal wutentbrannt verlassen, als er gesehen hatte, dass sein

Vater eingetreten war, aber Annalena und Fred hockten neben ein paar anderen in der letzten Reihe. Er zwinkerte ihnen zu und drehte sich nach vorne.

»Alles, was ich zu meinen Fall äußern möchte, drückt ein Lied von der Band Slime aus«, sagte er, fixierte Staatsanwalt Legrand und sang mit selbstbewusster, kräftiger Stimme: »Wo Faschisten und Multis das Land regieren, / wo Leben und Umwelt keinen interessieren, / wo alle Menschen ihr Ich verlieren, / da kann eigentlich nur noch eins passieren ...«

Nach Abklingen der ersten Überraschung kam Bewegung in den Gerichtssaal. Staatsanwalt Legrand und Rechtsanwalt Pufahl riefen etwas, aber er übertönte sie, indem er immer lauter schrie: »Deutschland muss sterben, damit wir leben können, / Deutschland muss sterben, damit wir leben können ...«

Jemand packte ihn am Arm, aber er riss sich los. Er würde zu Ende führen, was er begonnen hatte. Das galt für dieses Lied, und das galt für alles andere.

»Schwarz ist der Himmel und rot ist die Erde, / gold sind die Hände der Bonzenschweine, / doch der Bundesadler stürzt bald ab, / denn Deutschland, wir tragen dich zu Grab. / Deutschland muss sterben, damit wir leben können, / Deutschland, verrecke, damit wir leben können ...«

30

Als Toni sich ins Auto setzte, war er von der Fülle an Informationen, die er heute gesammelt hatte, völlig erschlagen. Er nahm einen Schluck aus der Colaflasche, steckte sich einen Keks in den Mund und kaute ihn bedächtig. Schließlich rief er Phong an.

»Du willst wohl kontrollieren, ob wir noch arbeiten?«, fragte der Kollege.

»Und?«, erwiderte Toni. »Arbeitet ihr noch?«

»Wir versuchen es, aber ich hab ein Brett vorm Kopf. Mir kommt der Name Pufahl bekannt vor, irgendwo hab ich ihn schon gelesen ...«

»Du hast ihn vermutlich im Zusammenhang mit dem Prozess aufgeschnappt. Herr Dr. Pufahl war der Rechtsbeistand von Hendrik Spohr.«

Mehrmals atmete Phong geräuschvoll ein und aus, dann erwiderte er: »Ja ... ja, das stimmt.«

»Ich möchte, dass du ihn für morgen ins Kommissariat bestellst. Bitte ihn um seine Hilfe und betone, dass es wichtig ist«, sagte Toni. Dass auf den Juristen alle Kriterien zutrafen, die ihn zu einem Verdächtigen machten, behielt er für sich. »Und es gibt noch eine Neuigkeit. Fritjof Winter ist nicht nur Mitglied im ›Förderverein Beelitzer Heilstätten‹, sondern hat auch dem Prozess beigewohnt. Das sieht nach einer persönlichen Angelegenheit aus.«

»Wenn das so ist, kannst du ihn morgen in die Zange nehmen«, erwiderte Phong. »Winter wird gegen vierzehn Uhr da sein. Frau Lichter kommt um zehn.«

»Sehr gut. Dann mach bald Feierabend. Ich brauche dich morgen ausgeruht.«

Toni war erleichtert, als er das Gespräch beendet hatte. Er würde sich für die Vernehmungen eine gute Taktik überlegen müssen, aber zuerst brauchte er ein paar Stunden Schlaf. Er war mittlerweile so müde, dass er kaum noch einen klaren Gedanken fassen konnte.

Auf dem Heimweg verschwammen die Laternen und die vor ihm fahrenden Autos. Die Namen Pufahl, Lichter, Winter und Paule geisterten durch seinen Kopf. Wenn einer von ihnen der Täter war oder in irgendeiner Weise in Alexanders Entführung verstrickt war, würde er es morgen herausfinden.

Auf dem Anwohnerparkplatz an der Neustädter Havelbucht fand er sofort eine Lücke. Nachdem er ausgestiegen war, sah er noch seinen Sohn, wie er Hand in Hand mit einer jungen Frau über die Breite Straße lief. Die Köpfe beider waren gesenkt. Anscheinend unterhielten sie sich angeregt. Sie wirkten, als ständen sie sich sehr nahe. Wohin waren sie so spät noch unterwegs? In eine Kneipe, auf eine Party oder in die Wohnung der Freundin?

Ihre Vertrautheit zerstreute Tonis Bedenken etwas, und er musste an eine Zeit denken, als Aroon drei oder vier Jahre alt war. Damals konnte der Junge nicht einschlafen, ohne das Gesicht in die Hand des Vaters zu schmiegen. Der Geruch hatte ihn beruhigt. Jetzt brauchte sein Sohn ihn nicht mehr, jetzt ging er seine eigenen Wege.

Toni freute sich, dass Aroon zu einem selbstbewussten jungen Mann gereift war und seine außergewöhnliche Intelligenz zu nutzen wusste. Andererseits schmerzte ihn die Feststellung, dass er nicht mehr der wichtigste Mensch in seinem Leben war und ihn immer seltener sah. Auch wenn es schwerfiel, würde er lernen müssen, seinen Sohn loszulassen.

Toni war wehmütig gestimmt, als er das Hausboot betrat und die schmale Treppe in den Salon hinunterkletterte.

Sofie saß mit einem Buch im Lesesessel und schlief. Sie sah so schön aus, und er dachte, dass Aroon zwar flügge wurde, dass er aber seine Frau zurückhatte. Am liebsten hätte er den Kopf an sie geschmiegt und wäre sofort eingeschlafen. Das war allerdings nur in einer Haltung möglich, die er spätestens morgen früh bereuen würde. Also schob er seine Arme unter ihren Rücken und ihre Knie und hob sie vorsichtig an, um sie zum Bett zu tragen. Während er seine Nase in ihr duftendes Haar steckte, schlug sie die Augen auf und sah ihn an.

»Hallo«, sagte sie. »Setz mich bitte wieder ab. Ich hab auf dich gewartet.«

»Das hatte ich gehofft«, erwiderte Toni lächelnd und kam ihrem Wunsch nach.

Als Sofie wieder im Lesesessel saß, legte sie ihr Buch auf ein Tischchen und sagte: »Nimm doch bitte Platz. Ich muss mit dir reden.«

»Wieso? Ist etwas passiert?«

Sie nickte.

»Etwas Ernstes?«

Sie zuckte mit den Schultern.

»Reicht es auch morgen früh? Ich kippe vor Müdigkeit gleich aus den Schuhen.«

»Ich weiß, dass du gerade eine Menge um die Ohren hast, aber wenn ich es dir nicht sagen kann, platze ich.«

»Also gut!« Er hatte mittlerweile gespürt, wie wichtig es ihr war. Schnell rollte er den großen Gymnastikball heran, ließ sich darauf nieder und sagte: »Was ist los?«

»Ich habe heute lange darüber nachgedacht, wie ich es dir beibringen soll, aber es gibt keinen schonenden Weg. Deshalb sage ich es am besten so, wie ich es empfinde.« Sie holte tief Luft und fuhr dann fort: »Du verhältst dich so, als hätte es die vergangenen siebzehn Jahre nicht gegeben. Du machst einfach weiter, wo wir 1998 geendet haben. Dabei hast du dich verändert. Du bist nicht mehr der lässige Globetrotter, mit dem ich in einem alten VW-Bus um die Welt gefahren bin. Du bist lange alleinerziehender Vater gewesen, du bist Kriminalpolizist geworden, und du hattest täglich mit Mördern und anderen Verbrechern zu tun. Außerdem bist du trockener Alkoholiker.«

Toni ersparte sich die Bemerkung, dass er all das nicht geworden wäre, wenn sie beim Baumblütenfest in Werder nicht verschwunden wäre. »Und?«, fragte er. »Ist das so schlimm?«

»Nein ... ja ... ich weiß nicht.«

»Das musst du mir erklären.«

»Ich glaube, es geht gar nicht um dich, sondern um mich. In den letzten siebzehn Jahren haben sich alle verändert. Du. Meine Eltern. Und Aroon. Bevor ich verschwand, war er noch ein Baby, das gewickelt werden musste. Jetzt ist er achtzehn.«

Toni musste auf den Geschenkkorb schauen, den er von Kriminalrat Schmitz erhalten hatte und der seitlich hinter dem Lesesessel auf dem Boden stand. »Ich glaube, ich weiß, was du meinst.«

»Tut mir leid, aber das kannst du gar nicht wissen. Niemand kann sich vorstellen, wie es sich anfühlt, so lange weg gewesen zu sein. Ich versuche mich an die neuen Verhältnisse anzupassen und verliere darüber jeglichen Kontakt zu mir selbst. Ich will endlich herausbekommen, wer ich bin, und jetzt fang bitte nicht von meinen Gedächtnislücken an. Damit hat das nichts zu tun.«

»Okay.«

»Ich weiß, dass du mich liebst. Du würdest alles für mich tun, das ist mir klar, aber deine Fürsorge ist nicht das, was ich jetzt brauche.«

»Was brauchst du dann?«

»Eine eigene Identität. Bevor ich eine richtige Beziehung eingehen kann, muss ich mich neu erfinden. Verstehst du? Ich möchte alles auf null setzen und von vorne anfangen. Es tut mir so leid.«

In Tonis Hals setzte sich ein Kloß fest. »Was tut dir leid? Ich meine … konkret?«

Sie nahm seine Hand, küsste seine Finger und drückte sie an ihre Brust. Mit Tränen in den Augen sah sie ihn an und sagte schluckend: »Ich … ich möchte ausziehen.«

31

Vor zwei Monaten

Hendrik zog die Riemen ein und ließ das Ruderboot auf dem Griebnitzsee treiben, der zusammen mit anderen Gewässern einen Seitenarm der Havel bildete. Über ihm prangte ein phantastischer Sternenhimmel. Für Ende August war es noch angenehm warm, und in den Gärten der Seeanrainer wurde gegrillt. Im Uferbereich standen Feuerschalen, von denen Funken aufsprühten und in der Schwärze verglühten. Der einzige Wermutstropfen waren die Mücken, die überall umhersirrten.

Hendrik klatschte sich mit der flachen Hand an den Nacken und wischte die Finger an seiner Jeans ab. In den letzten Monaten hatte er viel Zeit gehabt, um über sich und sein Handeln nachzudenken. Das Ergebnis war nicht erbaulich. Wollte man Schweine bekämpfen und über sie triumphieren, musste man ihnen eine Nasenlänge voraus sein. Im Klartext bedeutete das, dass man das größere Schwein sein musste.

Er zog zwei Bier aus dem Wasser, die er zum Kühlen mit Schnüren über die Bordwand gehängt hatte, und trocknete sie mit einem Lappen ab. Nachdem er sie mit einem Feuerzeug geöffnet hatte, reichte er eine Flasche an seinen Freund Alexander, der heute ungewöhnlich still war.

»Alles klar bei dir?«, fragte Hendrik.

»Prost«, sagte Alexander, stieß mit ihm an und trank mehrere Schlucke. »Ich hab gestern Paule getroffen. Er hat erzählt, dass er dich schon ewig nicht mehr an der Uni gesehen hat.«

»Die Profs erzählen doch immer nur den gleichen Stuss«, erwiderte Hendrik. »Ich kann den Stoff genauso gut in den Büchern nachlesen.«

»Ich hab auch mit Fred und Annalena gesprochen«, sagte Alexander. »Nach der Verhandlung hat keiner von dir gehört. Im Internet bist du auch nicht mehr aktiv. Und mich hast du erst heute Nachmittag zurückgerufen.«

»Ich hatte viel zu tun«, erwiderte Hendrik.

Plötzlich erhob Alexander sich. Das Boot geriet gefährlich ins Schwanken. Das Wasser schwappte gegen die Bordwand. Er musste sich mehrmals abstützen, bis er endlich sicher stand.

Hendrik schaute erstaunt zu ihm hoch und lächelte zum ersten Mal: »Was hast du vor? Willst du mir einen Heiratsantrag machen?«

»Danke, dass du mich nicht verraten hast«, erwiderte Alexander. »Das werde ich dir nie vergessen. Das war sehr großherzig von dir, aber deine Strafe wäre nicht so hart ausgefallen, wenn du ausgepackt hättest. Ich gehe morgen zur Staatsanwaltschaft und zeige mich selbst an. Immerhin waren wir im Februar auch wegen mir in den Beelitzer Heilstätten. Ich habe die Molotowcocktails mitgebaut. Ein Teil der Schuld geht auf mein Konto. Wenn wir die Strafe gemeinsam tragen, ist sie nur noch halb so schwer.«

»Mann, Alex. Jetzt verstehe ich so langsam, um was es hier geht. Du machst dir Sorgen. Du denkst, dass ich mich so lange nicht gemeldet habe, weil es mir schlecht geht und weil ich mit dem Urteil nicht klarkomme.«

»Nicht nur ich. Die anderen fragen sich auch, was mit dir los ist.«

»Jetzt bin ich aber gerührt«, sagte Hendrik und stand ebenfalls auf, sodass das Boot wieder gefährlich ins Schwanken geriet. »Danke, dass du dir so viele Gedanken um mich machst. Darauf stoße ich mit dir an, mein Freund. Prost!«

Beide tranken große Schlucke aus der Flasche und nahmen wieder auf den Sitzduchten Platz.

»Und?«, fragte Alexander. »Soll ich es tun?«

»Jetzt lass uns deinen Vorschlag mal in Ruhe betrachten«, erwiderte Hendrik. »Gemeinsam haben wir einen Brandanschlag auf einen Bauwagen geplant. Dieser Plan wurde nie in die Tat umgesetzt. Es gibt nichts, weshalb du dich selbst anzeigen könntest.«

»Aber sie haben dich wegen vorsätzlicher Brandstiftung verurteilt. Wenn sie gewusst hätten, dass das eigentliche Ziel der Bauwagen war, hätten sie dir vermutlich geglaubt, dass du das Gebäude nur aus Versehen angesteckt hast.«

»War es wirklich ein Versehen?«, fragte Hendrik. »Ich habe sehr wohl bemerkt, dass hinter mir ein Haus stand. Vielleicht war ich ja so frustriert, dass ich die Bude abfackeln wollte.«

»Das glaube ich nicht. Du liebst die Heilstätten genauso wie ich. Du hättest sie niemals absichtlich beschädigt. Es war ein Versehen!«

»Meinetwegen, aber lass uns die Angelegenheit mal andersherum aufrollen. Welche Folgen hätte deine Selbstanzeige? An meinem Urteil würde sich nichts ändern, denn Fakt ist, dass ich mit einem Molotowcocktail über das Gelände gerannt bin. Der Wille zur Begehung eines Brandanschlags war also vorhanden. Ob ich nun den Bauwagen oder irgendein Gebäude in Brand setze, ist wahrscheinlich zur Begründung eines Vorsatzes nicht entscheidend. Und jetzt zu dir. Es würde vermutlich gegen dich ermittelt werden. Ob es zu einer Verhandlung kommen würde, bezweifele ich sehr, aber du wärst aktenkundig und würdest dir jede Menge Ärger einhandeln. Und weißt du, was noch geschehen würde? Zu guter Letzt würde ich nicht mehr als der Märtyrer dastehen, der selbstlos seinen Kopf hinhält und die Namen seiner Mittäter verschweigt. Insgesamt würden wir beide nur verlieren und nichts gewinnen, was wir nicht ohnehin schon haben: ein Gefühl der Verbundenheit. Ich weiß deine Worte sehr zu schätzen, und vielleicht wäre ich sogar enttäuscht, wenn du mir dieses Angebot nicht unterbreitet hättest, aber du musst dir keine Sorgen um mich machen. Niemand muss sich um mich sorgen. So schnell gebe ich nicht auf.«

Alexander sah ihn forschend an. »Bist du dir sicher?«

»Völlig«, erwiderte Hendrik. »Du kannst ganz beruhigt sein.«

»Wie haben deine Eltern eigentlich reagiert?«

»Der Zivilprozess kratzt sie nicht. ›Ist ja nur Geld‹, hat mein Vater gesagt. Die machen sich nur Sorgen um meine berufliche Zukunft. Mit einer Vorstrafe im Führungszeugnis kann ich mich nicht so einfach bewerben. Mein Vater überlegt schon, wie er mich in seiner Firma integriert, ohne dass wir uns ständig über den Weg laufen, aber das kommt gar nicht in Frage. Wenn es so weit ist, stelle ich selber was auf die Beine.«

»Und warum warst du so lange nicht erreichbar?«

Hendrik nahm einen Schluck von seinem Bier und sah ernst

über das schwarze, spiegelnde Wasser, das sich leicht wellte. »Es ist noch zu früh, um darüber zu sprechen, aber ich hab etwas vor.«

»Bau bloß keinen Scheiß«, sagte Alexander. »Du hast Bewährung. Ich will dich nicht im Knast besuchen.«

»Keine Sorge. So wie ich die Sache aufziehe, wird sie garantiert ein Erfolg.«

32

In der Nachttankstelle stand Toni vor dem Spirituosenregal und starrte die farbigen Flaschen an. Jede von ihnen war ein Versprechen. Er wollte nach einem Rum greifen, den Verschluss abschrauben und die braune Flüssigkeit seine Speiseröhre hinunterlaufen lassen. Schluck für Schluck, Zentiliter für Zentiliter, bis er jeden Tropfen in sich aufgenommen hatte und der Alkohol durch seine Adern tobte. Was hielt ihn noch zurück?

Er wusste nicht, wie lange er dastand und den Schnaps anstarrte. Obwohl der Suchtdruck überwältigend war, erinnerte er sich irgendwann, was er in der Gruppe gelernt hatte. Es kam nicht auf den Vorsatz an, nie mehr zu trinken, es kam einzig und allein darauf an, den ersten Schluck zu vermeiden. Morgen könnte er sich bis zur Bewusstlosigkeit volllaufen lassen, aber jetzt, in diesem Moment, musste er sich zurückhalten.

Er machte sich noch ein anderes Argument bewusst: Wenn er jetzt schwach wurde, verriet er Caren und ihren Sohn. Nur er wusste, wie die Fäden zusammenhingen. Nur er konnte den Täter aufspüren und den Jungen retten. Er merkte plötzlich, dass er am ganzen Körper zitterte. Sogar seine Zähne klapperten aufeinander.

»He«, sagte der Verkäufer und trat mit einem gebührenden Sicherheitsabstand neben ihn. »Seit einer Viertelstunde stehen Sie da rum und rühren sich nicht. So langsam machen Sie mir Angst. Entweder kaufen Sie jetzt was oder Sie hauen ab. Hören Sie? Sonst hole ich die Polizei. Verstehen Sie überhaupt Deutsch?«

Toni wandte sich dem Mann zitternd zu und sagte: »Die ist ... schon da. Die Polizei, meine ich.« In seiner Tasche spürte er den Vibrationsalarm seines Handys. Eine irrsinnige Hoffnung blitzte in ihm auf, dass Sofie ihm schrieb, dass er sie falsch verstanden hätte und dass alles nicht so ernst sei, wie es den Anschein hatte. Toni tastete nach dem Smartphone und war enttäuscht, dass nicht seine Frau, sondern Caren ihm eine Nachricht von ihrem Prepaidhandy geschickt hatte.

Ihm fiel ein, dass er ihr nach dem Treffen beim Belvedere noch gar nicht mitgeteilt hatte, was es für Neuigkeiten gab. Er drückte auf eine Taste und las den kurzen Text: »Warum meldet sich der Entführer nicht?«, schrieb sie. »Ich werde noch wahnsinnig. Das kann nur bedeuten, dass Alexander tot ist. Oh Gott, ich weiß, dass er tot ist.«

»Was ist nun?«, fragte der Verkäufer. »Wollen Sie etwas kaufen?«

»Nein«, erwiderte Toni und verließ die Tankstelle. Caren hatte wahrscheinlich noch kein Auge zugetan. Und er verschwendete kostbare Zeit, indem er das Spirituosenregal einer Tankstelle anstarrte. Nach der Lösung des Falls hatte er noch genügend Zeit, um sich zugrunde zu richten, aber jetzt musste er klar im Kopf bleiben. Nachdem er sich ins Auto gesetzt hatte, wählte er ihre Nummer. Der Anruf wurde sofort entgegengenommen.

»Ich hab nachgedacht«, platzte Caren heraus. »Ich weiß natürlich, warum sich der Entführer noch nicht gemeldet hat, aber ich will es aus deinem Mund hören. Ich will sichergehen, dass ich nicht verrückt werde.«

Toni überlegte kurz, aber eigentlich lag der Grund auf der Hand. »Normalerweise werden Entführungen sorgfältig vorbereitet«, erwiderte er. »In diesem Fall hat der Täter vermutlich spontan entschieden. Das bedeutet, dass er die Lösegeldübergabe, seine Flucht, das Waschen des Geldes und die Übergabe der Geisel noch planen muss. Vielleicht hat er Angst, dass ihm die Zeit wegläuft. Wahrscheinlich sitzt er zu Hause und arbeitet fieberhaft an dem weiteren Ablauf. Wenn er damit fertig ist, wird er sich melden. Da bin ich mir sicher.«

»Gut«, sagte Caren. Mit diesem einen Wort schien ihre ganze Anspannung zu entweichen. »Hast du irgendetwas Neues herausgefunden?«

Toni erzählte ihr, dass er alle Verdächtigen ins Kommissariat bestellt hatte. »Und wenn einer von ihnen versuchen sollte, mir einen Bären aufzubinden, knöpfe ich ihn mir noch mal alleine vor.«

»Was meinst du damit? Nein, warte! Du musst nicht antworten. Ich bin dir so dankbar, dass du für mich da bist.«

Für einen Moment spürte Toni ein warmes Gefühl in sich aufsteigen. Es gab zumindest einen Menschen, der an ihn glaubte, der ihn nicht fortwährend kritisierte und der nicht alles ständig in Frage stellte. »Schon gut«, sagte er. »Heute Nacht wird er sich nicht mehr melden, aber morgen solltest du vorbereitet sein. Schlaf jetzt. Du wirst deine Kräfte brauchen.«

Nachdem sie sich verabschiedet hatten, fuhr Toni los. Auf der Straße war kein anderes Fahrzeug unterwegs. Auch in den Fenstern der Häuser brannte kein Licht. Die Menschen waren ins Bett gegangen. Ihre Stadt war verwaist.

Plötzlich fühlte Toni sich einsam. Sechzehn Jahre hatte er seine Frau gesucht. Sechzehn Jahre hatte er Himmel und Hölle in Bewegung gesetzt, um sie zu finden. Für seine eigenen Wünsche, Träume und Befindlichkeiten hatte er keine Zeit gehabt. Vielleicht wäre er Möbeltischler geworden, oder er hätte französische Romane übersetzt, wenn sie nicht verschwunden wäre. Und jetzt sagte sie ihm, dass er sich verändert habe, dass er ein harter Polizist und Alkoholiker geworden sei. Vermutlich passte er nicht mehr in ihr Weltbild.

Wütend schlug er aufs Lenkrad. Das habe ich nicht verdient, dachte er. Wie kann sie mir das antun? Wie kann sie unsere Familie verlassen, ehe sie ihr eine richtige Chance gegeben hat? Sosehr er auch grübelte – er konnte es nicht begreifen.

Er kurbelte das Seitenfenster herunter und hielt sein Gesicht in den Fahrtwind, bis es ganz taub war. Plötzlich zog er den Kopf zurück, stoppte am Straßenrand und blieb mit laufendem Motor stehen. Ihm war eingefallen, dass er überhaupt nicht wusste, wo er hinsollte.

Sofie wartete vermutlich auf ihn, aber er konnte sich unmöglich neben sie legen und so tun, als wäre nichts geschehen. Dazu war er zu stolz. Wahrscheinlich machte sie sich Sorgen. Sie sollte ihm auf keinen Fall etwas vorspielen oder bei ihm bleiben, weil sie Angst hatte, dass er einen Rückfall erleiden könnte. Dazu war er auch zu stolz.

Also holte er sein Handy heraus und schrieb: »Ich schlafe im Kommissariat. Den Umständen entsprechend geht es mir gut. Wir hören morgen voneinander.« Nachdem er auf Absenden gedrückt hatte, lehnte er den Hinterkopf gegen die Stütze und schloss die Augen. Die Antwort ließ nur wenige Sekunden auf sich warten:

»Danke für deine Nachricht«, schrieb sie. »Jetzt bin ich beruhigt. Wenn du reden möchtest, bin ich für dich da. Du bleibst der einzige und wichtigste Mann in meinem Leben. Ich liebe dich. Deine Sofie.«

Nachdem Toni die Nachricht mehrmals gelesen hatte, holte er aus und pfefferte das Smartphone mit voller Wucht in den Fußraum. »Sie liebt mich und verlässt mich!«, schrie er. »Sie liebt mich und verlässt mich! Sie liebt mich und verlässt mich!«

Wer sollte das begreifen?

33

Im Kommissariat schlief Toni mit einer Decke auf dem Fußboden. Als er die Augen wieder aufschlug, fiel graues Morgenlicht durch die Fenster. Ihm fiel ein, dass Sofie Krankengymnastik hatte. Unter normalen Umständen hätte er sie in die Praxis gefahren und zwei Stunden später abgeholt. Heute würde jemand anderes den Job erledigen – vermutlich die Physiotherapeutin, Aroon oder ihre Eltern. So schnell wurde man ersetzt.

In den letzten Monaten hatte er zahlreiche Gründe gehabt, um aufzustehen. Sie alle hatten mit seiner Frau zusammengehangen. Jetzt fragte er sich, für wen er sich eigentlich so abrackerte.

Sogleich fielen ihm Caren und ihr Sohn ein. Ja, diesen Fall musste er erledigen, und dann würde er sehen, wie es weiterging.

Er rieb sich die Augen und setzte sich mit einem Ruck auf. Mehrmals ließ er die Schultern kreisen und massierte sich den Nacken, der völlig verspannt war. Ächzend stemmte er sich auf die Beine und musste sich eingestehen, dass ihm vor zehn Jahren ein paar Stunden auf einem solchen Lager nicht so zugesetzt hätten.

In der Küche kochte er einen starken Kaffee und klaute Phong ein paar Schokoriegel. Mit einem vollen Becher trottete er zu seinem Schreibtisch und sah erst jetzt, dass Gesa ihm gestern eine Mappe hingelegt hatte. Obenauf lag ein weißer Zettel mit dem handgeschriebenen Wort »Überraschung«. Fünf Ausrufezeichen hatte sie angefügt.

Toni schlug den Pappdeckel auf und hielt die Luft an. Die Kollegin hatte nicht zu viel versprochen. Mit dieser Information hatte er überhaupt nicht gerechnet. Ihm war sofort klar, dass sie möglicherweise der Beweis war, den sie die ganze Zeit gesucht hatten.

Eigentlich hatte er Frau Lichter einschüchtern wollen, indem er über den Straftatbestand der Verfolgungsvereitelung palaverte. Bei den meisten Menschen, die aufs Kommissariat kamen, reichte die bloße Möglichkeit einer Verurteilung aus, um sie zur Kooperation zu bewegen. Nur die wenigsten wussten, dass Strafvereitelung zugunsten eines Ehepartners nicht geahndet werden konnte. Jetzt hatte er weitaus bessere Munition.

Herr und Frau Lichter hatten ihn angelogen, und er würde schon bald den Grund erfahren.

In den folgenden Stunden trudelten nach und nach die Kollegen ein. Toni trank viel Kaffee und bereitete die Verhöre vor, indem er die Informationen las, die Phong zusammengestellt hatte. Im Internet vertiefte er einige Rechercheergebnisse, die ihm vielversprechend erschienen. Außerdem überlegte er sich eine Strategie. Bei Frau Lichter war sie klar. Allerdings musste er vorsichtig agieren. Um ihre Vernehmung so durchzuführen, dass sie vor Gericht verwertbar war, musste er sie darüber informieren, in welcher Strafsache er ermittelte. Das wollte er jedoch so lange wie möglich hinausschieben. Erst wenn sich der Verdacht erhärtete, würde er den vorschriftsmäßigen Weg einschlagen.

Das vorsichtige Taktieren konnte er sich bei Fritjof Winter und Rechtsanwalt Pufahl sparen. Die beiden Männer hatten verschiedene Hintergründe, die die Marschroute vorgaben. Dem Ermittlungsstand entsprechend mussten sie aus der Reserve gelockt werden. Paule war sicherlich die härteste Nuss. Allerdings war der Student voller Aggressionen und Frust. Vielleicht konnte sich Toni diesen Gefühlsstau durch gezielte Provokationen zunutze machen.

Zum ersten Mal, seit er den Dienst aufgenommen hatte, fuhr er seinen Rechner hoch und öffnete sein E-Mail-Postfach. Im Eingang entdeckte er eine Nachricht von Herrn Feldmann. Der Wahlvater von Hendrik schrieb, dass er aus reinem Interesse einmal ein Buch mit dem Titel »Der Stadtguerillero« gelesen habe. Erst jetzt habe er bemerkt, dass eine Seite, die eine Anleitung zum Bau von Molotowcocktails enthalte, herausgerissen sei. Der frühere Hausbesetzer schloss mit der Frage, ob es Neuigkeiten gebe.

Toni erschien die Information irrelevant, was er jedoch für sich behielt. Er bedankte sich kurz für die Mitteilung und antwortete, dass er zu laufenden Ermittlungen keine Auskünfte geben dürfe.

Danach öffnete er eine E-Mail von Staatsanwalt Legrand, der

um ein kurzes Rebriefing bat. Der Jurist schrieb, dass er auf den aktuellen Stand gebracht werden und die weitere Vorgehensweise abstimmen wolle. Die elektronische Post stammte von gestern Nachmittag um vierzehn Uhr zweiundzwanzig. Toni erwiderte, dass er heute mehrere Befragungen durchführen würde, von denen er sich neue Erkenntnisse erhoffte. Am Nachmittag würde er sich telefonisch melden.

Hinterher begab er sich zu Phong, Gesa und den Zusatzkräften, die sich mit den Kraftfahrzeughaltern beschäftigten. Tatsächlich hatten sich schon zwei Schnittpunkte ergeben. Ein fünfundvierzigjähriger Mann unterrichtete an Alexanders Gymnasium die Fächer Biologie und Chemie. Eine achtundzwanzigjährige Frau arbeitete in dem Bauunternehmen von Harald Spohr im Vertrieb.

Toni besprach mit seinem Team die Vorgehensweise. Die Wagen mussten begutachtet werden, die Reifentypen und die Reifenprofile sollten an die KTU weitergeleitet werden, außerdem mussten Schuhwerk und etwaige Waffen untersucht werden. Die Befragung sollte mögliche Konfliktherde offenlegen.

Als Toni die Uhrzeit kontrollierte, hatte er lange genug gewartet. Die Ankunft von Frau Lichter war ihm vor einer halben Stunde gemeldet worden, aber er hatte sie absichtlich schmoren lassen. Sie durfte ruhig wütend sein, wenn er ihr gegenübertrat. Eine emotional aufgeladene Situation kam ihm entgegen.

Er trat auf den Gang. Frau Lichter saß zappelig auf einer Bank. Im Unterschied zu ihrer letzten Begegnung war sie beinahe dezent gekleidet. Sie trug einen hellblauen Blazer, eine weiße Bluse, Jeans und flache Slipper. Mit ihren blonden Haaren und der sportlichen Statur hatte sie Ähnlichkeit mit der früheren Weltklasseathletin Heike Drechsler.

Als sie ihn näher treten sah, sprang sie auf und fauchte: »Sie können von Glück reden, dass ich noch hier bin. Es ist eine Frechheit, mir die Fahrt zuzumuten und mich dann so lange warten zu lassen. Sie haben Ihre Chance gehabt. Ich bleibe keine Minute länger.«

Sie wollte schon auf ihren langen Beinen kehrtmachen und zum Treppenhaus laufen, als Toni fragte: »Hatten wir nicht eine Abmachung?«

Lauernd kniff sie die Augen zusammen. »Wollen Sie mich wieder erpressen?«

»Nein, ich kann es nur nicht leiden, wenn man mir frech ins Gesicht lügt.«

Frau Lichter klappte den Mund auf.

»Ich gebe Ihnen jetzt ein letztes Mal die Gelegenheit«, fuhr Toni fort, »Ihren guten Willen zu zeigen und mit uns zu kooperieren. Gehen Sie in den Verhörraum und überlegen Sie sich gut, ob Sie die Ermittlungen der Polizei noch einmal VORSÄTZLICH behindern wollen.«

Frau Lichter wollte etwas erwidern, hielt sich aber im letzten Moment zurück. Schließlich begab sie sich zur Tür, drückte die Klinke herunter und sagte sehr viel freundlicher: »Lassen Sie mich bitte nicht wieder eine halbe Stunde warten.«

»Mal sehen«, sagte Toni und ging noch mal ins Büro, wo Phong mittlerweile an seinem eigenen PC saß.

»Es ist halb elf, und Paule ist noch immer nicht erschienen. Du hast doch gestern seine Identität und seine Adresse herausgefunden?«

»Das war kein Problem.«

»Dann schicke einen von unseren Zusatzkräften zu ihm nach Hause und dann in die Uni, um zu checken, was da los ist. Es könnte sein, dass Paule etwas über den Brandanschlag auf die Beelitzer Heilstätten weiß.«

»Mach ich. Wie läuft es mit Frau Lichter?«

»Geht gleich los«, erwiderte Toni und verließ das Büro.

Energisch betrat er den Verhörraum. Er fixierte Frau Lichter und knallte die Mappe auf den Tisch.

»Wissen Sie, was das ist?«, fragte er. »Das sind Aufnahmen von einer Infrarotkamera, die Sie in der Nacht von Freitag auf Samstag in Sacrow zeigen. Bei der letzten Befragung haben Sie ausgesagt, dass Sie um neun Uhr abends ins Bett gegangen sind, weil Ihr Mann als Maurer früh rausmuss. Das war alles erstunken und erlogen. Ich will jetzt genau wissen, warum Sie unsere Ermittlungen behindern und was Sie in der Gegend wollten. Und ich rate Ihnen, dieses Mal die Wahrheit zu sagen.«

Frau Lichter kreuzte die Beine übereinander, schlug die Mappe auf und betrachtete ein Standbild von ihrem BMW-Cabriolet. Das

Nummernschild und ihr Gesicht waren mit einem roten Filzstift umkreist. Am rechten unteren Rand stand in weißer Digitalschrift das Datum und die Uhrzeit.

Nachdem sie mit der Begutachtung fertig war, klappte sie den Pappdeckel zu und sagte mit ihrer rauchigen Stimme: »Bevor Sie vor der Haustür standen, hat mein Mann mich angerufen und gesagt, dass Sie gleich kommen und nach seinem Alibi fragen würden. Er hat mir geschworen, dass er nichts angestellt habe und überhaupt nicht wisse, um was es gehe. Wir haben uns dann auf diese Geschichte geeinigt.«

»Warum waren Sie in der Nacht von Freitag auf Samstag in Sacrow?«

»Sie müssen verstehen, dass ich um Diskretion bemüht bin.«

»Diskretion?«, fragte Toni. »Was soll das heißen?«

»Meine Kunden bekleiden manchmal öffentliche Ämter. In Kladow lebt ein alter Bekannter, der im Berliner Abgeordnetenhaus sitzt. Von Zeit zu Zeit mache ich bei ihm einen Hausbesuch. Außerdem glaubt mein Mann, dass ich als Kosmetikerin dazuverdiene. Darf ich hier rauchen?«, fragte Frau Lichter und kramte in ihrer Handtasche.

»Nein«, erwiderte Toni. »Das Einzige, was Sie hier dürfen, ist, mir Antworten zu geben. Wenn ich Ihre Worte richtig interpretiere, arbeiten Sie als Prostituierte. Stimmt das?«

»Wenn ich jetzt Ja sage, wollen Sie sicher wissen, ob ich meine Einkünfte ordnungsgemäß anmelde?«

»Vorerst will ich nur den Namen und die Telefonnummer Ihres Kunden. Obwohl Sie es nicht verdient haben, versichere ich Ihnen, dass es mir nicht darum geht, im Dreck rumzustochern, moralisch zu werden oder Familien zu zerstören. Ich werde ganz diskret überprüfen, ob Ihre Aussagen der Wahrheit entsprechen.«

»Das schwöre ich«, sagte Frau Lichter pathetisch.

»Gut, dass Sie nicht schon früher einen Eid geleistet haben«, erwiderte Toni, schob der Zeugin einen Zettel und einen Stift hinüber und beobachtete, wie sie die Personendaten mit einer kleinen, eckigen Schrift notierte.

»Dann haben Sie also keine Ahnung, wo sich Ihr Mann aufhielt?«, fragte er.

»Doch, das hab ich.«

»Das müssen Sie mir erklären.«

»Er war zu Hause, wie ich gesagt habe. Am Freitagabend bin ich gegen neunzehn Uhr gefahren. Vorher hatten wir vereinbart, dass er in meiner Abwesenheit den Keller streicht.«

»Moment mal. Er sollte am Abend den Keller streichen?«

»Ja, na und? Da unten gibt es so gut wie kein Tageslicht. Von daher ist es völlig egal, zu welcher Uhrzeit die Arbeit erledigt wird. Außerdem wird er ganz kribbelig, wenn er nichts zu tun hat.«

»Aha.«

»Als ich gegen ein Uhr nachts heimkehrte, war er jedenfalls gerade fertig geworden. Wir sind dann gemeinsam ins Bett gegangen.«

»Dann hätten Sie gar nicht lügen müssen.«

»Na ja.«

»Wie viele Quadratmeter hat Ihr Keller denn? Hat Ihr Mann auch die Decken gestrichen?«

»Na, drei Räume, die ungefähr so groß sind wie dieses Zimmer hier.«

Toni überlegte, ob es René Lichter möglich gewesen wäre, die Malerarbeiten zu erledigen, von Brielow nach Sacrow zu fahren, Hendrik zu töten, Alexander zu entführen und vor der Ankunft seiner Frau wieder zu Hause zu sein. Nein! In einem Zeitfenster von ungefähr sechs Stunden hätte er diese Aufgaben nie vollenden können. Andererseits hatte Frau Lichter ihm schon einmal ein falsches Alibi gegeben. Auch wenn einiges dafürsprach, dass sie dieses Mal die Wahrheit sagte, garantierte ihm niemand, dass sich der Abend nicht ganz anders abgespielt hatte.

»Kann ich jetzt gehen?«, fragte Frau Lichter.

»Fürs Erste schon«, erwiderte Toni.

»Muss ich gar nichts unterschreiben? Ein Protokoll oder so?«

»Wenn ich Sie noch einmal vorladen muss – ganz sicher. Auf Wiedersehen«, sagte Toni.

Während er über den Flur zum Büro schritt, fragte er sich, ob er René Lichter als Tatverdächtigen ausschließen konnte. Der Maurer war in den Fokus der Ermittlungen geraten, weil er Caren gestalkt hatte und Alexander möglicherweise als Hinderungsgrund für eine Beziehung betrachtet hatte. Welchen Grund sollte er haben, eine Million Euro zu erpressen? Hatte er seiner Ehefrau von dem Geld berichtet? War er vielleicht von ihr angestiftet worden? War sie die eigentliche Drahtzieherin?

Das Motiv Habgier würde zu ihr passen. Wenn sich ihr Hausbesuch bei dem Freier bestätigte, schied sie zwar als unmittelbare Täterin aus, aber es war möglich, dass sie im Hintergrund die Strippen in der Hand gehalten hatte. Allerdings fragte Toni sich, ob jemand wie Frau Lichter so dumm wäre, sich in der Nähe des Tatortes filmen zu lassen.

Oder hatte sie die Kameras tatsächlich übersehen?

34

Vor vier Tagen

Hendrik stellte den Wagen auf dem Hotelparkplatz am Döllnsee ab, der umgeben von dichten Wäldern in der Schorfheide lag. Die Wolken jagten tief über die Landschaft hinweg, und es ging ein böiger Westwind, der die verfärbten Blätter von den Ästen riss. Er freute sich auf den Rundwanderweg, auf dem er zu dieser Jahreszeit alleine unterwegs sein würde.

Er traf die letzten Vorbereitungen, verriegelte den Wagen und stapfte los. Auf den Schultern trug er einen Rucksack, in dem Informationen steckten, die von großer Brisanz waren. Er hatte seine gesamte Energie darauf verwendet, belastendes Material zu sammeln, und seine Anstrengungen hatten sich gelohnt. Jetzt wollte er die Ausbeute an einem sicheren Ort deponieren.

Je weiter er sich von dem Hotelparkplatz entfernte, desto schmaler wurde der Pfad. Brennnesseln und anderes Unkraut schlugen gegen seine Hosenbeine. Ein Fuchs beäugte ihn aus sicherer Entfernung und sprang ins Dickicht. Über ihm schlossen sich die Baumkronen und ließen nur noch wenig Tageslicht durch. Rechts von ihm funkelte der idyllische Döllnsee, in dem er schon zu jeder Jahreszeit geschwommen war.

In den letzten Wochen hatte er immer häufiger die Einsamkeit der Wälder gesucht. Das Rauschen der Blätter und das Vogelgezwitscher wirkten beruhigend. Die Stimmen der Natur würden noch erklingen, wenn all sein Sehnen, Streben und Kämpfen längst erloschen war. In dieser friedvollen Umgebung schaffte er es, etwas Abstand zu gewinnen und die große Aufgabe für ein paar Stunden zu vergessen.

In den vergangenen Wochen hatten auch die Grübeleien wieder zugenommen, aber er begrenzte sie auf bestimmte Themen, sodass sie keine Zweifel an seinem Plan wecken konnten. Wenn seine innere Welt zu duster wurde, rief er sich ins Gedächtnis, dass er dieses Leben zur freien Verfügung erhalten hatte. An ihm lag es, über Sinn und Unsinn seiner Existenz zu entscheiden. Er trug die Verantwortung dafür, seinem Wirken eine Richtung zu geben. Und er hatte seine Wahl getroffen.

Angesichts der Ewigkeit, die alle Menschen nach ihrem Tod erwartete, angesichts dieser unfassbaren Dimensionen kam es nicht darauf an, ob er vierzig, siebzig oder hundert Jahre alt wurde. Es kam nur darauf an, wie er den Moment nutzte. Für ihn war ein kurzes, intensives Dasein mehr wert als ein Dahinvegetieren ohne nennenswerte Höhen und Tiefen. Daher wollte er jeden Augenblick so handeln, als wäre er sein letzter.

Endlich erreichte er die früheren Unterkunftshäuser für die Wachmannschaften und die Toranlage. An den Postenhäuschen zeigten Steinreliefs die Marschallstäbe von Hermann Göring. Hendrik stapfte die Allee hinunter und stand schließlich auf dem Gelände, wo Carinhall, der pompöse Landsitz von Hitlers Stellvertreter, einst inmitten der Wälder gelegen hatte.

Der Generalfeldmarschall hatte am Ende des Zweiten Weltkriegs selbst den Befehl zur Sprengung gegeben. Nur wenige Trümmer, der Keller und der Bunker waren erhalten geblieben. Trotzdem kursierten zahlreiche Gerüchte, Sagen und Legenden, denn der skrupellose Kunsträuber hatte bei seiner Flucht vor der Roten Armee nicht alle Schätze wegschaffen können. Es gab immer noch Leute, die in diesem Boden Reichtümer vermuteten.

Hendrik setzte sich auf einen quadratischen Stein, der von Moos überwachsen war, und holte aus seinem Rucksack den Proviant. Während er das Butterbrot bedächtig kaute, begutachtete er den Waldboden. Zwischen Baumstämmen und Efeu ragten verrostete Heizungsrohre aus der Erde. Neben einem Emaillebehältnis lagen Ziegelsteine. Mehrere neue Löcher waren gebuddelt worden, um sich Zugang zu den »Unterwelten« zu verschaffen. Betonwände und schmale Öffnungen, aus denen die Dunkelheit gähnte, lagen frei. An anderen Stellen war nur die oberste Schicht abgetragen worden. Hier hatten Devotionalienjäger mit Metalldetektoren nach Nazisouvenirs gesucht.

Auch er hatte hier unzählige Tage verbracht und alte Bierflaschen, Fliesen und sogar ein Koppelschloss geborgen. Irgendwann entschied er sich, seine Grabungen systematisch anzugehen und sich alle Pläne zu besorgen. Er wusste nicht einmal, wonach er suchte, aber seine Entdeckung übertraf alle Erwartungen. Er stieß auf eine Kammer. Diese war dunkel, feucht und muffig. Schätze gab es auch keine, aber der Raum war seine Entdeckung. Außer ihm wusste nur sein bester Freund Alexander Bescheid.

Er wartete, bis die Sonne hinter den Baumwipfeln glutrot versank. An diesem späten Freitagnachmittag hatten sich weder Wanderer noch Hobbyarchäologen eingefunden. Beruhigt setzte er sich die Stirnlampe auf, griff sich den Klappspaten und ging los. Von einem markanten Punkt aus bewegte er sich eine bestimmte Anzahl von Schritten in eine Richtung, die er mit dem Kompass bestimmte, und erkannte den Busch sogleich wieder. Sorgfältig löste er die Erdsoden, stapelte sie zur Wiederverwendung auf und legte den Schacht frei, der so schmal war, dass er sich kaum hindurchzwängen konnte. Je weiter er in die Tiefe sank, desto mehr fühlte er sich, als würde er heimkehren.

Nachdem er das Belastungsmaterial versteckt hatte, kletterte er zurück an die Erdoberfläche, verteilte die Erdsoden und bedeckte sie mit Blättern. Niemand würde vermuten, dass hier kürzlich gegraben worden war. Er sah auf seine Armbanduhr.

Zwanzig vor sieben.

Hendrik rechnete nach. Er musste zurück nach Potsdam, unterwegs etwas essen, dann bei Alexander vorbeischauen, ihm von dem Versteck erzählen, ihm das Geschenk überreichen und ihm anbieten, mitzukommen. Das würde spät werden. Er zückte sein Handy, kontrollierte den Empfang und wählte die Nummer.

»Ich bin es«, sagte er.

»Sie schon wieder«, antwortete eine Männerstimme gereizt. »Jetzt hören Sie mir mal zu, Sie größenwahnsinniger kleiner Querulant —«

»Nein, jetzt hören Sie mir mal zu, Sie scheinheiliges Arschloch. Ich werde mich nicht wiederholen. Sie haben es selbst in der Hand. Wenn Sie sich nicht um Mitternacht an der Sacrower Heilandskirche einfinden, werde ich nicht Ruhe geben, bis ich Ihren Namen so gründlich durch den Dreck gezogen habe, dass Sie sogar von Ihren Nachbarn gemieden werden. Haben Sie das verstanden?«

»Sie ... Sie sollten es sich gut überlegen, denn ich ... ich bin —«

»Krieg dich wieder ein, Alter«, unterbrach Hendrik ihn grob. »Kennst du den kleinen Strand unter der Sacrower Heilandskirche? Dort, wo immer die Paddler anlegen? Da treffen wir uns um Mitternacht. Wenn du nicht pünktlich da bist, wirst du mich kennenlernen.«

Ohne eine Antwort abzuwarten, legte Hendrik auf.

Er fand, dass das Telefonat gut gelaufen war.

35

Toni saß am Schreibtisch, als er eine SMS von Sofie erhielt. »Wann kommst du heute Abend nach Hause?«, schrieb sie. »Ich könnte ein Curry kochen, und wir hätten Zeit zum Reden.«

Er hatte so viel zu tun gehabt, dass er seine privaten Probleme verdrängt hatte. Jetzt befiel ihn eine so heftige Traurigkeit, dass er die Augen schließen musste, um nicht die Fassung zu verlieren. Der Mensch, den er am meisten liebte, wollte nicht mehr mit ihm zusammenleben. Er war dabei, seine Frau ein zweites Mal zu verlieren, und es schien so, als könnte er nichts dagegen tun.

Natürlich war ihr Anliegen berechtigt, und auch er hatte viele Fragen: Wollte sie nur ausziehen, oder wollte sie ihn auch nicht mehr sehen? Wollte sie die Beziehung beenden, vielleicht sogar die Scheidung einreichen? Gehörte zu ihrer Selbstfindung, dass sie andere Männer traf? Allein der Gedanke daran machte ihn rasend vor Eifersucht. Und vor allem interessierte ihn, wie lange sie brauchen würde, um sich klar zu werden, wer sie war und was sie wollte. Würde sie sich überhaupt jemals auf eine gemeinsame Zukunft festlegen können?

Zwar war er stark genug gewesen, um sie sechzehn Jahre lang zu suchen, aber die Ungewissheit über ihr Schicksal hatte ihn auch zum Alkoholiker werden lassen. Vor einem neuerlichen Schwebezustand graute ihm. Er brauchte jetzt Stabilität, er brauchte Sicherheit, und er glaubte nicht, dass er dieser Situation gewachsen war.

»Selbst wenn ich es wollte«, schrieb er, »geht es zurzeit nicht. Ich kann hier nicht weg. Es geht um das Leben von Carens Sohn.«

Er wartete noch zwei Minuten, ob er eine Antwort erhalten würde, aber sein Handy blieb still. Gut so!

Toni klemmte sich eine Akte unter den Arm, griff nach dem vollen Kaffeebecher und begab sich auf den Flur, wo ihm ein südländisch aussehender Mann in Handschellen entgegenkam, der von Kriminalrat Schmitz und Kriminalhauptkommissar Derbali von der Organisierten Kriminalität flankiert wurde. In dem Gefolge befand sich neben anderen Beamten auch Phong.

»Was ist los?«, flüsterte Toni.

Der Kollege blieb stehen und erwiderte ebenso leise: »Das ist der Mann, der das Lockfahrzeug gestohlen hat und es letzte Nacht zur Montagehalle nach Brandenburg an der Havel gefahren hat. Das SEK hat heute Mittag zugegriffen und ihn und mehrere Monteure festgenommen. Schmitz und Derbali gehen davon aus, dass er auch das Auto in der Tatnacht entwendet und möglicherweise Hendrik erschossen hat. Es sind einige Handfeuerwaffen sichergestellt worden, die bereits kriminaltechnisch untersucht werden. Jetzt wollen sie ihn vernehmen.«

Bevor der Autodieb in das zweite Vernehmungszimmer geführt wurde, sah er noch einmal zurück und blickte Toni direkt an. In dem blassen Gesicht wuchsen die Bartstoppeln wie Dornen. Die Augen wirkten wie erloschene Vulkane. Sein völlig emotionsloser Ausdruck verhieß nichts Gutes. Er sah aus, als hätte er schon Schlimmeres überstanden, als von deutschen Beamten verhört zu werden. Wenn er überhaupt vor jemandem Angst hatte, dann waren das die Bosse seiner Bande, die mit Verrätern nicht zimperlich umsprangen. Es würde einige Mühen kosten, ihn zum Reden zu bringen, aber die Aussicht auf ein Geständnis oder eine andere verwertbare Aussage schätzte Toni als gering ein.

»Gab es in der Montagehalle irgendwelche Hinweise auf Alexander?«, fragte er.

»Die KTU hat bereits einige Einzelteile zuordnen können. Und natürlich müssen wir damit rechnen, dass sich an den Sitzen und Türen Spuren von ihm befinden. Er ist ja zusammen mit Hendrik zum Tatort gefahren. Blut konnte glücklicherweise keines sichergestellt werden. Und auch sonst haben die Kollegen keine Spur von ihm entdeckt. Mit den Hunden haben sie das ganze Industriegelände abgesucht.«

Toni nickte. Diese Erkenntnisse stützten seine Vermutung, dass der Autodieb und der Entführer nicht identisch waren. Fraglich war nun, ob der verhaftete Mann in der Tatnacht eine Beobachtung gemacht hatte. »Halt mich auf dem Laufenden, wenn es was Neues gibt. Ich muss jetzt zur Vernehmung von Fritjof Winter.«

Er betrat den Verhörraum und begrüßte den Juraprofessor, der bereits Platz genommen hatte. Schon bei ihrer ersten Begegnung waren ihm die langen Haare des Mannes aufgefallen, und er fragte sich, ob sie das Überbleibsel einer 68er-Revoluzzervergangenheit waren oder ihm einen künstlerischen Touch geben sollten. Nach allem, was er über den Mann wusste, tippte Toni auf die zweite Variante. Er richtete die Kamera auf dem Stativ so aus, dass sie den Zeugen frontal aufnehmen konnte.

»Vernehmungen zeichnen wir routinemäßig mit Bild und Ton auf«, sagte Toni. »Mit Diktiergeräten kann man leider keine Mienen und Gesten einfangen. Ich hoffe, dass es Sie nicht stört.«

Winter wedelte kurz mit der Hand, was wohl seine Zustimmung signalisieren sollte.

»An dem Tisch dort drüben sitzt unsere Protokollantin, Frau Ferber«, fuhr Toni fort. »Sie wird meine Fragen und Ihre Antworten mitschreiben und sie Ihnen im Anschluss zur Prüfung vorlegen. Können Sie sich legitimieren?«

»Auch das«, erwiderte Winter, zog sein Portemonnaie aus der Tasche und fingerte seinen Personalausweis heraus. Toni nahm das Dokument entgegen, hielt es kurz in die Kamera und las für das Protokoll den vollen Namen, das Geburtsdatum und den Geburtsort vor. Hinterher reichte er den Ausweis zurück und sagte: »Sie sind hier, um als Zeuge in der Tötungssache Hendrik Spohr vernommen zu werden.«

»Ich dachte, es geht um meinen Sohn.«

»Die beiden Fälle lassen sich nicht voneinander trennen«, erwiderte Toni. »Vor Beginn der Vernehmung muss ich Sie auf Ihr Auskunftsverweigerungsrecht nach Paragraf 55 StPO hinweisen. Demnach können Sie die Auskunft auf solche Fragen verweigern, deren Beantwortung Ihnen selbst oder einem der in Paragraf 52 Absatz 1 bezeichneten Angehörigen die Gefahr zuziehen würde, wegen einer Straftat oder einer Ordnungswidrigkeit verfolgt zu werden. Haben Sie das verstanden?«

»Ich bin Juraprofessor. Was glauben Sie denn?«

»Möchten Sie einen Anwalt hinzuziehen?«

»Nein, das wird nicht nötig sein. Mir wäre es lieb, wenn wir zur Sache kommen könnten. Ich muss gleich einen Vortrag für den Lions Club halten.«

»Ich werde mich kurzfassen«, sagte Toni. »Hendrik Spohr wurde in der Nacht von Freitag auf Samstag an der Sacrower Heilandskirche getötet. In welcher Beziehung standen Sie zu ihm?«

»Beziehung ist wohl übertrieben. Er war ein Freund meines Sohnes Alexander. Und da bin ich ihm ab und zu über den Weg gelaufen.«

»Wie würden Sie das Verhältnis beschreiben? War es väterlich-freundschaftlich?«

Winter lachte trocken auf. »Nein. Das kann man nicht sagen.«

»Gab es Streit zwischen Ihnen?«

»Nur ein einziges Mal, aber das hat schon gereicht.«

»Können Sie die Situation beschreiben?«

»Sie wissen doch Bescheid. Als Sie bei mir in Groß Glienicke waren, habe ich Ihnen alles berichtet, was es darüber zu sagen gibt.«

»Bitte beschreiben Sie den Vorfall noch einmal fürs Protokoll.«

Winter schnaufte genervt, lehnte sich zurück und kreuzte die Arme über der Brust. »Das ist doch Zeitverschwendung!«

»Nicht für uns«, erwiderte Toni. »Wir sind auf Ihre Kooperation angewiesen, um uns ein Bild von dem Opfer zu machen. Sie helfen damit auch Ihrem verschwundenen Sohn. Also bitte!«

»Ich war an der Ostsee«, nuschelte Winter lustlos. »Mit meiner Frau. Und als ich nach Hause kam, hat mein Sohn eine Party gefeiert.« Der Juraprofessor setzte sich aufrecht hin. Seine Stimme wurde schärfer, als er fortfuhr: »Das war nicht abgesprochen, und deshalb war es nicht in Ordnung. Seine sogenannten Freunde haben sich aufgeführt wie Schweine. Die sind an meine Schallplattensammlung gegangen, obwohl das niemandem außer mir gestattet ist. Sie müssen wissen, dass da Raritäten bei sind, die auch antiquarisch oder auf Börsen nur sehr schwer zu bekommen sind. Nachdem man eine solche Scheibe gehört hat, steckt man sie zurück in die Hülle und lässt sie nicht herumliegen, aber an diesem Abend hat einer dieser Möchtegernautonomen sogar Asche draufgeschnippt. Als ich das gesehen habe, bin ich …«

»Ja? Bitte fahren Sie fort.«

»Ich bin laut geworden und hab sie rausgeschmissen. Allesamt!«

»Auch Hendrik Spohr.«

»Den auch, ja.«

»Und es kam zum Streit?«

»Der Junge fand es nicht gut, wie ich meinen Sohn behandelt habe. Er hat gesagt, dass ich mich lächerlich mache und wieder einkriegen solle. Und dann wollte er mir Erziehungstipps geben. Ich meine, der Kerl ist neunzehn oder zwanzig und glaubt, dass er die Weisheit mit Löffeln gefressen hat. Er kriegt sein eigenes Leben nicht geregelt, eckt überall an und will mir, einem erfolgreichen und geachteten Universitätsprofessor von über sechzig Jahren, Ratschläge erteilen!«

»Das fanden Sie anmaßend?«

»Sie haben es erfasst. Besonders anmaßend fand ich, dass er mein Grundstück nicht verlassen wollte. Er ist im Vorgarten herumspaziert, als würde er ihm gehören, und hat mich ausgelacht. Mein Sohn hat versucht, zu vermitteln und ihn auf die Straße zu zerren, aber er hat sich richtig in seine Wut hineingesteigert.«

»Hat er Ihnen gedroht?«

»Wenn Sie die Anwesenheit von zehn aggressiven und martialisch gekleideten jungen Männern als Drohung bezeichnen würden, kann ich Ihrer Frage vorbehaltlos zustimmen. Die Situation war so beängstigend, dass meine Frau irgendwann die Polizei gerufen hat. Kurz bevor der Streifenwagen eintraf, sind die Jungs getürmt. Hendrik Spohr hat mir noch zugerufen, dass wir uns wiedersehen würden. Und das haben wir dann ja auch.«

»Wann war das?«

»Beim Prozess.«

»Warum haben Sie ihn besucht?«

»Dafür gab es mehrere Gründe. Erstens bin ich im ›Förderverein Beelitzer Heilstätten‹ aktiv. Zweitens wollte ich wissen, was dem besten Freund meines Sohnes zur Last gelegt wird und welche Hintergründe der Brandanschlag hat. Als Erziehungsberechtigter muss man sich ja Gedanken über den Umgang des eigenen Kindes machen. Und drittens …«

»Ja?«

»Und drittens hat es mir gefallen, diesen selbstgerechten kleinen Scheißer auf der Anklagebank zu sehen.«

Toni fragte sich, wie Hendrik sich gefühlt haben mochte, als er Fritjof Winter mit einem zufriedenen Lächeln im Zuschauerraum entdeckt hatte. »Wie haben Sie den Jungen während der Verhandlung erlebt?«

»Pah!«, machte Winter. »Von Reue oder Einsicht war bei dem nichts zu spüren. Ich hatte den Eindruck, dass ihm alles egal ist. Seine Zukunft, das hohe Gericht und die Meinung der Leute. Der hat bei der Verhandlung eine One-Man-Show abgezogen. Meiner Meinung nach brachte er alle Anlagen für einen Terroristen mit. Den hätte auch ein Gefängnisaufenthalt nicht sozialisiert. Wenn der nicht erschossen worden wäre, hätten wir noch alle unser blaues Wunder erlebt.«

»Hatten Sie nach der Begegnung im Gerichtssaal noch Kontakt zu ihm?«

Die Miene des Juraprofessors versteinerte. Er saß einen Moment still da und starrte Toni feindselig an. Dann erhob er sich vom Stuhl und schloss den obersten Knopf seines Jacketts. »Sie haben mich jetzt lang genug in Anspruch genommen«, sagte er. »Ich muss zu ›Mövenpick‹, da findet mein Vortrag statt.«

Toni stand ebenfalls auf. »Beantworten Sie mir noch diese Frage: Hatten Sie nach der Begegnung im Gerichtssaal noch Kontakt zu ihm?«

Winter beugte sich freundlich lächelnd über das Papier, das ihm die Protokollantin zuschob, und unterschrieb ganz unten. »Einen schönen Tag noch«, sagte er zwinkernd und trat auf den Flur.

Toni blieb im Verhörraum zurück und schaltete die Kamera aus. Er hatte keine rechtliche Handhabe, um den Juraprofessor zurückzuhalten und zu einer Aussage zu zwingen. Die letzte Frage hatte er unbeantwortet gelassen. Wahrscheinlich wollte er etwas verschweigen, das ihn in einem schlechten Licht dastehen ließ. Hatte er sich strafbar gemacht?

Außerdem war Toni aufgefallen, dass sich der Mann mit keinem Wort nach seinem Sohn erkundigt hatte. War ihm das Schicksal von Alexander gleichgültig? Oder wusste er möglicherweise, in welchem Zustand sich der Junge zurzeit befand? Es gab noch offene Fragen, aber eines war gewiss: Fritjof Winter hatte ein Geheimnis.

36

Vor vier Tagen

Es war schon nach zweiundzwanzig Uhr, als Hendrik die Stufen hochstieg und von Alexander in der offenen Wohnungstür empfangen wurde.

»Das ist mal eine Überraschung«, sagte der Freund. »Erst rufst du wochenlang nicht zurück, und dann stehst du plötzlich im Treppenhaus.«

»Komme ich ungelegen?«, fragte Hendrik. »Soll ich lieber gehen?

»Nein, nein. Ich freu mich ja, dass du hier bist. Ist alles in Ordnung? Du siehst irgendwie down aus.«

»Alles bestens«, erwiderte Hendrik, holte einen USB-Stick aus der Hosentasche und überreichte ihn. »Ich hab dir ein Geschenk mitgebracht!«

»Ein Geschenk? Was ist da drauf? Neue Songs?«

»Das wirst du schon sehen.«

»Jetzt machst du mich aber neugierig. Komm erst mal herein!«

Hendrik zog die Schuhe aus, hängte die Jacke an die Garderobe und folgte dem Freund durch den großen Wohn- und Essbereich. Frau Winter hatte es sich auf dem hellen Sofa bequem gemacht und schaute sich einen Film an.

»Guten Abend«, sagte Hendrik.

Die Staatsanwältin richtete sich kurz auf, erwiderte freundlich den Gruß und bot den beiden Jungs an, ihr Gesellschaft zu leisten. Sie sagte, dass sie frisches Popcorn gemacht habe und es auch für drei reiche.

Alexander antwortete, dass sie noch etwas zu erledigen hätten. Dann begaben sie sich in das Zimmer des Freundes, der sogleich seinen Rechner hochfuhr, das Passwort eingab und das Speichermedium einsteckte.

Hendrik inspizierte solange das Aquarium. Orange, leuchtend blaue und grellgelbe Zierfische schwammen zwischen einigen

Korallennachbildungen, Steinen und Gräsern herum. Kapieren die überhaupt, dass sie in einer künstlichen Welt leben?, fragte er sich.

»Das ist ja ein Video«, sagte Alexander.

Hendrik zog sich einen Stuhl heran und setzte sich neben ihn. »Klick es an.«

Auf dem Monitor erschien ein leeres Hotelzimmer mit einem Doppelbett, zwei Nachtschränkchen und einem Flur, der im Schatten lag und nur schwer zu erkennen war. Vermutlich war er mit einem Kleiderschrank ausgestattet und führte in das Badezimmer. Am rechten unteren Bildrand wurden das Datum und die digitale Uhrzeit angezeigt, die in Hundertstelsekunden mitlief. Die Aufnahmen waren vor einem Monat, Ende September, gemacht worden.

»Was soll das?«, fragte Alexander.

»Warte es ab«, erwiderte Hendrik.

Es dauerte nicht lange, bis sich die Tür öffnete und eine junge Frau eintrat, die ungefähr zwanzig Jahre alt war. Ihre Haare schimmerten honigblond, und ihr Gesicht war leicht gebräunt. Sie wirkte sehr gepflegt. Außerdem legte sie großen Wert auf einen geschmackvollen Kleidungsstil. Sie stellte eine Ledertasche und eine Papiereinkaufstasche auf einem Stuhl ab und entledigte sich ihres schicken hellbraunen Mantels. Dann ließ sie sich rückwärtig aufs Bett fallen und blieb mit ausgebreiteten Armen liegen. Sie lächelte.

»Kenn ich sie?«, fragte Alexander. »Sie kommt mir so bekannt vor.«

»Das kann schon sein«, erwiderte Hendrik.

Auf dem Monitor geschah eine Zeit lang nichts, bis die Blondine auf ihre Armbanduhr sah und aufstand. Sie verschwand im Flur und tauchte nach knapp zwei Minuten wieder auf. Offenbar war sie auf die Toilette gegangen und hatte sich frisch gemacht. Aus der Papiereinkaufstüte zog sie nacheinander lange, dunkle Strümpfe, Strapse mit einem Taillenmieder, einen dunkelroten Stringtanga und einen gleichfarbigen Push-up-BH. Alle Dessousteile waren in einem lasziven Retrolook gehalten und mit kleinen Stickereien und zartem Tüll verziert. Sorgfältig breitete sie die Wäschestücke auf dem Bett aus, betrachtete sie eine Weile und zog sich dann aus.

Ihre Kleidungsstücke brachte sie in den Flur, wo sie sie vermutlich auf mehrere Bügel hängte, damit sie nicht zerknitterten.

Alexander drückte auf die Stopptaste und sagte: »Bist du jetzt unter die Spanner gegangen?«

»Dauert nicht mehr lange«, erwiderte Hendrik, griff sich die Maus und klickte auf Vorspulen. Im Zeitraffer sah man, wie sich die junge Frau nackt vor den Spiegel stellte, ihre Brüste mit den Händen anhob und unterschiedliche Posen einnahm. Nach und nach streifte sie die Dessouteile über und begutachtete den Sitz jedes Wäschestücks. Schließlich warf sie ihrem Abbild eine Kusshand zu. Offenbar war sie mit dem Ergebnis zufrieden. Aus der Minibar holte sie eine kleine Flasche Sekt und schüttete zwei Gläser voll. Nachdem sie einen Schluck getrunken hatte, schlüpfte sie ins Bett.

Hendrik zog den Tabak aus der Hosentasche, drehte sich eine Zigarette und bot die fertige Kippe dem Freund an.

»Nicht hier«, flüsterte Alexander und wandte sich nach der Zimmertür um.

»Ah, ich verstehe. Die Mama darf nicht wissen, dass du ein Laster hast«, sagte Hendrik grinsend, zündete sich den Glimmstängel an und deutete auf den Monitor. »Es geht weiter.«

Die Blondine schlug plötzlich die Decke zurück und sprang auf. Stürmisch umarmte sie einen Mann, der gerade eingetreten war. Man sah ihn zunächst nur von der Seite. Er hatte längere grau melierte Haare, trug ein Cordsakko mit Hemd und helle Baumwollhosen. Nur an der Müdigkeit in seinen Augen konnte man ablesen, dass er mindestens vierzig Jahre älter als die Frau war.

»Das ist ja mein Vater«, platzte Alexander heraus und sprang auf die Füße. »Und das ist nicht seine neue Frau. Das ist ... das ist ... Stell das aus! Nun mach schon. Stell das aus!«

»Willst du denn nicht wissen, wie es weitergeht?«, fragte Hendrik.

»Das kann ich mir auch so denken. Sie werden gleich Sex haben.«

»Genau«, sagte Hendrik und klickte auf das Pausezeichen. Das Bild fror ein und zeigte einen alten Mann, der einer jungen Frau an den Hintern packte.

Alexander machte ziellose Schritte durch den Raum und blieb plötzlich stehen. »Woher hast du das?«

»Das war nicht schwer. Das Mädel ist eine Studentin deines Vaters und heißt Vanessa Lang. Die beiden haben ein Verhältnis und treffen sich jeden Mittwoch um achtzehn Uhr im selben Hotel und im selben Raum. In der Regel bleiben sie zwei Stunden. Ich habe das Zimmer von Dienstag auf Mittwoch gebucht und eine kleine Kamera installiert. Dann hab ich es wieder von Donnerstag auf Freitag genommen, alles abmontiert und die Aufnahmen runtergeladen. Aus den Tonmitschnitten weiß ich, dass ihr Verhältnis begonnen hat, als die neue Frau deines Vaters im fünften oder sechsten Monat schwanger war.«

»Mein Gott, Hendrik. Was soll das für ein Geschenk sein? Warum zeigst du mir diesen Dreck?«

»Das fragst du mich wirklich?«

»Und ob.«

Hendrik holte tief Luft, bevor er erwiderte: »Dann will ich es dir erklären. Ich weiß, dass du dir lange an der Scheidung deiner Eltern die Schuld gegeben hast. Du hast den Fehler bei dir gesucht und dich systematisch fertiggemacht, bis du keinen Mumm mehr in den Knochen hattest. Ich wollte dir nur zeigen, dass die Scheidung nichts mit dir zu tun hatte. Auch deine Mutter oder die neue Frau deines Vaters haben nichts verkehrt gemacht. Bitte entschuldige meine Ausdrucksweise, aber dein Erzeuger ist ein alter, geiler Bock, der auf junges Gemüse steht, das blond, hübsch und sehr gepflegt ist. Deshalb kam dir das Mädel auch bekannt vor. Es ähnelt seinen Vorgängerinnen.«

»Du meinst meine Mutter?«

»Auch, ja. An sich kann man deinem Vater keinen Vorwurf machen. Sein Verhalten ist menschlich, und jeder muss mit seinem Leben selber zurechtkommen. Dummerweise heiratet er Frauen, die seine Promiskuität nicht so toll finden. Und daraus resultieren Konflikte, die in einer Scheidung gemündet sind, die du auf keinen Fall persönlich nehmen darfst. Du trägst keine Schuld an dem ganzen Mist, du hast überhaupt nichts verkehrt gemacht, du bist ein cooler Typ.«

»Du hast die Aufnahmen wirklich für mich besorgt?«

»Natürlich.«

»Weißt du eigentlich, wie durchgeknallt das ist?«, sagte Alexander, ließ sich auf seinen Schreibtischstuhl sinken und griff in eine kleine Schale mit salzigen Erdnüssen. »Aber es ist auch nett von dir. So viel hat noch nie jemand für mich getan.«

»Gern geschehen.«

»Was willst du jetzt mit den Aufnahmen anfangen?«

»Die Frage ist wohl eher, was du damit anfangen willst. Mit diesem Film hast du deinen Alten in der Hand. Stell dir nur vor, wie seine neue Frau reagieren würde, wenn sie von dem Verhältnis wüsste?«

»Moment mal!«, sagte Alexander. »Hast du irgendetwas unternommen? Erzähl mir jetzt keinen Scheiß.«

»Dein Vater hat sich bei meiner Verhandlung verhalten wie das letzte Arschloch. Ich konnte einfach nicht widerstehen und hab ihm eine kurze Mail geschickt.«

»Mit welchem Inhalt?«

»Na, ich hab ihn um einen rechtlichen Rat gebeten. Er ist ja Juraprofessor und weiß über Gott und die Welt Bescheid. Ich hab ihm geschrieben, dass einer meiner Professoren ein Problem habe. Er sei eine sexuelle Beziehung mit einer Studentin eingegangen und wüsste nicht, wie der Fall juristisch zu beurteilen sei. Ob es einen Straftatbestand wie Unzucht mit Abhängigen gäbe und ob er so lange nichts zu befürchten habe, bis jemand nachweisen könne, dass er seiner Studentin Vorteile eingeräumt habe. Abschließend wollte ich wissen, wie der Dekan beziehungsweise der Lehrstuhl so eine Affäre wohl moralisch beurteilen würden. Das war auch schon alles.«

Alexander schüttelte nur den Kopf.

»Beruhige dich. Ich hab alles im Griff«, sagte Hendrik, nahm einen Zug von seiner Zigarette und erzählte im Plauderton von dem Treffen an der Sacrower Heilandskirche, das in einer guten Stunde stattfinden würde.

37

»Es freut mich sehr, dass Sie es einrichten konnten«, sagte Toni im Verhörraum und reichte Herrn Dr. Pufahl die Hand.

Der ungefähr fünfzigjährige Rechtsanwalt ergriff sie und schüttelte sie jovial. Seine Haare waren so nachtschwarz, dass sie getönt sein mussten. Das Grinsen war so breit, dass eine Goldkrone im hinteren Backenzahnbereich aufblitzte. Sein Anzug war sicher sehr teuer gewesen. Über einem schmalen Gürtel wölbte sich ein strammer Bauch. Man konnte wohl sagen, dass der Jurist von allem etwas zu viel war.

»Ihr Kollege sagte, dass es dringend sei«, erwiderte Pufahl. »Allerdings wissen Sie bestimmt, dass die Verschwiegenheitspflicht mit dem Tod des Mandanten nicht erlischt.«

»Natürlich«, erwiderte Toni. »Ich weiß aber auch, dass es mit dem Tod Ihres Klienten niemanden mehr gibt, der Sie von der Verpflichtung zur Verschwiegenheit entbinden kann. Aufgrund dessen müssen Sie nach eigenem Ermessen entscheiden, ob es in dem mutmaßlichen Sinne Ihres Mandanten liegt, hier auszusagen. Da er getötet wurde, kann ihm unterstellt werden, dass er an der Aufklärung des an ihm begangenen Verbrechens interessiert ist. Insofern hätte er Sie – aller Wahrscheinlichkeit nach – von der Geheimhaltungspflicht entbunden.«

»Sie sind ja bestens vorbereitet«, sagte Pufahl gut gelaunt und nickte anerkennend. »Wir werden sehen, in welche Richtung Ihre Fragen zielen.«

»Wenn Sie einverstanden sind, können wir zuerst ein inoffizielles Vorgespräch führen«, sagte Toni. »Sollten sich Informationen ergeben, die für uns von Nutzen sind, würde ich die Protokollantin hinzubitten.«

»Das hört sich gut an«, sagte Pufahl und schaute auf seine goldene Armbanduhr. »Ich hab ohnehin wenig Zeit. In einer halben Stunde muss ich zu einem Termin.«

»So lange werden wir nicht brauchen«, sagte Toni. »Woher kannten Sie Hendrik Spohr?«

»Ich kannte ihn schon, bevor ich seinen Fall übernommen habe. Seine Eltern bewohnen eine Villa in Babelsberg. Ich vertrete sie in allen Fragen, die den Uferweg betreffen. Außerdem hat meine Kanzlei die Baufirma Spohr in Vertragsangelegenheiten beraten. Eigentlich bearbeite ich schon seit Jahren keine Strafrechtsfälle mehr, einer meiner Partner ist dafür zuständig und erledigt seinen Job ausgezeichnet, aber Hendriks Eltern haben mich ausdrücklich gebeten, ihren Sohn zu vertreten. Hinsichtlich der Schuldfrage war der Straftatbestand klar. Hendrik ist auf frischer Tat ertappt worden, und da kann man nicht viel ausrichten. Beim Strafmaß hätte ich etwas drehen können, aber der Junge ist selber schuld, dass er ein so hartes Urteil erhalten hat. Wenn er etwas Einsicht gezeigt hätte, wäre er glimpflich davongekommen, doch er zog es vor, den Gerichtssaal zu seiner Bühne zu machen.«

»Sie spielen auf seine Gesangseinlage an?«

»Genau.«

»Wie würden Sie das Verhältnis zu Ihrem Mandanten beschreiben?«

»Er war zweifellos ein schwieriger Mensch. Im Englischen würde man eine solche Person als ›Troublemaker‹ bezeichnen.«

»Gab es Streit?«

»Hören Sie, ich weiß zwar nicht, worauf Ihre Fragen hinauslaufen, aber ich habe nichts zu verbergen.« Er sah kurz zur Kamera hinüber. »Solange das Ding ausbleibt, kann ich Ihnen ein paar Geschichten über Hendrik erzählen, die sich nach dem Prozess zugetragen haben und das Mandantengeheimnis nicht verletzen. Ich denke, dass sie für Ihre Ermittlungen nützlich sind und ein bezeichnendes Licht auf den Jungen werfen. Vor der Kamera werde ich diese Geschichten nicht wiederholen, weil sie Privatsachen tangieren, die nicht an die Öffentlichkeit gelangen sollen. Sind Sie interessiert?«

»Und ob.«

»Dachte ich es mir doch«, sagte Pufahl und grinste erneut so breit, dass es in seinem Mundraum blinkte. »Hendrik hat versucht, mich zu erpressen. Wobei ›erpressen‹ eigentlich nicht das richtige Wort ist. Ich sollte eher sagen, dass er mich genötigt hat.«

Toni setzte sich aufrecht hin. Das Gespräch fing an, interessant zu werden. »Womit hat er Sie genötigt?«

»Seine Mutter und ich verstehen uns sehr gut. Und bevor Sie fragen, wie gut wir miteinander auskommen, nenne ich das Kind gleich beim Namen: Wir haben ein sexuelles Verhältnis.«

»Er wusste also davon und hat Ihnen gedroht, dieses Wissen gegen Sie zu verwenden.«

»So ähnlich. Ich hab ihm gesagt, dass er die Kirche im Dorf lassen soll. Herr und Frau Spohr leben zwar zusammen, aber sie pflegen seit Jahren einen freundschaftlichen Umgang. Beide gestatten dem anderen ... gewisse Freiheiten.«

»Und gestattet Ihre Gattin Ihnen auch gewisse Freiheiten?«

»Nein, jedenfalls nicht ausdrücklich, aber vermutlich würde es sie nicht besonders schockieren. Ich bin ein sexuell aktiver Mann, und sie ist froh, dass sie die Arbeit nicht ganz alleine tun muss. Wenn Sie verstehen, was ich meine?« Er lachte so laut, dass sein Bauch wackelte. »Außerdem hatte ich während des Telefonats mit Hendrik die Aufnahmetaste gedrückt und ihn darauf hingewiesen, dass Nötigung ein Straftatbestand ist und gegen seine Bewährungsauflagen verstößt. Nachdem ich ihn gefragt hatte, ob er in den Knast will, hat er aufgelegt.«

»Gab es weiteren Ärger?«

»Und ob. Zwei Wochen später rief er mich erneut an —«

»Entschuldigen Sie, dass ich Sie unterbreche, aber er hat Sie tatsächlich noch einmal telefonisch kontaktiert?«

»Erstaunlich, nicht wahr? Eigentlich sollte man denken, dass meine Warnung ihn zur Vernunft gebracht hätte, aber das Gegenteil war der Fall. Der Junge wollte sich seinen Fehler nicht eingestehen. Und vor allem wollte er nicht klein beigeben. Er hat sich in die Sache richtig hineingesteigert und war sich auch sicher, dass er dieses Mal die Oberhand behalten würde. Er hätte es bestimmt als Triumph empfunden, wenn ich trotz weiterer Tonbandaufzeichnungen nachgegeben hätte.«

»Was hatte er dieses Mal in der Hand?«

»Er hat mir Unregelmäßigkeiten bei der Steuer vorgehalten. Ich habe das später von meinen Gehilfinnen nachprüfen lassen, und er hatte tatsächlich recht. Ich habe das Finanzamt einen Tag später informiert und die Angelegenheit bereinigt.«

»Und Hendrik?«

»Ja, bei seinem zweiten Anruf hat er mich nicht nur genötigt, sondern er gab auch zu, dass er sich illegal Zugang zu meinen Steuerunterlagen verschafft hat. Ich weiß nicht, wie er das angestellt hat. Vielleicht hat er die Rechner gehackt, vielleicht ist er nachts ins Büro eingestiegen. Aber selbst wenn er die Papiere in die Finger bekommen hätte, hätte er die Abrechnungen noch verstehen und auswerten müssen. Wie gesagt – er muss richtig besessen von der Sache gewesen sein. Am Telefon hat er einen ordentlichen Zauber veranstaltet und Drohungen ausgestoßen, aber bei mir hat er auf Granit gebissen. Ich hab ihm unmissverständlich zu verstehen gegeben, dass ich ihn anzeige, wenn er sich noch ein einziges Mal meldet. Und das hat gewirkt. Danach habe ich nichts mehr von ihm gehört.«

»Was hat er gewollt? Ich meine, er muss doch einen Grund gehabt haben, um Sie zu bedrohen. Ging es um Geld?«

»Nein, von Geld war nie die Rede. Davon hat er im Überfluss. Sein Vater hat dem Jungen jeden Betrag gegeben, den er verlangte. Ich glaube, ihm ging es um etwas anderes. Ich habe mir eine Theorie zurechtgelegt, aber ob sie stimmt, kann ich nicht garantieren.«

»Gegen fundierte Spekulationen ist nichts einzuwenden.«

»Also gut. Er hat sich mal als Autonomen bezeichnet. Die Terminologie ist etwas schwammig, aber man kann wohl ganz allgemein sagen, dass ein solcher nicht für Weltanschauungen, nicht für die Völkerverständigung, nicht für die Arbeiterschaft und auch sonst nicht für Unterdrückte kämpft, sondern einzig und allein für die individuelle Freiheit. Wenn ein Mensch mit einer solchen politischen Überzeugung vor Gericht steht, muss es ihm vorkommen, als würde er von der verhassten Obrigkeit wie ein Zirkustier vorgeführt werden. Ich glaube, dass sich Hendrik im Anschluss an die Verhandlung radikalisiert und auf sein eigentliches Ziel besonnen hat: die kompromisslose Verneinung und Bekämpfung der bestehenden Ordnung. Er wollte einen Dauerkrieg anzetteln. Und er hat angefangen mit einem Repräsentanten des Systems – mit mir.«

»Also ging es ihm um Rache?«

»Das könnte man denken, und im Grunde trifft es den Kern auch gut, aber der Junge war kein oberflächlicher Chaot. Dazu war er zu intelligent. Ich glaube, dass er sich ohne dieses politische Selbstverständnis nicht bei mir gemeldet hätte.«

»Aber Sie waren sein Rechtsbeistand!«

»Nein, als Beistand hat er mich nie betrachtet. Dann schon eher als ›Stecher‹ seiner Mutter, als ›Paragrafenknecht‹ oder ›Krawattenfaschist‹! So hat er mich bei mehreren Gelegenheiten genannt.«

»Würden Sie einen Universitätsprofessor auch als Repräsentanten des Systems bezeichnen?«

»Das ist ein Beamter – natürlich.«

Das Gespräch setzte sich noch einige Minuten fort, ohne weitere Erkenntnisse zu erbringen. Schließlich bedankte sich Toni bei Pufahl für seine Offenheit und versprach ihm, die Informationen zu seinem Liebesleben vertraulich zu behandeln. Auf dem Weg in sein Büro fiel ihm ein, dass er sich gar nicht nach dem Alibi des Juristen erkundigt hatte, aber der Mann hatte so bereitwillig Auskunft gegeben, dass er ihn intuitiv als Täter ausgeschlossen hatte.

Toni war klar, dass ihm das Gespräch eine wichtige Erkenntnis beschert hatte. Möglicherweise hatte er das Motiv gefunden. Hendrik Spohr hatte belastendes Material gesammelt und mindestens einen »Repräsentanten des Systems« unter Druck gesetzt. Vielleicht hatte er weitere Personen genötigt. Einer dieser sogenannten »Krawattenfaschisten« hatte mutmaßlich nicht so souverän wie der Rechtsanwalt reagiert und den Jungen als Gefahr ausgemacht, die er aus dem Weg geräumt hatte.

38

Jemand hatte Toni eine Nachricht auf den Schreibtisch gelegt, dass er zwei Anrufe erhalten habe.

Herr Feldmann, der Wahlvater von Hendrik, ließ erneut fragen, ob es Neuigkeiten gebe. Toni überlegte, ob er in seiner E-Mail nicht deutlich genug gewesen war, und nahm sich vor, das nächste Mal mehr Nachdruck in seine Worte zu legen. Außerdem bat Staatsanwalt Legrand um einen sofortigen Rückruf. Toni tippte die Nummer ein und wartete den Verbindungsaufbau ab. Ein Besetztzeichen ertönte, und er drückte die Abbruchtaste. Wenige Minuten später unternahm er einen zweiten Versuch. Nun erklang ein langes Tuten, die Leitung war frei, aber niemand nahm das Gespräch entgegen. Er würde es später noch einmal probieren.

Er hatte das Smartphone gerade zur Seite gelegt, als er eine SMS erhielt. »Der Entführer hat sich gemeldet«, schrieb Caren. »Ich gehe jetzt los. Wenn alles vorbei ist, rufe ich dich an. Danke, dass du für mich da bist.«

Toni stutzte. War das ein Zufall, dass der Lösegelderpresser gerade jetzt Kontakt zu ihr aufnahm? Er hatte die dritte Vernehmung eben erst beendet. Nun gingen alle Verdächtigen wieder ihrer Wege. Hatte einer von ihnen nur darauf gewartet, seinen Plan umzusetzen?

Toni stand auf und trat ans Fenster. Draußen war es bereits dunkel, und die Parkplätze hatten sich geleert. Im Schein der Laternen wirkte das Pflaster feucht. Er war heute noch nicht an der frischen Luft gewesen und fragte sich, ob es geregnet hatte.

Als er Carens SMS gelesen hatte, hatte er sofort den Impuls gespürt, den Übergabeort ausfindig zu machen und sich dorthin zu begeben. Es fiel ihm außerordentlich schwer, das weitere Geschehen abzuwarten, und das hatte einen triftigen Grund: Wenn der Entführer erst das Geld hatte, könnte er sich jederzeit absetzen. Dann schied die Möglichkeit aus, ihn zu vernehmen und Alexanders Schicksal so in Erfahrung zu bringen. Aber Toni hatte sein

Wort gegeben. Er konnte nicht einfach die Entscheidungshoheit an sich reißen und eigenmächtig handeln.

Zur eigenen Beruhigung rief er sich ins Gedächtnis, dass Caren keinerlei Anzeichen von Hysterie zeigte. Als Staatsanwältin war sie vom Fach und konnte das Risiko einschätzen. So schwer es ihm auch fiel – er würde ihre Entscheidung mittragen.

Er fürchtete nicht die dienstlichen Konsequenzen, die ihm dadurch entstehen könnten, dass er die Entführung nicht anzeigte. Er übte seinen Job überraschend aus, und wenn er ihn ebenso überraschend wieder verlöre, würde er sich zu arrangieren wissen. Was ihm Sorgen bereitete, war, dass sich Caren getäuscht haben könnte. Vielleicht stand der Entführer nicht zu seinem Versprechen. Wenn gleichzeitig seine Ermittlungen ins Leere liefen und er den Jungen nicht aufspürte, würde Caren sich heftige Vorwürfe machen. Fragen wie »Hätte ich meinen Sohn retten können, wenn ich anders entschieden hätte?« würden sie ins Unglück stürzen. Und auch er musste prüfen, ob er eine Mitschuld trug, indem er sich wie ein loyaler Freund und nicht wie ein Kriminalbeamter verhalten hatte.

Toni rieb sich die Augen, die vor Müdigkeit brannten. Noch war es nicht so weit. Noch konnte er alles zum Guten wenden. Der Entführer war nicht vorbereitet gewesen, er hatte Fehler begangen, seine Identifizierung war möglich.

Entschlossen stapfte Toni in die Sanitärräume und hielt seinen Kopf unter den Hahn. Das eisige Wasser kühlte seine Schläfen und lief ihm in den Nacken. Als er sich die Haare mit einem Handtuch trocknete und sein gerötetes, bartstoppeliges Gesicht im Spiegel betrachtete, fühlte er sich wieder arbeitsfähig.

Die Ermittlungen waren weit fortgeschritten, und er wollte die bisherigen Ergebnisse strukturieren. Er war davon überzeugt, dass es nicht mehr lange dauern konnte, bis er auf den ausschlaggebenden Hinweis stieß. Zudem hatte er das unbestimmte Gefühl, dass er die entscheidende Information bereits erhalten hatte.

An der weißen Tafel rief er sich noch mal in Erinnerung, welche Kriterien der Täter erfüllen musste: Er kannte sowohl Hendrik als auch Alexander, er wusste über Carens Vermögensverhältnisse Bescheid, und er hatte finanzielle Schwierigkeiten oder war habgierig.

Auf Fritjof Winter trafen alle Voraussetzungen zu. Außerdem hatte er ein Geheimnis, mit dem Hendrik ihn unter Druck gesetzt haben könnte. Sein Alibi war nicht nachprüfbar. Er war hitzköpfig genug, um in der Tatnacht die Nerven zu verlieren, und er war gescheit genug, um die Möglichkeit einer Lösegelderpressung schnell zu erkennen. Fraglich war nur, ob er seinen eigenen Sohn entführen würde. Das Verhältnis zwischen den beiden war angespannt. Bei der Vernehmung hatte er sich nicht ein einziges Mal nach dem Jungen erkundigt. Und Mitgefühl war keine seiner hervorstechenden Charaktereigenschaften. Einiges sprach dafür, dass er der Täter war.

Toni schrieb den Namen des Juraprofessors mit einem grünen Filzstift an die Tafel und unterstrich ihn zweimal.

Auf René Lichter trafen mutmaßlich zwei der drei Kriterien zu. Finanzielle Schwierigkeiten hatte er nicht, aber seine Ehefrau verfolgte ein starkes materielles Interesse. Fraglich war nur, aus welchem Grund sich René Lichter in der Tatnacht mit Hendrik getroffen haben sollte. Er wusste wahrscheinlich nicht, dass Alexander mitkommen würde. Deshalb schied das geheime Stelldichein zum Zweck einer Entführung aus. Konnte er mit Hilfe dieser Überlegungen den Maurer ausschließen, oder waren seine Informationen lückenhaft?

Er schrieb die Eheleute Lichter etwas kleiner an die Tafel und fügte ein Fragezeichen an.

Jetzt bereute Toni, dass er Rechtsanwalt Pufahl nicht nach seinem Alibi gefragt hatte, denn auf den Juristen trafen ebenfalls alle Kriterien zu. Zwar hatte seine Kanzlei einen ausgezeichneten Ruf, aber wer gut lebte, brauchte auch das nötige Kleingeld. Die goldene Uhr, eine Geliebte und seine Leibesfülle ließen auf einen kostspieligen Lebenswandel schließen. Außerdem war er von Hendrik zweimal genötigt worden. Vielleicht hatte der Junge noch mehr Geheimnisse ausgegraben und war zu einer Existenzbedrohung geworden. Für Tonis Geschmack waren zu viele »Wenns« nötig, um ein Motiv zu konstruieren, aber ausschließen konnte er den Rechtsanwalt nicht.

Also schrieb er Pufahls Namen noch kleiner auf die Tafel und ließ zwei Fragezeichen folgen.

Blieb noch »Paule«, der nicht auf dem Kommissariat erschienen war und es offenbar vorgezogen hatte, das Weite zu suchen. Komischerweise musste Toni daran denken, dass der hagere Student gesagt hatte, dass er auf ältere Frauen stehen würde. Spielte diese Vorliebe bei der Lösung des Falls eine Rolle? War er geflohen, weil er einen seiner Freunde umgebracht und den anderen entführt hatte? Wohl eher nicht. Hatte er sich aus dem Staub gemacht, weil er fürchtete, für seine Beteiligung an dem Brandanschlag auf die Beelitzer Heilstätten oder an den anderen Sachbeschädigungen belangt zu werden? Das klang plausibel. Andererseits konnte der Grund für die Flucht auch woanders liegen. Toni traute dem Studenten ein Verbrechen von dieser Kaltblütigkeit nicht zu. Trotzdem könnte er alle Kriterien erfüllen.

So schrieb Toni den Namen ebenfalls auf und fügte drei Fragezeichen an.

Er sah sich die Tafel an und erkannte, dass er Fritjof Winter die zentrale Rolle zugewiesen hatte. Er erinnerte sich daran, wie missgünstig der Jurist von der Erbschaft seiner Ex-Frau erzählt hatte. Er war verbittert, dass Caren plötzlich über ein großes Vermögen verfügte, während er kurz vor der Privatinsolvenz stand. Er nutzte jede Möglichkeit, um seine Wut über diese gefühlte Ungerechtigkeit loszuwerden. Fraglich blieb jedoch nach wie vor, ob er seinen eigenen Sohn kidnappen würde.

Toni rieb sich die Schläfen. Wenn Fritjof Winter selbst nicht der Entführer war, hatte er diesem vielleicht durch seine neidischen Reden den entscheidenden Hinweis gegeben. Wem könnte er von dem Geld erzählt haben? Möglicherweise war eine Person der Täter, die er noch gar nicht auf der Rechnung hatte.

Von Fritjof Winters Namen zog er einen Pfeil zur Seite und malte ein großes Fragezeichen, das er ebenfalls zweimal unterstrich.

Hinterher legte er den Filzstift zur Seite, griff sich seine Jacke und suchte Phong, den er schließlich im Nebenzimmer von Verhörraum zwei entdeckte. Er stand neben Kriminalrat Schmitz und beobachtete durch eine Glasscheibe, wie Kriminalhauptkommissar Derbali den Autodieb befragte.

»Wie läuft's?«, erkundigte er sich leise.

Phong zuckte mit den Achseln. »Der Kerl ist eine harte Nuss.

Er gibt vor, nur wenig Deutsch zu verstehen. Mit Hilfe einer Weltkarte hat Derbali herausgefunden, dass er aus Albanien stammt. Angeblich! Wir warten immer noch auf die Dolmetscherin, die wir erst vor einer halben Stunde erreicht haben. Glücklicherweise ist sie Muttersprachlerin und kann alle Dialekte.«

Kriminalrat Schmitz beugte sich etwas vor, schaute an Phong vorbei und sagte: »Ach, Sanftleben. Tauchen Sie auch mal wieder aus der Versenkung auf? Jetzt können Sie miterleben, wie die richtigen Prioritäten zur Lösung eines schwierigen Falls führen.«

Toni musterte seinen Vorgesetzten kühl. War er wirklich so begrenzt? »Als erfahrener Kriminalist sollten Sie wissen, dass man sich nicht auf eine einzige Fährte versteifen darf.«

»Ja, ja«, sagte Schmitz und fügte in einem begütigenden Tonfall an. »Sie sehen ziemlich erschöpft aus. Vielleicht war die überraschende Reaktivierung doch ein wenig viel. Ich hoffe jedenfalls, dass die italienischen Spezialitäten Sie ein wenig aufpäppeln können.«

Toni überlegte, ob der Kriminalrat auf den Grappa und den Barolo anspielte. Schmitz gab ihm heute Rätsel auf. War ihm wirklich daran gelegen, bei einem Mitarbeiter einen Rückfall zu provozieren? Oder sprach aus seinen Worten nur seine Fürsorgepflicht als Vorgesetzter? Toni wusste, dass er auf diese Frage keine Antwort erhalten würde, und wandte sich an Phong: »Kannst du mal kurz mit rauskommen?«

»Na klar.«

Nachdem sie auf den Flur getreten waren, fügte Phong an: »Frau Lichters Alibi wurde übrigens bestätigt, und die Suche nach Paule ist ergebnislos verlaufen. Seine Eltern wissen auch nicht, wo er steckt.«

»Das hab ich mir schon gedacht«, erwiderte Toni.

»Soll ich eine Personenfahndung rausschicken?«

»Nein, dazu fehlt uns die Grundlage. Früher oder später taucht er wieder auf. Jetzt sollst du für mich alle Vereine durchgehen, in denen Fritjof Winter Mitglied ist oder in denen er einen Vortrag gehalten hat. Erstelle Namenslisten von allen Mitgliedern, Förderern und anderen Rednern und schicke sie mir aufs Handy. Vielleicht ergeben sich Querverbindungen.«

Toni wollte herausfinden, wem der Juraprofessor vom Vermögen seiner Ex-Frau erzählt hatte. »Ich fahr jetzt zur Villa Spohr nach Babelsberg«, sagte er. »Es ist möglich, dass Hendrik den Täter erpresst hat. Zu diesem Zweck hat er möglicherweise Informationen gesammelt und irgendwo aufbewahrt.«

»Den Weg kannst du dir sparen«, erwiderte Phong. »In seinem Zimmer findest du kein Material. Gesa hat es bereits durchsucht, und als ich den Computer abgeholt habe, habe ich selbst in alle Ecken geschaut.«

»Ich weiß, dass ihr gute Arbeit geleistet habt. Und ich glaube auch nicht, dass Hendrik belastende Dokumente in seinem Elternhaus versteckt hat, aber mir geht es um einen Eindruck. Ich habe das komische Gefühl, dass sich die Lösung direkt vor unserer Nase befindet und dass unser Blickfeld nur zu begrenzt ist, um die Zusammenhänge zu erkennen.«

39

Auf dem Weg nach Babelsberg klopfte Toni auf die Plastikarmaturen des Renaults und sagte zu seinem Auto wie zu einem Wesen mit einer Seele: »Das machst du großartig. Schön weiterfahren. Du musst nur noch ein paar Tage durchhalten, und dann lass ich dich durchchecken.«

Als sein Smartphone vibrierte, nahm er den Anruf entgegen und aktivierte die Freisprecheinrichtung.

»Entschuldige bitte, dass ich störe«, sagte Sofie. »Ich weiß, dass du etwas Wichtiges zu tun hast, aber ich hab es einfach nicht mehr ausgehalten. Ich musste unbedingt deine Stimme hören.«

»Das passt gut«, erwiderte Toni. »Ich hab gerade einen Moment Zeit. Möchtest du über etwas Bestimmtes sprechen? Wie geht es dir?«

Sofie schwieg einen Augenblick und flüsterte dann: »Nicht gut. Ich stoße den Menschen weg, dem ich alles verdanke. Ich fühle mich wie ein Ungeheuer. Dabei weiß ich ganz genau, was ich an dir habe. Ich zweifle nicht an dir. Es gibt keinen anderen Mann, das musst du mir glauben. Ich bin nur so furchtbar unglücklich, weil ich nicht weiß, wer ich bin und wo ich im Leben stehe. Ich brauche Luft zum Atmen – das ist alles. Und jetzt ... jetzt bist du dran. Wie geht es dir? Was denkst du so?«

»Das willst du nicht hören.«

»Doch, das will ich ganz bestimmt. Du bist immer so beherrscht. Das warst du schon früher. Aber du kannst mir alles sagen, was dir im Kopf herumschwirrt. Wenn es dir dann besser geht, kannst du mir auch Vorwürfe machen. Ich kann das aushalten.«

»Also gut. Mein Standpunkt ist einfach. Ich möchte nicht, dass du ausziehst. Ich möchte, dass du bei mir bleibst und uns eine Chance gibst, das Problem gemeinsam zu lösen. Du hast mir geschrieben, dass du mich liebst. Und ich liebe dich auch. Von unserem ersten Tag an hab ich dich geliebt. Für mich hat es nie eine andere Frau gegeben. Ich wollte immer nur dich. Ich habe dich sechzehn Jahre lang gesucht. Niemand hat daran geglaubt, dass du am Leben bist. Nur ich. Das kann kein Zufall sein, das ist unsere Geschichte, und die bedeutet etwas. Ich weigere mich zu glauben, dass sie beendet ist. Du ...«

Toni unterbrach sich, weil Sofie immer lauter geschluchzt hatte. Jetzt weinte sie so herzzerreißend, dass ihm selber die Tränen kamen.

»Hör zu«, sagte er schluckend. »Du weißt, dass ich dich nicht anketten will. Ich will dich auch nicht kontrollieren oder dominieren. Sag mir einfach, wie ich mich verhalten soll, dann tu ich es. Du kannst dir jede Freiheit nehmen, die du brauchst, du kannst ...«

In der Leitung erklang ein Tuten. Es vergingen einige Sekunden, bis Toni realisierte, dass sie aufgelegt hatte. Ja, sie hatte die Verbindung tatsächlich unterbrochen. Sie war ein Rätsel. Er verstand ihr Verhalten nicht. Erst forderte sie ihn auf, sein Herz auszuschütten, und dann würgte sie ihn ab. Einfach so! An seinen Schläfen spürte er ein Pochen, das immer stärker wurde. Warum machte sie alles so kompliziert? Warum konnte sie nicht froh und glücklich sein, dass sie wieder vereint waren?

Wütend schlug er aufs Lenkrad.

Er brauchte eine Weile, bis sein Zorn verraucht war. Und dann kam eine große Kälte über ihn. Er wusste genau, was passieren würde. Er würde ihr Lavieren und die Ungewissheit nicht aushalten. An dem Tag, an dem er Alexanders Schicksal aufgeklärt hatte, würde er eine Schnapsflasche aufschrauben und sich so volllaufen lassen, dass er nichts mehr fühlte, dass er nichts mehr spürte und dass er wieder der Funktionszombie wurde, der er gewesen war, bevor er Sofie gefunden hatte. Dann konnte sie machen, was sie wollte, dann konnte sie ihn nicht mehr verletzen, dann konnte ihn niemand mehr verletzen.

Trotzig gab er Gas. Bei diesem Fall ging es um das Leben eines sechzehnjährigen Jungen, und er würde die Ermittlungen nicht durch seine privaten Probleme gefährden. Er würde sie mit aller Entschlossenheit vorantreiben, bis er den Fall aufgeklärt hatte.

Als sein Telefon erneut klingelte, dachte er zunächst, dass Sofie sich wieder gefasst hatte und ihn noch mal anrief, aber es war Caren. Er nahm das Gespräch an.

»So ein verdammter Kerl«, schrie sie. »Dieser Idiot, dieser verdammte Idiot. Er hat alles versaut. Ich konnte die Tasche nicht rechtzeitig aus dem Fenster schmeißen.«

»Beruhige dich«, sagte Toni. »Fang noch mal von vorne an, damit ich begreife, wovon du redest.«

»Der Entführer hat mich durch die ganze Innenstadt gejagt. Hin und her. Ich glaube, dass er von irgendwo beobachtet hat, ob ich verfolgt werde. Dann sollte ich plötzlich in den Zug nach Golm steigen.«

»Golm?«, fragte Toni. Irgendetwas klingelte bei ihm, aber er kam nicht drauf.

»Ja, genau. Unterwegs sollte ich die Tasche aus dem Fenster werfen.«

»Wo genau war das?«

»Kurz hinterm Neuen Palais, auf der Höhe von Eiche, da ist ein Waldstück. Er hat da irgendwo hinterm Baum gehockt, da bin ich mir sicher. Und gerade als ich seiner Anweisung folgen wollte, greift mir so ein besoffener und stinkender Kerl in den Arm und meint, dass man keinen Müll aus dem Fenster schmeißen dürfe.«

»Wie viele Meter hat der Zug zurückgelegt, bis du die Tasche geworfen hast?«

»Ich hab ihm gegen das Schienbein getreten. Nicht mehr als zweihundert Meter.«

»War der Zug von innen beleuchtet?«

»Ja, das Deckenlicht brannte.«

»Dann konnte der Erpresser dich aus seinem Versteck beobachten. Du brauchst dich nicht zu sorgen – die Übergabe ist geglückt, das Lösegeld hat er bekommen. Soll ich jetzt die Kollegen einschalten?«

»Nein, auf keinen Fall. Er hat mir versichert, dass er mir morgen früh um elf Uhr den Aufenthaltsort meines Sohnes verrät. Er hat mir erneut sein Ehrenwort gegeben.«

»Wie habt ihr kommuniziert?«

»Über Kurzmitteilungen.«

»Verstehe. Dann kannst du nur abwarten. Hast du jemanden, der dir beisteht?«

»Die letzte Nacht schaffe ich auch noch.«

»Du bist sehr tapfer. Ich kann jetzt leider nicht länger sprechen. Ich melde mich, sobald ich etwas Neues habe.«

40

Er schüttete das Geld auf dem Bett aus, zählte es durch und steckte es in eine Tüte. Eine Million Euro! Er hatte Caren Winter richtig eingeschätzt. Sie war auf alle Forderungen eingegangen.

Sein Plan hatte funktioniert!

Aufgekratzt trat er ins Badezimmer und betrachtete sein Haupthaar. Wenn er es oben abrasierte und es seitlich und hinten stehen ließ, sah er dem Mann auf dem Passfoto ähnlich. In zwei Wochen würde er einen Schnauzbart haben, der seine Verwandlung perfekt machen würde. Er griff nach der Nagelschere und schnitt die ersten Strähnen ab, die er ins Waschbecken fallen ließ. Heute musste eine Nassrasur reichen, aber an Bord seiner Yacht würde er seine Kopfhaut wachsen, bis alle Wurzeln ausgerissen waren und er eine prächtige Halbglatze hatte.

Während er sich die Schädeldecke einschäumte, musste er an Alexander denken. Um den Sechzehnjährigen tat es ihm leid. Der Junge hatte zwar geschworen, dass er nichts mit dem Erpressungsversuch zu tun hatte, aber die Beteuerungen waren unglaubhaft gewesen. Er war mit Hendrik Spohr befreundet und hatte sogar die Verhandlung im Gerichtssaal verfolgt. Es konnte kein Zweifel daran bestehen, dass die beiden sich zusammengetan hatten, um ihn fertigzumachen. Insofern war Alexander selbst schuld. Er trug die Verantwortung für alles, was passiert war. Trotzdem bekümmerte ihn das Schicksal des Jungen.

Um sich abzulenken, dachte er an das Boot, das im Hafen von Cuxhaven lag. Natürlich war es ein französisches geworden, eine elegante Beneteau, die mit über elf Metern Rumpflänge und einer ordentlichen Ausstattung für das Fahrtensegeln geschaffen war. Er sah schon den blauen Himmel über sich, er hörte das Kreischen der Möwen und schmeckte das Salz auf den Lippen.

Die Anreise war auch schon geregelt. In seinem Koffer steckte ein Zugticket für eine Verbindung, die ihn über den Berliner und den Hamburger Hauptbahnhof an seinen Bestimmungsort bringen würde, wo er um zehn Uhr morgens eintreffen würde. Er rechnete damit, zwei Stunden später die Leinen loszumachen. Sein erstes Ziel würden die Kanalinseln sein.

Nachdem er die Rasur beendet hatte, setzte er die dunklen Kontaktlinsen ein und musterte sich im Spiegel. Er wirkte völlig unscheinbar, was durchaus in seinem Interesse lag. Schnell stopfte er die Toilettenutensilien in einen Kulturbeutel und begab sich ins Schlafzimmer, wo er den Rollkoffer mit wenigen Handgriffen packte. Nachdem er den Reißverschluss zugezogen hatte, setzte er sich auf die Matratze und schaute vor sich hin.

Er konnte sich noch genau an den Tag erinnern, an dem er seiner Frau zum ersten Mal begegnet war. Sie war atemberaubend schön. Kühl, sexy und unnahbar. Mehrere Männer bissen sich die Zähne an ihr aus. Und er fühlte sich geschmeichelt, dass sie ihn beachtete. Sie trafen sich, und sie ließ keine Gelegenheit aus, um ihn zu reizen. Sie spielte mit ihm wie auf einem Instrument, und er konnte nicht widerstehen. Er wusste von Anfang an, dass sie nicht gut für ihn war, aber er musste sie besitzen. Nur einmal! Ihre Eroberung wurde zu einer fixen Idee. Er hatte feuchte Träume und konnte an nichts anderes mehr denken.

Als sie in der Hochzeitsnacht zum ersten Mal unter ihm lag, war sie so steif wie ein Brett. Widerstrebend ließ sie sich die Beine spreizen und musterte ihn dabei mit Ekel und Abscheu. Der Geschlechtsverkehr dauerte vielleicht zwanzig Sekunden, bis er zweimal heftig zuckte. Als er sich hochstemmte, begriff er schon nicht mehr, warum er auf dieses Erlebnis so versessen gewesen war.

Seit jener ersten »Befleckung«, der nur eine Handvoll körperliche Vereinigungen folgen sollten, zahlte sie es ihm heim. Irgendwann wurde ihm klar, dass sie ihn nicht ausgesucht hatte, weil er so beeindruckend war, sondern weil sie angenommen hatte, dass sie ihn bis aufs Blut reizen konnte, ohne jemals ernsthafte Konsequenzen befürchten zu müssen.

Lange Zeit lag sie mit ihrer Einschätzung richtig.

Aber damit war nun Schluss.

Mit den Reisevorbereitungen war er fertig. Es gab nur noch eine Sache, die er erledigen musste. Er griff nach der Pistole und wartete.

41

In der Villa Spohr stand Toni in Hendriks Zimmer und schaute sich um. An den schwarz gestrichenen Wänden hingen Aufnahmen von Revolutionären, Aktivisten, Demonstranten und Terroristen, die alle eine Gemeinsamkeit hatten: Sie waren tot. Entweder waren sie freiwillig aus dem Leben geschieden, um ihren Protest auszudrücken, oder sie waren zum Opfer eines Geschehens geworden, das im Nachhinein zum Martyrium stilisiert worden war. Was bewog einen Zwanzigjährigen, in einer solchen Gedenkstätte zu leben?

Im Laufe seines Berufslebens war Toni vielen jungen Menschen in Opferfamilien begegnet. Für die meisten war der Tod etwas Abstraktes gewesen, das nur wenig mit ihnen zu tun gehabt hatte. Erst mit dem Mord an einer nahestehenden Person hatten sie die grausame Endgültigkeit begriffen. Andere Teenager, die er im Zusammenhang mit einer Reihe von Suiziden befragt hatte, hatten den Tod mystifiziert, glorifiziert und romantisiert. Sie waren unglücklich gewesen und meinten, einen Ausweg entdeckt zu haben, dem sie durch Verklärung den Schrecken genommen hatten.

Hendriks Dekoration wohnte ein gänzlich anderer Charakter inne. Er inszenierte einen Totenkult, wie er in der Gedächtniskultur vieler Völker und Gesellschaften eine Rolle spielte. Toni fühlte sich daran erinnert, wie die Nazis den »Blutzeugen der Bewegung« gehuldigt hatten, die beim Marsch auf die Feldherrenhalle gefallen waren. Durch die ständige Nennung ihrer Namen und die Betonung ihrer Teilnahme hatte Goebbels' Propagandamaschine der Masse vorgegaukelt, ihr Opfer hätte einen Sinn ergeben.

Auch die Personen auf den Aufnahmen hatten politische Ziele verfolgt. Ihr Konterfei wurde auf Demonstrationen hochgehalten, zu ihren Todestagen wurden Mahnwachen veranstaltet, und über ihr Wirken wurden Fernsehdokumentationen produziert. Unter den Abgebildeten war auch ein buddhistischer Mönch, der sich selbst verbrannt hatte.

Waren diese Menschen in ihrer konsequenten Haltung Vorbilder für Hendrik gewesen? Hatte auch er davon geträumt, durch seine Taten »unsterblich« zu werden?

Dieses Zimmer sagte viel über den Charakter und die Motive des Jungen aus, aber für die Ermittlung des Täters lieferte es keine neuen Ansätze. Gedankenverloren hob Toni die Matratze an, sah in einige Schubladen und blätterte Bücher durch. Schließlich wandte er sich an Harald Spohr, der heute eine karierte Schiebermütze trug und in der offenen Tür stand.

»Hatte Hendrik noch einen anderen Rückzugsort?«, fragte er.

»Ich weiß es nicht«, erwiderte der Bauunternehmer betreten. »Zurzeit hab ich viel zu tun und bin oft unterwegs. Was im Haus passiert, bekomme ich nur am Rande mit.«

»Und Ihre Frau?«

»Die weiß auch nichts. Sie engagiert sich in karitativen Einrichtungen und kulturellen Vereinen und ist noch seltener zu Hause als ich. Wenn jemand helfen kann, dann ist das unsere Putzfrau. Sie ist schon seit fünfundzwanzig Jahren für mich tätig und hat Hendrik aufwachsen sehen. Warten Sie!«

Spohr zückte sein Handy, drückte auf ein paar Tasten und hielt es sich ans Ohr. »Hallo, Helga ... Nein, ich ruf nicht wegen morgen an. Weißt du, ob Hendrik irgendwo auf dem Anwesen ein Versteck hatte? ... Ja, es ist eine Tragödie ... Ja, wir kommen klar ... Ach, jetzt hör endlich auf zu weinen, sonst heule ich auch noch los ... Ach so ... Nein, das wusste ich nicht ... Ja, das interessiert den Hauptkommissar sicher ... Du hast uns sehr geholfen ... Ja, morgen um die übliche Zeit, aber ruf sicherheitshalber Meike an, um die Einzelheiten zu besprechen ... Ja ... Danke ... Tschüss.«

Spohr wollte gerade das Handy in die Tasche stecken, als er mitten in der Bewegung innehielt und wie von einer Tarantel gestochen durch das Zimmer schoss. Von der Matratze las er einen Torwarthandschuh für Kinder auf und reckte ihn anklagend in die Höhe. Zwischen Mittel- und Ringfinger wies er einen glatten weißen Riss auf, der jetzt wie eine offene Schnittwunde auseinanderklaffte.

»Wer war das?«, schrie der Bauunternehmer. »Wer – verdammt

noch mal – war das? Wenn ich den erwische, dann kann der was erleben, dann … dann …«

Toni hatte dem Torwarthandschuh keine Bedeutung beigemessen. Jetzt begriff er zweierlei: Hendrik war einmal ein ganz normaler Junge gewesen, der gerne Fußball gespielt hatte, und Spohr drohte nicht etwa dem Urheber des Schadens, sondern dem Mörder seines Sohnes.

»Daran sollten Sie nicht einmal denken«, sagte Toni scharf. Er war selbst Vater und konnte verstehen, was in dem Bauunternehmer vorging, aber in der Vergangenheit hatte er erlebt, dass Selbstjustiz nur eine kurze Genugtuung verschaffte. Langfristig führte sie nur zu neuem Leid. Hier half kein Verständnis, hier mussten klare Grenzen gesetzt werden, um wachzurütteln und weiteres Unheil zu verhindern. »Reißen Sie sich zusammen. Und zeigen Sie mir jetzt endlich, wo Hendrik sich aufhielt.«

Der Bauunternehmer riss erschrocken die Augen auf, bis er allmählich in das Hier und Jetzt zurückkehrte. Er verstaute den Torwarthandschuh in seiner Jackentasche und sagte tonlos: »Folgen Sie mir!«

Toni beobachtete Spohr aus den Augenwinkeln, aber er konnte in dessen Verhalten nichts Ungewöhnliches mehr feststellen. Der kurze Gefühlsausbruch hatte eine gefährliche Wendung genommen, die er hoffentlich im Keim erstickt hatte.

Sie verließen die Villa und betraten die kunstvoll erhellte Terrasse. Sie kletterten einige Stufen hinab und liefen über abfallendes Gelände zum Ufer des Griebnitzsees. Man konnte diese Grünanlage unmöglich einen Garten nennen. In dieser Größenordnung und in dieser Ausgestaltung mit Zierbeeten, Marmorstatuen und den gelblich flackernden Nostalgielaternen musste man von einem Park sprechen.

Sie passierten ein ebenes Stück, das wohl fünf Meter breit war und der Grenzweg gewesen war. Vor einigen Jahren waren Genehmigungen zum Bau von Bootshäusern und Steganlagen erteilt und später wieder entzogen worden. Das hölzerne Bootshaus, auf das sie gerade zuliefen, war jedenfalls noch nicht wieder abgerissen worden. Es stand auf Stelzen im schwarzen Wasser, hatte große Sprossenfenster und ein Reetdach.

»Ich hab es nach Originalplänen aus den zwanziger Jahren errichtet«, sagte Spohr, »aber ich bin nur vier- oder fünfmal mit dem
Kahn rausgefahren. Eigentlich ein Wahnsinn!«

»Und hier hat sich Hendrik aufgehalten?«

»Laut unserer Putzfrau soll er sich auf dem Dachboden eingerichtet haben. Bitte – hier geht es lang.«

Spohr öffnete eine knarrende Holztür und knipste die Beleuch-
tung an. Toni folgte ihm in das Innere, das ein spitz zulaufendes
chromblitzendes Speedboat beherbergte, das Spohr wohl gemeint
hatte, als er von dem »Kahn« sprach. Der röhrende Motor sollte
auf dem Wasser kilometerweit zu hören sein, und die meisten
Segler ärgerten sich bestimmt über den Lärm. An den seitlichen
Wänden lehnten Wartungsgeräte, Werkzeuge und seemännische
Ausrüstung. Das Wasser schwappte gegen die Pfähle und verströmte einen Geruch nach verrotteten Algen.

Spohr hielt eine weitere Tür auf, die in ein abgetrenntes Abteil
führte, in dem sich eine schmale Treppe verbarg. Ein schrilles
Klingeln ließ ihn in der Bewegung innehalten. »Moment«, sagte
der Bauunternehmer und nahm den Anruf entgegen. Während
er das Gespräch führte, warf er Toni kurze Blicke zu. Nachdem er
das Handy wieder eingesteckt hatte, sagte er: »Ich muss weg. Es
ist dringend. Sie können hier so lange bleiben, wie Sie möchten.
Warten Sie, der Lichtschalter für den Dachboden befindet sich
hier. So, jetzt ist es oben hell.«

»Wenn Ihnen etwas auf der Seele brennt oder Sie Hilfe be-
nötigen sollten, können Sie mich jederzeit anrufen«, sagte Toni
und reichte dem Bauunternehmer seine Karte. »Danke für Ihre
Unterstützung. Raus finde ich alleine.«

Er machte sich an den Aufstieg. Auf dem Dachboden roch
es nach Holzschutzmitteln. Nur in der Mitte konnte er aufrecht
stehen und musste aufpassen, dass er sich nicht den Kopf stieß. Er
trat an das große Sprossenfenster auf der Stirnseite und schaute
über den See. Es war kein Schiff unterwegs. Das gegenüberlie-
gende Ufer war bewaldet. Man konnte die Konturen der Bäume
nur erahnen. Sie waren zu einer schwarzen Masse verschmolzen,
die noch dunkler war als das Firmament, das sich in einem tiefen
Nachtblau über der Landschaft wölbte.

Toni setzte sich in einen Ledersessel, der auf einem Stahl-fuß stand, und unternahm eine halbe Drehung zurück in den Raum. Auf dem Dielenboden lagen mehrere Bücher verstreut, ein Aschenbecher quoll über vor selbst gedrehten Kippen, ein Kasten Bier stand neben einem Pappkarton mit Comicheften, auf kleineren Tischen und Regalen waren Aufkleber und Sticker angebracht. Auf der gegenüberliegenden Stirnwand war mit einem breiten Pinsel und schwarzer, tropfender Farbe ein Spruch auf die Holzverkleidung gemalt worden. »*There is no solution but revolution.*«

Hierhin hast du dich also zurückgezogen, dachte Toni, wenn du allein sein wolltest.

In erster Linie war er hergekommen, um sich in die Welt des Jungen hineinzuversetzen. Dieser war eigenwillig, unorthodox und extrem gewesen, und vielleicht musste auch Toni ungewohnte Überlegungen anstellen, um der Lösung auf die Spur zu kommen.

Die Ermittlungen hatten mehrere Kriterien zutage gefördert, die der Entführer erfüllen musste. Sie hatten um den Gerichts-prozess gekreist und irgendwann ergeben, dass Hendrik seinen Mörder, der ein »Repräsentant des Systems« sein könnte, mögli-cherweise genötigt oder erpresst hatte.

Toni vergegenwärtigte sich die Verhandlung, die für Hendrik demütigend gewesen sein musste. Er war sogar so beleidigt, stolz und trotzig gewesen, dass er auf ein mildes Urteil gepfiffen und alle Anwesenden mit einem rebellischen Lied verhöhnt hatte.

Welchen »Krawattenfaschisten« würde ich mir vorknöpfen, dachte Toni, wenn ich vor nichts und niemandem Respekt hätte? Wen würde ich in die Enge treiben, wenn ich jedes Maß verloren hätte?

Ich würde mich nicht mit irgendjemandem begnügen, sondern mir den Stärksten vornehmen. Ich würde die Person auswählen, die am meisten Macht über mich hatte und endlich spüren sollte, wen sie herausgefordert hatte.

Wie in den vergangenen Tagen befiel Toni das Gefühl, dass er das Offensichtliche übersah. Vielleicht musste auch er konsequen-ter sein. Vielleicht musste auch er sich lösen von gängigen Mustern und jemanden verdächtigen, der über jeden Verdacht erhaben war.

Vielleicht musste er endlich das Undenkbare denken, etwas, das zu abwegig war, um überhaupt in Erwägung gezogen zu werden.

Toni spürte, dass er kurz vor einem Durchbruch stand. Die Konturen eines Gesichts zeichneten sich bereits ab, als sein Smartphone vibrierte und den Bewusstwerdungsprozess unterbrach.

Genervt tippte er auf das Display und sah, dass er eine E-Mail mit Anhängen erhalten hatte. »Anbei findest du schon mal die Listen«, schrieb Phong. »Ich hab mich noch nicht näher mit ihnen beschäftigt, weil Schmitz furchtbar am Rad dreht. Viel Glück damit.«

Zuerst schaute Toni sich die Mitglieder zweier Sportschützenclubs an, aber keiner der Namen löste etwas in ihm aus. Dann widmete er sich der Aufstellung mit der Überschrift »Förderverein Beelitzer Heilstätten«. Als er etwa in der Mitte angelangt war, hielt er die Luft an.

Vor Überraschung ließ er beinahe das Handy fallen.

Damit hatte er nicht gerechnet.

Hier offenbarte sich eine Querverbindung.

Jetzt wusste er, warum er die ganze Zeit ein so ungutes Gefühl gehabt hatte. Auf diesen Mann hatten von Anfang an zwei Kriterien zugetroffen. Außerdem waren er und Fritjof Winter Mitglieder im »Förderverein Beelitzer Heilstätten«. Bei einer Sitzung oder einer anderen Gelegenheit hatte der Juraprofessor seinem Ärger möglicherweise Luft gemacht und von Carens Erbschaft erzählt. Vielleicht hatte der Mann auch schon früher von dem Vermögen erfahren. Gelegenheiten hatte es sicher gegeben. Und damit wäre auch die dritte Bedingung erfüllt.

Toni kam auf die Füße, eilte über den Dachboden und sprang die Treppe hinunter. Er schmiss die Bootshaustür hinter sich zu und rannte durch den nächtlichen Park. Er hoffte, dass alles ein Irrtum war, aber sein Instinkt sagte ihm, dass er den Mörder von Hendrik und den Entführer von Alexander soeben identifiziert hatte.

42

Vor vier Tagen

Vereinzelt zogen spitz zulaufende Wolken am Nachthimmel vorüber, die wie Klauen aussahen. Die Havel floss schimmernd dahin und plätscherte ans sandige Ufer. Böen fuhren in den Schilfgürtel. Die Halme tanzten raschelnd, bis sie plötzlich verharrten und es wieder still wurde.

Hendrik lief an dem kleinen Strand auf und ab und schaute zum wiederholten Mal auf seine Armbanduhr. »Es ist schon nach Mitternacht«, murmelte er. »Wann kommt er endlich? Ich hab ihm gesagt, dass ich mich nicht verarschen lasse.«

»Was willst du eigentlich von ihm?«, fragte Alexander, der an der Wasserkante stand und nachdenklich auf das andere Ufer schaute, das vollkommen dunkel war.

»Es geht mir nicht um Geld oder so«, erwiderte Hendrik, »aber wenn ich ihn dazu kriege, dass er herkommt, kann ich ihn auch dazu bringen, dass er andere Dinge für mich macht. Ich hab da schon eine Idee, die dir und den anderen sicher gefallen dürfte. Er wird sich selbst demontieren, bis nichts mehr von ihm übrig ist.«

»Das klingt für meinen Geschmack nicht sehr konkret.«

»Jetzt ist nicht der richtige Zeitpunkt, um eine Grundsatzdiskussion zu führen. Schau mir lieber zu und lerne eine Lektion fürs Leben.«

Alexander wandte sich dem Freund zu. »Weißt du eigentlich, warum ich mitgekommen bin und hier mit dir warte?«

»Na, weil du mir helfen willst.«

»Ja, das stimmt. Ich will dir helfen, aber nicht so, wie du denkst. Dein Vorhaben unterstütze ich nicht.«

Hendrik blieb abrupt stehen. »Was soll das bedeuten?«

»Ich bin mitgekommen, weil ich den Mann kenne und zwischen dir und ihm vermitteln kann. Heute Nacht könnt ihr die Angelegenheit bereinigen, ohne dass irgendjemand zu Schaden kommt.«

»Ich will keinen Frieden schließen, ich will –«

»Hendrik«, unterbrach ihn Alexander energisch. »Sieh den Tatsachen ins Gesicht. Du hast dich verrannt. Das, was du hier angezettelt hast, führt zu nichts. Du weißt nicht einmal, was du erreichen willst. Ich kann dir raushelfen, ohne dass du deine Bewährung verlierst. Ich kann den Mann dazu bringen, ein Auge zuzudrücken und die ganze Geschichte zu vergessen.«

»Spinnst du jetzt?«, fauchte Hendrik, aber es klang schon verunsichert.

Alexander trat einen Schritt auf ihn zu, legte ihm eine Hand auf die Schulter und fuhr sanft fort: »Du hast dich in den vergangenen Monaten zurückgezogen und mit niemandem mehr gesprochen. Wenn du es getan hättest, hätte ich dir viel früher sagen können, wie sehr du auf dem Holzweg bist. Im schwarzen Block zu marschieren und gegen das System zu kämpfen ist etwas völlig anderes, als echte Menschen herauszupicken und sie fertigzumachen. Ich kann verstehen, wie erniedrigend die Verhandlung für dich gewesen ist, aber du wirst das wegstecken. Die Vorstrafe ist nicht so schlimm, notfalls drückt dir dein Vater ein paar Scheine in die Hand, und du stellst selber etwas auf die Beine. Es liegt noch so viel vor dir, es liegt noch so viel vor uns. Verbau dir nicht dein ganzes Leben wegen einer Spinnerei.«

»Aber man darf sich nicht alles gefallen lassen«, sagte Hendrik rau, »man muss doch für etwas einstehen.«

»Das stimmt. Du hast dich so oft für unsere Freundschaft eingesetzt. Mir musst du nichts mehr beweisen. Und den anderen auch nicht. Weißt du denn nicht, wie sehr Annalena, Paule, Fred und ich dich bewundern? Für uns bist du ein Held. Und was deine Eltern angeht – tja. Vielleicht hättest du etwas mehr Aufmerksamkeit gebraucht, aber sie meinen es nicht böse. Sie versuchen nur selber, irgendwie über die Runden zu kommen. Sie sind so sehr mit sich selbst beschäftigt, dass es ihnen eigentlich schnurzpiepegal ist, ob du so sein willst wie sie oder sie scheiße findest.«

»Das sagst ausgerechnet du?«

»Ja, ausgerechnet ich. Von außen draufzuschauen ist viel einfacher, als sich selber in so einer Situation zu befinden. Die Scheidung meiner Eltern und das Verhältnis zu meinem Vater kann ich auch nicht klar sehen. Ich bin deswegen oft ziemlich fertig, aber deshalb laufe ich nicht in der Gegend rum und zettele den Dritten Weltkrieg an. Wir haben doch uns. Wir sind Freunde und können gemeinsam Dampf ablassen.«

»Ist das so?«, fragte Hendrik gerührt. »Sind wir immer noch Freunde?«

»Natürlich. Hast du etwa daran gezweifelt?«

»Ach, ich weiß nicht. In letzter Zeit war ich so ... so ...«

»Komm her, du Vollpfosten«, erwiderte Alexander und zog den Kopf des Freundes zu sich heran. »Warum bist du nicht eher zu mir gekommen? Jetzt müssen wir zusehen, wie wir uns aus der Sache wieder rausziehen.«

43

Bei der Autofahrt überlegte Toni, was er tun sollte. Wen sollte er in den Verdacht einweihen? Sollte er Verstärkung anfordern? Und wie sicher konnte er sein, dass der Mann tatsächlich schuldig war?

Natürlich konnte die Querverbindung Zufall sein. Bislang hatte Toni vier Personen ermittelt, auf die die Kriterien zutreffen konnten. Vielleicht war der Mann einfach nur die Nummer fünf. Außerdem wurde er geachtet und respektiert. Welchen Grund sollte er haben, einen kaltblütigen Mord zu begehen und einen Sechzehnjährigen zu entführen, um Lösegeld zu erpressen? Was konnte Hendrik über ihn ausgegraben haben, das so schlimm war, dass er seine gesamte Existenz aufs Spiel setzte?

Wenn er im Kommissariat anrief und seinen Verdacht äußerte, lief er nicht nur Gefahr, nicht ernst genommen zu werden, sondern er ging auch das Risiko ein, einen verdienten Bürger zu diskreditieren. Kriminalrat Schmitz, Phong und die anderen Teammitglieder verfolgten wichtige Spuren. Konnte er verantworten, dass sie ihre Arbeit unterbrachen und Zeit vergeudeten?

Vielleicht sollte er erst die Lage sondieren. Bei einem Besuch könnte er feststellen, ob Reisevorbereitungen getroffen wurden. In einem unverfänglichen Gespräch könnte er sich behutsam vortasten und herausfinden, ob sich der Verdacht erhärten ließ.

Toni konnte sich kaum vorstellen, dass eine Unterhaltung mit dem Mann eskalieren könnte. Andererseits hatte der Täter schon einmal auf einen Menschen geschossen und damit jene unsichtbare Grenze überschritten, die ihn auf die andere Seite des Gesetzes stellte.

Bis zur Ankunft im Wohngebiet blieb Toni unschlüssig, wie er sich verhalten sollte. Vorsichtshalber lud er seine Waffe durch und steckte sie zurück ins Halfter, ohne den Druckknopf zu schließen. Warum hatte er eigentlich so heftig reagiert, als er den Namen des Mannes in der Liste gelesen hatte? Warum war er bei ihm stärker von der Täterschaft überzeugt als bei den anderen Verdächtigen?

Während er zur Haustür stapfte und den Klingelknopf drückte, erinnerte er sich daran, dass Caren ihn »einen Freund der Familie« genannt hatte. Das deutete auf ein Vertrauensverhältnis hin, das Fritjof Winter bei einer Vereinssitzung noch gesprächiger gemacht haben könnte, als er ohnehin schon war. Die Lösegeldübergabe hatte in einem Wald stattgefunden, der sich in der Nähe von Bornim, dem Wohnort des Mannes, befand. Deshalb hatte ihn Carens Schilderung alarmiert! Unterbewusst hatte er einen regionalen Bezug hergestellt. Außerdem passte die antiquierte Formulierung »werde ich nicht die Hand an den Jungen legen« zu seinem Sprachgebrauch und fortgeschrittenen Alter. Neben der Erfüllung der drei Kriterien gab es also weitere Anhaltspunkte für seine Täterschaft.

Toni musste auf der Hut sein.

Eine blonde, kurzhaarige Frau öffnete ihm, die ihn von Kopf bis Fuß musterte. Obwohl sie schon Mitte fünfzig sein musste, war sie eine äußerst attraktive Erscheinung. Ihre Augen waren strahlend schön, und doch war ihr Blick leicht verhangen. Von ihr ging etwas Lockendes und zugleich Unheilvolles aus. Dieser Widerspruch übte eine Faszination aus, der sicher viele Männer nicht widerstehen konnten. Sie trug eine weiße Bluse mit tiefem Ausschnitt, der ein begehrenswertes Dekolleté zeigte. In ihrer Hand hielt sie einen dunkelblauen Mantel. Offenbar war sie soeben heimgekehrt.

»Hallo?«, sagte sie lasziv.

Toni wusste zwar, dass die Gattin des Richters Innenarchitektin war, aber er war ihr noch nie begegnet. »Ich bin Hauptkommissar Sanftleben von der Potsdamer Kripo«, stellte er sich vor. »Ich möchte zu Herrn Dr. Körner.«

»Dann kommen Sie mal herein«, sagte die Frau zwinkernd, ließ Toni eintreten und machte einige Schritte in den Eingangsbereich. »Stummelchen«, rief sie. »Hier ist ein Polizist, der sehr männlich wirkt und dich sprechen will. Komm doch mal runter. Oder hast du deine Zähne schon rausgenommen?«

»Ich bin schon da«, erwiderte jemand.

Toni hob den Kopf und erblickte einen Mann, der eine Schirmmütze trug, auf der gläsernen, illuminierten Treppe stand und ihn forschend anschaute. Erst auf den zweiten und dritten Blick erkannte er Körner, der irgendwie verändert aussah. Er hatte den Richter noch nie mit Kopfbedeckung gesehen, und auch sein Blick wirkte dunkler als sonst. Hatte er nicht eigentlich blaue Augen?

Da entglitt Körner die Mimik; sein vorsichtiges, tastendes Lächeln erstarb. Sein Gesicht verwandelte sich in eine harte, mitleidslose Maske. Ohne weitere Vorwarnung hob er eine Pistole an und drückte ab. Die Kugel traf seine Frau in den Rücken. Sie schrie auf und wirbelte herum. Der Richter feuerte einen zweiten, knallenden Schuss ab, der sie in den Brustkorb traf. Sie sackte zusammen und stürzte auf die linke Seite; ihr Arm lag lang ausgestreckt.

Geistesgegenwärtig zog Toni seine Waffe. Er ging in die Knie und feuerte blind in Richtung Treppe, während er die Hand der Frau ergriff und ihren Körper aus dem Schussfeld zog. Der Richter jagte eine Kugel nach der anderen in den Leib seiner Gattin, aber sie lebte noch. Sie blinzelte mehrmals, wollte etwas sagen und zog geräuschvoll die Luft durch die Nase ein. Aus ihrem Mundwinkel sprudelte rosa Schaum.

Dann schlug ein Projektil in ihrem Kopf ein, der in einem roten Sprühnebel explodierte.

Toni ließ sich gegen die Wand zurückfallen, suchte hinter einer Kommode Deckung und zog den schlaffen, leblosen Leib näher zu sich heran, sodass nur noch ihre Beine im Schussfeld lagen.

Der Richter stellte das Feuer ein. Möglicherweise hatte er das Magazin leer geschossen und musste nachladen.

Toni warf einen Blick auf die Frau. Die Schädeldecke war abgeplatzt, der Inhalt des Kopfes war über den italienischen Sandsteinboden gespritzt. Jeder Reanimationsversuch war zwecklos.

»Ist sie tot?«, rief der Richter. Er atmete schwer, seine Stimme klang gedämpft, so als stände er nicht mehr auf der Treppe.

»Ja«, erwiderte Toni. Erst jetzt spürte er, wie stark sein Herz hämmerte. Es schlug so heftig gegen die Kammerwände, als wäre der Brustkorb zu eng geworden. Sein Puls pochte so laut in seinen Ohren, dass er seine eigene Stimme kaum verstand. Das Adrenalin jagte durch seinen Körper und ließ seine Hände zittern.

Er sah an sich herunter und stellte fest, dass er unverletzt war.

Jetzt musste er sich verteidigen und notfalls zum Gegenangriff übergehen. Er umklammerte den Pistolengriff mit beiden Händen, kam lautlos auf die Füße und wagte sich aus der Deckung.

Auf den Treppenstufen entdeckte er mehrere Blutstropfen, die von den Halogenleuchtern angestrahlt wurden und burgunderrot funkelten. Offenbar war der Richter verletzt und ins obere Stockwerk geflüchtet. Erleichtert stellte Toni fest, dass keine akute Gefahr mehr bestand.

»Wenigstens das«, sagte Körner.

Toni zog sich lautlos zurück. Sein Puls beruhigte sich etwas. Er würde hören, wenn sich der Richter näherte. »Warum haben Sie geschossen?«

»Was glauben Sie denn? Ich hab sie gehasst. Seit unserer Eheschließung jeden Tag ein bisschen mehr. In Ihrem Beruf sollten Sie wissen, dass die Wahrheit meistens trivial ist.«

Toni leckte sich über die trockenen Lippen. »Wo sind Sie getroffen?«

»Ich will keinen Notarzt. Und rufen Sie keine Verstärkung. Wenn Sie mir diese beiden Wünsche erfüllen, erzähle ich Ihnen alles, was Sie wissen wollen.«

Eine der ersten Regeln, die ein Kriminalist bei der Vernehmungsschulung lernte, war, dass man einen geständigen Täter reden lassen sollte. »Einverstanden«, sagte Toni.

Ein raues Lachen erschallte, das in ein Gurgeln und Husten überging. »Ich weiß natürlich, was Sie vorhaben«, sagte der Richter. »Sie lassen mich reden und schicken Nachrichten raus. Nein, so läuft das nicht, mein Freund. Werfen Sie mir Ihr Handy und die Waffe hoch.«

»Woher soll ich wissen, dass Sie mich dann nicht töten?«

»Mit einem Bauchschuss gehe ich nirgends mehr hin. Es besteht keine Flucht- und Verdunkelungsgefahr. Eigentlich eine Ironie des Schicksals. Der junge Spohr hatte einen Treffer an der gleichen Stelle. Irgendwo waltet wohl eine höhere Gerichtsbarkeit, die cleverer ist als ich. Was würde es mir nützen, wenn ich Sie umbringen würde? Ich hasse Sie nicht, sondern habe Sie immer gemocht. Man findet in den Behörden nicht häufig Männer, die Konversationskurse für Französisch belegen.«

Toni musste den Richter bei Laune halten, damit er ihm den Aufenthaltsort von Alexander verriet. Gleichzeitig durfte er sich – trotz aller Zusicherungen – nicht in eine gefährliche Lage bringen. »Das Handy ja, die Waffe nein«, rief er, trat auf die erste Stufe und warf sein Smartphone ins obere Stockwerk. Hart schlug es auf und rutschte über den Boden, bis es mit einem Knall gegen ein Hindernis stieß. Hoffentlich war es noch funktionsfähig. Er würde es später noch brauchen.

»Und jetzt erzählen Sie«, rief Toni. »Was ist in der Tatnacht geschehen?«

Vor vier Tagen

An dem kleinen Strand, unterhalb der Sacrower Heilandskirche, sagte Alexander: »Da kommt er. Halt dich zurück und lass mich reden.«

Hendrik löste sich sofort aus der Umarmung des Freundes und drehte sich um. Im Mondlicht sah er, wie der Richter den Vorplatz überquerte und die Treppe zum Ufer hinabstieg.

Alexanders tröstende Worte hatten ihn beruhigt, aber der Anblick des Juristen erinnerte ihn daran, mit welcher Geringschätzung Körner die Urteilsbegründung verlesen hatte. Von Provokation, Trotzverhalten und persönlicher Unreife war die Rede gewesen. Jetzt konnte er sich nicht mehr hinter seinem »hohen« Amt und dem Rechtsapparat verstecken, jetzt standen sie sich von Mann zu Mann gegenüber. Schon bald würde sich zeigen, wer den längeren Atem hatte. Hendrik grinste herausfordernd und trat einen Schritt auf ihn zu.

»Bleiben Sie stehen«, sagte der Richter und nestelte hektisch an seiner Jackentasche herum, bis er eine Waffe gezogen hatte und sie auf ihn richtete. »Stehen bleiben, hab ich gesagt.«

Hendrik traute seinen Augen nicht. »Nun sieh dir das an«, sagte er zu Alexander. »Wer hätte das gedacht? Der Alte hat doch tatsächlich eine Knarre dabei!«

»Warte«, erwiderte Alexander. »Mach jetzt keinen Scheiß. Lass mich mit ihm reden.«

Hendrik hörte schon nicht mehr hin und sagte: »Sie glauben wohl, dass Sie mir mit dem Ding Angst einjagen können, aber da haben Sie sich getäuscht.«

Körner wich zurück und sagte: »Keinen Schritt näher, sonst … sonst …«

»Sonst was?«, fragte Hendrik und trat auf Armeslänge an ihn heran. Er fühlte sich vollkommen sicher. Nichts und niemand konnte ihn töten. Und dieser jämmerliche Krawattenfaschist erst recht nicht. Der Einzige, der sein Dasein beenden konnte, war er selbst. Und das hatte er momentan nicht vor. Das Treffen fing gerade an, Spaß zu machen.

Vollkommen ruhig legte er die Hand auf den Lauf der Pistole und sagte: »Du solltest mir die Knarre jetzt besser geben, sonst geht sie noch los.« Er zog leicht an der Waffe, um sie an sich zu nehmen.

»Nein, loslassen«, schrie der Richter und zog ruckartig in die entgegengesetzte Richtung. Dabei krümmte er automatisch alle Finger. Mittel-, Ring- und kleiner Finger schlossen sich um das harte Griffstück, und der Zeigefinger drückte den Abzug durch. Ein Schuss löste sich und hallte laut durch die Nacht.

Vor Entsetzen legte Alexander die Hände an den Kopf. »Oh nein«, murmelte er.

Der Richter schaute überrascht auf die Waffe. »Das hab ich nicht gewollt«, stammelte er. »Das war ein Versehen.«

Hendrik taumelte zurück, sah an sich herunter und bemerkte, wie der Fleck auf seinem T-Shirt größer wurde. Mit den Schultern krachte er gegen die Mauer und rutschte an ihr hinunter, bis er auf dem Hosenboden landete. Er legte beide Hände auf die Wunde und blickte fragend zu Alexander und dem Richter empor. Nach und nach verließen ihn die Kräfte, und er kippte auf die Seite.

Minuten verstrichen, in denen Hendrik nicht viel mitbekam. Ein Nachtvogel rief mehrmals, Wolken zogen über ihn hinweg, und der Schilfgürtel raschelte. Er lag mit dem Gesicht im Flusssand und schaute auf die kleinen Wellen, die ans Ufer schwappten. Jedes Mal, wenn sich das Wasser zurückzog, wurde der Sog stärker. Und da begriff er, dass er bereits eintauchte – in die unendliche Dunkelheit.

45

»Ach so«, sagte Toni. »Und dann kam Ihnen die Idee mit der Entführung.«

»So ist es«, bestätigte der Richter matt. »Ich ... ich hab dem Jungen ... in den Kopf geschossen, damit ... damit er meinen Namen nicht verrät.«

Damit hatte Körner in klarer Ermöglichungs- und Verdeckungsabsicht gehandelt und den Tatbestand des Mordes erfüllt. Im Laufe der Erzählung war seine Stimme immer schwächer geworden, und Toni fürchtete, dass ihnen nicht mehr viel Zeit blieb. Der Richter musste endlich sein wichtigstes Geheimnis preisgeben.

»Was haben Sie mit Alexander angestellt?«, rief Toni. »Lebt er noch?«

»Der Junge ... keine ... Hand an ihn gelegt«, stammelte der Richter. »Ich wollte ... morgen früh ... aber ... kein Wasser ... ich weiß nicht, ob ...«

»Wo ist er?«, rief Toni. »Wo halten Sie ihn gefangen? Wenn ich ihn retten soll, müssen Sie mir seinen Aufenthaltsort verraten.«

»Meine Mutter war ... sie war eine ...«

Toni war sich darüber im Klaren, dass er seine Deckung verlassen musste, um die entscheidende Information zu erhalten. Die Situation war unüberschaubar, aber ihm blieb keine andere Wahl.

»Ich komme jetzt hoch«, rief er. »Ich werde nicht auf Sie schießen. Hören Sie? Bitte schießen Sie auch nicht auf mich.«

Er nahm immer zwei Stufen und erreichte das Obergeschoss mit wenigen Sprüngen. Der Richter saß gegen die Wand gelehnt. Es war sofort klar, dass von ihm keine Gefahr mehr drohte. Sein Gesicht war sehr blass und schimmerte bläulich. Die Lider waren halb geschlossen. Er hielt beide Hände auf den Bauch gepresst, aber es war ihm nicht gelungen, den Blutfluss zu stoppen. Sein Oberhemd und die Cordhose hatten sich vollgesogen und glänzten leicht. Eine dunkle Lache reichte bis zu seinen Lederpantoffeln, wo auch seine Waffe lag.

Toni gab der Pistole einen Tritt, sodass sie über den Dielenboden zum Ende des Flures rutschte. Dann kniete er sich neben den Richter, rüttelte ihn an der Schulter und gab ihm eine Ohrfeige. »Herr Körner«, rief er. »Bleiben Sie wach. Ich muss wissen, wo Alexander ist. Können Sie mich hören?«

Der Richter reckte den Kopf in die Höhe und sah sich blinzelnd um. Als er begriffen hatte, wo er sich befand, krallte er seine Finger in Tonis Arm. In seine Augen trat ein flehentlicher Ausdruck. »Hab ich ... ist sie ... ist sie wirklich tot?«, flüsterte er.

»Ja«, bestätigte Toni.

»Wenigstens das«, sagte Körner erneut. Er atmete rasselnd aus und erschlaffte. Sein Kopf sackte auf seine Schulter, Augen und Mund blieben geöffnet, ein Speichelfaden seilte sich auf den Hemdkragen ab.

»Nein«, rief Toni. »Noch nicht. Kommen Sie zurück. Herr Körner!«

Nachdem er den Puls kontrolliert hatte, legte er den Juristen flach auf den Boden und riss ihm das Hemd auf. So wie er es gelernt hatte, platzierte er den Ballen seiner Hand auf das untere Drittel des Brustbeins und setzte den Ballen der anderen Hand obenauf. Er streckte die Arme durch, übte durch Gewichtsverlagerung mehrmals Druck aus und ließ eine Atemspende folgen. Er wiederholte die Maßnahmen so oft, bis ihm der Schweiß ausbrach und er die Aussichtslosigkeit einsah.

Der Mann hatte zu viel Blut verloren.

Schwankend kam Toni auf die Füße und sah auf den Leichnam herab. Verdammt noch mal! Körner war auskunftsbereit gewesen, sie waren so kurz vorm Ziel gewesen, und dann starb der Jurist einfach weg.

Was sollte er jetzt tun?

Toni massierte sich hektisch die Schläfen. Nach wie vor stand das Leben eines Sechzehnjährigen auf dem Spiel. Zuerst musste er sich beruhigen, dann musste er gründlich nachdenken, und schließlich musste er sich den nächsten Schritt überlegen.

Seine klebrigen Stiefelsohlen schmatzten, als er durch das Obergeschoss rannte und das Badezimmer suchte. Schon bei der zweiten Tür hatte er Glück und knipste das Licht an. Über einem kelchförmigen Handwaschbecken schaute er in den Kristallspiegel. Sein Gesicht war übersät von Blutspritzern, Knochensplittern und Gewebebröckchen. Mittendrin leuchteten seine Augäpfel in einem unnatürlichen Weiß. Er öffnete den Wasserhahn, griff nach einem Waschlappen und reinigte sich den Kopf, den Hals und die Hände.

Während er den rauen Stoff über seine Haut rieb, kehrte seine innere Ruhe zurück. Wenn er Körners letzte Aussagen richtig interpretierte, hatte der Richter Alexander irgendwo versteckt, wo es kein Wasser gab.

In der Regel dauerte es drei bis vier Tage, bis Dehydration zum Tod führte. Diese Zeitspanne variierte und war abhängig von Faktoren wie körperlichem Zustand, Aktivität und Umgebungstemperaturen. In den vergangenen Tagen war es zwar für Ende Oktober warm, aber nicht schweißtreibend gewesen. Das war gut. Schlecht war hingegen die Dauer des Flüssigkeitsentzugs.

Alexander war in der Nacht von Freitag auf Samstag entführt worden. Wenn er bei dem Fernsehabend mit seiner Mutter zuletzt getrunken hatte, hatte er seit über vier Tagen kein Wasser mehr zu sich genommen. Falls er noch nicht verstorben war, musste er sich in einem äußerst kritischen Zustand befinden. Jede Minute konnte von entscheidender Bedeutung sein.

Denk nach!, spornte Toni sich an. Denk verdammt noch mal nach!

Warum hatte Körner seine Mutter erwähnt, als er nach Alexanders Aufenthaltsort gefragt hatte? Hatte der Richter nicht mehr vernünftig denken können? Hatte er bereits deliriert, oder bedeutete ihre Erwähnung etwas? Verband der Jurist mit seiner Mutter einen bestimmten Ort, an dem sich der Junge befand?

46

Alexander lag mit aufgerissenen Augen auf dem Betonboden und zitterte so heftig, dass seine Zähne klapperten. Er wollte nicht sterben. Nicht hier! Nicht jetzt! Er hatte noch so viel vor! Er hatte noch nie mit einem Mädchen geschlafen, und in den USA war er auch noch nie gewesen. Gerne hätte er seiner Mutter gesagt, wie ungerecht er sich seit der Trennung verhalten hatte und wie sehr er sein kindisches Betragen bereute. Es ging einfach nicht, dass er in diesem Loch verreckte.

Seine lichten Momente wurden immer seltener. Und auch jetzt fragte er sich, ob er wirklich bei Verstand war. Der Durst war unerträglich, und die Schmerzen raubten ihm den Atem. Eigentlich war es eine Gnade, wegzudriften, aber er hatte so große Angst, nicht mehr zurückzukehren. Er musste wach bleiben, doch das war in dieser Dunkelheit fast unmöglich. Sosehr er die Augen auch anstrengte, er konnte nichts erkennen, woran er sich festhalten konnte.

Schließlich flatterten seine Lider und fielen erneut zu. Aus der Tiefe seines Unterbewusstseins stiegen Bilder auf, und er phantasierte, dass er mit seinem Vater und dessen neuer Frau am Esstisch saß. Die beiden Erwachsenen hatten Flaschen mit Mineralwasser und Fruchtsäften bereitgestellt, um ihrem gemeinsamen Sohn, seinem Halbbruder, mit Löffeln und Pipetten Flüssigkeit zu verabreichen.

Der Kleine saß mit seinen glänzenden Wangen im Hochstuhl und amüsierte sich königlich. Fest hielt er seine Lippen geschlossen und wich blitzschnell aus, sodass nicht ein einziger Tropfen sein Ziel erreichte.

»Ich auch«, wollte Alexander sagen, aber sein Mund war so ausgetrocknet, dass er seine Lippen nicht öffnen konnte. Sie klebten so fest zusammen, dass er nur ein »Umpf, umpf, umpf« hervorbrachte.

Sein Vater hob plötzlich den Kopf und drehte ihn zur Seite, so als hätte er etwas vernommen und würde nun horchen wollen, aus welcher Richtung die Laute gekommen waren. Hatte er ihn gehört?

»Umpf, umpf, umpf«, machte Alexander. »Umpf, umpf, umpf!« Sosehr er sich auch abmühte – er brachte kein einziges Wort heraus. Er konnte sich einfach nicht verständlich machen. Es war zum Heulen.

Sein Vater schüttelte nur den Kopf, so als hätte er sich getäuscht. Seelenruhig schraubte er eine Flasche Kirschsaft auf und goss einen Esslöffel voll, den er seinem Sohn verabreichen wollte. Das Kind jauchzte vergnügt und wich so plötzlich aus, dass der rote Nektar auf den Fußboden spritzte. Milde lächelte sein Vater und strich dem Kleinen über die spärlichen blonden Löckchen, die ihm vom Kopf abstanden.

Diese zärtliche Geste tat Alexander weh. Er konnte sich nicht erinnern, wann er auf so viel Verständnis gestoßen war. Jede Begegnung mit seinem Vater artete in einem Wettstreit aus. Immer bewies der Alte, dass er schneller, klüger und besser war. Überall musste er sich hervortun und profilieren. Er gab nicht eher Ruhe, bis er jeden Konkurrenten, auch den pubertierenden Sohn, in die Schranken verwiesen hatte. Nur bei gleichwertigen Gegnern konnte er scheißfreundlich sein. Sein Riesenego verkraftete eben keine Niederlage.

Mir hat er nie über den Kopf gestrichen, dachte Alexander und hörte die Türglocke.

Etwas erwartete ihn draußen, das spürte er deutlich. Und ihm wurde klar, dass ihn hier nichts mehr hielt. Seine Zweitmutter war kaum älter als er selbst und interessierte sich nur für die schönen Dinge des Lebens: Wellness, Cocktailrezepte und positives Denken. Er blickte seinen Vater lange an, um ihm eine letzte Chance zu geben, aber dieser war vollauf mit seinem anderen Sohn beschäftigt.

Hoffentlich ergeht es dem Kleinen besser als mir, dachte Alexander.

Resigniert erhob er sich vom Stuhl und schritt durch den Flur. Er drückte die Klinke herunter und öffnete die Tür. Das Tageslicht war so grell, dass es ihn blendete. Schützend legte er die Hand vor die Augen und erkannte die vertraute Silhouette sofort. Unbändige Freude schwappte in ihm hoch. Er hatte ihn nicht vergessen, er war tatsächlich gekommen.

Und plötzlich begriff Alexander: Er war gekommen, um ihn zu holen.

47

Im Badezimmer schmiss Toni das blutige Handtuch in eine Ecke.
Die Erwähnung der Mutter konnte alles Mögliche bedeuten. Er
durfte jetzt nicht den Überblick verlieren und musste strukturiert
vorgehen. Hier musste er seine Suche beginnen und sie dann
ausdehnen.

Zuerst durchkämmte er das Obergeschoss, dann das Erdgeschoss. Alle Zimmer waren sehr fein, kreativ und ästhetisch
eingerichtet und hätten einen Schöner-Wohnen-Ehrenpreis
verdient, aber nirgends fanden sich persönliche Gegenstände
des Richters. Es gab nicht einmal Hinweise, dass er überhaupt
hier gelebt hatte. Er musste sich wie ein Fremder im eigenen
Haus gefühlt haben.

Erst im Keller stieß Toni auf einen Raum, der nicht viel größer
als ein Schuhkarton war. Die Belüftung erfolgte über ein winziges Fenster in Deckenhöhe, durch das man auf einen weißen
Plastikschacht sah. In einer Ecke stand ein Schreibtisch, der mit
Gerichtsakten und Schriftsätzen übersät war. Dieses Kabuff war
anscheinend das Arbeitszimmer des Richters.

In der rein beruflich ausgerichteten Funktionalität zogen einige
private Fotos Tonis Aufmerksamkeit auf sich. Eine Schwarz-Weiß-
Aufnahme zeigte eine dreiköpfige Familie vor einem offiziell
aussehenden Gebäude. Der Junge mochte zehn oder elf Jahre alt
sein, seine Eltern wirkten schon wie an die fünfzig. Der Mann
trug einen weißen Arztkittel, die breitschultrige Frau ein luftiges
Sommerkleid.

Links von dem Familienfoto hing die vergilbte Aufnahme eines
jungen Wehrmachtsoffiziers, der große Ähnlichkeit mit dem späteren Mediziner hatte. Auf der rechten Seite hing die Aufnahme
eines Schwimmwettbewerbs. Im Vordergrund hechtete eine
junge, muskulöse Frau von einem Startblock. Im Hintergrund
reichte eine voll besetzte Tribüne bis an den oberen Bildrand, wo
eine Hakenkreuzfahne im Wind flatterte.

War das Körners Mutter?

Toni nahm das Bild aus dem Rahmen, drehte es um und las: »August 1936, Olympische Spiele Berlin, Finale hundert Meter Freistil. Bronze!!!«

Mit seinem Smartphone fand Toni schnell heraus, dass eine Niederländerin den Endlauf gewonnen hatte. Dritte war eine Deutsche geworden, die Else Reiter hieß, 1918 geboren wurde und 1995 verstarb. Vermutlich hatte sie den Namen ihres Mannes angenommen. Wenn sie die Mutter des ungefähr sechzigjährigen Körner war, musste sie bei der Geburt siebenunddreißig gewesen sein. Das passte zu dem Alter der breitschultrigen Frau auf dem Familienfoto.

Die Mutter des Richters war also Olympiateilnehmerin gewesen. Weshalb hatte Körner sie erwähnt? Welche Bedeutung hatte sie für den Aufenthaltsort von Alexander? Hatte sie vielleicht in einem Haus gewohnt, das sich als Versteck eignete?

Ruhelos stapfte Toni durch das Kabuff. Er betrachtete die Aktenordner und schob die Papiere auf dem Schreibtisch hin und her. Wonach suchte er eigentlich?

Er ließ sich in den Stuhl fallen und rieb sich das Gesicht. Wenn er an die Spiele von 1936 dachte, fielen ihm Jesse Owens, das Olympiastadion und das Olympische Dorf ein, das sich nur ein paar Autominuten entfernt in Elstal befand. Im Sommer erkundeten einige Geschichtsinteressierte die historische Stätte, aber im Herbst wurde die weitläufige Anlage geschlossen und zu einem verlassenen, menschenleeren Ort.

Toni hob ruckartig den Kopf. Das Olympische Dorf wurde zu einem verlassenen, menschenleeren Ort, der ideal geeignet war, um jemanden zu verstecken. Stand Körner in irgendeiner Verbindung zu dem Gelände? Hatte er sich in der Tatnacht Zutritt verschafft?

Toni zückte sein Smartphone und rief Caren an.

»Hast du Neuigkeiten?«, fragte sie sofort.

»Und ob«, antwortete Toni. »Der Entführer ist tot. Ich hab ihn in einer Nothilfesituation erschossen. Es ist Richter Körner.«

Die einsetzende Stille dehnte sich zu einer Ewigkeit. Dann sprudelten Carens Erstaunen und ihr Unglauben wortreich aus ihr heraus.

Toni gab ihr Zeit, um die Nachricht zu verdauen. Er brauchte gleich ihre volle Aufmerksamkeit. »Hör mir jetzt zu«, sagte er. »Konzentrier dich bitte. Ich gehe davon aus, dass er Alexander irgendwo versteckt hat. Und dieses Versteck hat mit seiner Mutter zu tun. Weißt du, ob er in irgendeiner Verbindung zum Olympischen Dorf in Elstal stand?«

Caren dachte kurz nach und sagte: »Ja. Natürlich. Er veranstaltete dort Führungen für die DKB-Stiftung. Er hat sogar ein Buch über die militärische Nutzung geschrieben. Aus persönlichen Gründen hat er sich dort und auch in den Beelitzer Heilstätten engagiert.«

Toni hatte die entscheidende Information erhalten. Während er bereits nach draußen eilte, fragte er: »Was hatte er für persönliche Gründe?«

»Er ist in Beelitz als Sohn eines Lungenarztes aufgewachsen. Vor seiner Einberufung in die Armee ist er unter abenteuerlichen Umständen nach Westberlin geflohen, wodurch seinen Eltern einige Nachteile entstanden sind. Deshalb hat er jahrelang ein schlechtes Gewissen gehabt. Nach ihrem Tod wollte er Wiedergutmachung leisten und hat sich ehrenamtlich an Orten engagiert, die für sie von Bedeutung waren.«

»Die Beelitzer Heilstätten für den Vater, der dort Lungenarzt war, und das Olympische Dorf für die Mutter, die 1936 an den Spielen teilgenommen hat.«

»Genau.«

»Das macht Sinn. Gut. Am besten begibst du dich jetzt ins Kommissariat. Ich werde Phong informieren, sodass du dich nicht erklären musst.«

»Nein«, sagte Caren. »Falls du nach Elstal fährst, will ich mitkommen.«

»Dich abzuholen würde zu viel Zeit kosten. Mach es bitte so, wie ich es dir gesagt habe.«

In der Leitung kehrte erneut Stille ein. »Wieso Zeit?«, fragte Caren schließlich. »Sag mir, was los ist.«

»Du musst mir jetzt vertrauen«, erwiderte Toni sanft. »Ich regele alles. Wenn du dich so verhältst, wie ich es dir gesagt habe, schaffst du die besten Voraussetzungen, damit alles gut wird.«

Caren begann zu weinen. Es geschah fast lautlos. Irgendwann putzte sie sich geräuschvoll die Nase. »Ich ziehe mich jetzt an und fahre ins Kommissariat. Viel Glück!«, sagte sie und beendete die Verbindung.

48

Alexander freute sich so sehr, dass Hendrik vor der Haustür stand. Der Freund sah genauso verwegen aus wie immer und grinste schief. Er trug einen schwarzen Kapuzenpulli, eine schwarze Hose und schwarze Chucks. In den Händen hielt er zwei Tischtennisschläger und ließ den weißen Ball hin- und herspringen.

»Mit mir hast du nicht gerechnet, was?«, sagte er. »Wie wär's mit einem Match? Alle anderen sind auch schon da.«

Alexander bog den Kopf zur Seite und schaute an Hendrik vorbei. An der Pforte lehnte Carlo Giuliani, der beim G8-Gipfel in Genua von einem Carabiniere erschossen worden war. Der Italiener war in Begleitung des sechzehnjährigen Olaf Ritzmann, des achtzehnjährigen Klaus-Jürgen Rattay und der Studentin Conny Wessmann, die alle bei einer Demonstration ums Leben gekommen waren. Ihre Gesichter wirkten so weit entfernt und verschwommen, dass er nicht ablesen konnte, wie sie ihr Los trugen.

Alexander musste nicht lange nachdenken. Er war über sich selbst erstaunt, wie schnell er sich positionierte und wie klar er die Zusammenhänge begriff. »Ich finde es echt nett, dass du vorbeigekommen bist«, sagte er, »aber du hast jetzt, was du wolltest. Das sind deine Freunde. Nicht meine.«

Hendrik nickte traurig. »Wie du willst, aber pass gut auf dich auf. Und denk immer dran – solange wir die Power haben, solange es irgendwie geht, heißt unsere Devise: Macht kaputt, was euch kaputt macht.«

»Ja, mal sehen«, erwiderte Alexander. »Pass du auch gut auf dich auf.«

Er beobachtete, wie Hendrik den Weg hinunterschritt und von seinen schattenhaften Freunden umringt wurde. Wenn er sich nicht täuschte, war sogar Thích Quảng Đức darunter, der sich 1963 in Saigon verbrannt hatte, um gegen die Unterdrückung der Buddhisten zu protestieren. Konnte der Mönch Tischtennis spielen? Die Gruppe bog um die Ecke und verschwand aus seinem Sichtfeld.

»Macht's gut«, murmelte er und schloss die Tür.

Im Inneren des Hauses empfing ihn eine erdrückende Stille, die ihm wie ein spitzer Pfeil ins Bewusstsein drang. Dann hörte er das fröhliche Glucksen seines Halbbruders. Und mit einem Schlag fühlte er sich einsam. Erneut wurde ihm klar, dass er hier nicht bleiben wollte. Seinen Vater interessierte es einen feuchten Kehricht, wie es in ihm aussah. War es dann nicht besser, sich mit *actions* zu betäuben?

Je länger er in dieser sterilen Umgebung herumstand, desto stärker wurde die Gewissheit, dass er die falsche Entscheidung getroffen hatte. Hier wurde er bestenfalls geduldet, aber draußen erwartete ihn jemand, dem es genauso erging wie ihm und der alles für ihn tun würde. Sie waren Freunde und sollten sich gegenseitig Halt geben, wenn es darauf ankam.

Er fragte sich noch, wo seine Mutter steckte. Von ihr hätte er sich gerne verabschiedet, aber wahrscheinlich musste sie arbeiten. Sie war jetzt Alleinverdienerin, das verstand er natürlich.

So riss er die Tür auf und schrie: »Warte, Hendrik! Warte auf mich. Ich hab es mir anders überlegt. Ich komme mit.«

49

Toni drehte den Zündschlüssel zum dritten Mal vergeblich herum. Oh nein, dachte er. Nicht jetzt! Nicht die Batterie! Er unternahm weitere Versuche und wollte schon ins Haus rennen, um den Autoschlüssel von Körner zu suchen, als der Motor doch noch ansprang. Sofort legte er den ersten Gang ein, ließ die Kupplung kommen und raste mit kreischenden Reifen los.

Er rief Phong an, aktivierte die Freisprecheinrichtung und fragte: »Seid ihr noch im Büro?«

»Ja«, erwiderte der Kollege. »Derbali hat den Albaner tatsächlich zum Reden gebracht. Er hat in der Tatnacht einen weißen Mercedes-Kombi der E-Klasse vom Waldparkplatz wegfahren sehen. Er kann sich sogar an den ersten Buchstaben nach dem Ortskennzeichen ›P‹ erinnern. Ich wollte gerade eine Liste der Halter erstellen. Mit dieser Info sollten wir den Täter in einigen Tagen schnappen.«

Toni vermutete, dass es sich um den Wagen handelte, mit dem Strafrichter Körner manchmal ins Justizzentrum gefahren war. Der Kofferraum war groß genug, um einen sechzehnjährigen Jungen darin zu transportieren. »Ich will, dass du mir jetzt genau zuhörst«, sagte er und schilderte in knappen Sätzen die Ereignisse. Auf Ausrufe des Erstaunens schwieg er einen Moment, um dem Kollegen die Möglichkeit zu geben, die Informationen sacken zu lassen. Auf ungläubige Zwischenfragen antwortete er sachlich.

»Krass«, sagte Phong schließlich. »Ein Richter! Den hätte ich garantiert nicht auf die Liste gesetzt. Weißt du, warum er so ausgerastet ist?«

»Nein, das ist jetzt auch von untergeordneter Bedeutung. Ich möchte, dass du zuerst alle Teammitglieder informierst. Zwei Kollegen sollen mit der KTU nach Bornim fahren und nach Hinweisen suchen, wo Alexander sonst sein könnte. Alarmiere auch jemanden, der sich in den Beelitzer Heilstätten auskennt. Körner verbindet nostalgische Erinnerungen mit dem Gelände. Auf ihm gibt es leer stehende Gebäude, Schächte und Tunnel. Vielleicht befindet sich der Junge dort. Ansonsten trommelst du alle Kräfte zusammen, die du auftreiben kannst. Sie sollen sich auf einen Sucheinsatz vorbereiten und zum Olympischen Dorf in Elstal kommen. Ach, noch etwas. Staatsanwältin Winter wird gleich im Kommissariat eintreffen. Ich möchte, dass du sie in Empfang nimmst und dich um sie kümmerst. Diese Nacht wird hart für sie.«

»Mach ich«, erwiderte Phong. »Schmitz wird ganz aus dem Häuschen sein, dass du den Täter vor ihm identifiziert hast.«

»Das ist sein Problem«, erwiderte Toni. »Bevor du alles organisierst, bestellst du bitte noch einen Krankenwagen nach Elstal. Der Notarzt soll darauf vorbereitet sein, dass der Patient stark dehydriert ist. Außerdem brauche ich mehrere Personen, die das Olympische Dorf bis ins letzte Mauseloch kennen.«

»Wie spät ist es eigentlich?«, fragte Phong und schaute vermutlich auf eine Uhr. »Ach Mann, die schlafen doch alle längst.«

»Das bekommst du schon hin. Denk immer dran: Du bist mein Mann am Computer! Ich brauche jetzt deine volle Unterstützung. Enttäusch mich nicht.«

»Okay, das war Motivation genug.«

»Ich bin in ungefähr einer Viertelstunde am Eingang bei der Turnhalle. Den Straßennamen kenne ich jetzt nicht. Da sollen der Krankenwagen und die ortskundigen Führer hinkommen.«

Toni verabschiedete sich knapp, unterbrach die Verbindung und murmelte: »Halt durch, Alexander. Wir finden dich!«

Er ließ Bornim hinter sich und fuhr auf der B 273 Richtung Marquardt. Links und rechts erstreckten sich Felder, die in dieser tiefschwarzen Nacht endlos wirkten. Er trat die Kupplung, schaltete in den vierten Gang hoch und drückte aufs Gaspedal. Und da spürte er es wieder – der Motor reagierte nicht. Lautlos rollte der Renault über die Landstraße. Nur das leise Quietschen der Stoßdämpfer war zu vernehmen. Toni trat mehrmals aufs Gaspedal und ließ schließlich seinen Fuß auf dem Bodenblech stehen, aber es tat sich nichts. Das Auto wurde langsamer, rumpelte über den Grünstreifen und blieb stehen.

50

Alexander riss die Haustür auf und stand ...

... mitten im Wald. Es war Nacht und so dunkel, dass er kaum die Hand vor den Augen sehen konnte. Trotzdem wusste er sofort, dass er in der Schorfheide war. Er musste sich ganz in der Nähe von Carinhall, dem Landsitz von Hermann Göring, befinden.

Im Dickicht raschelte es. Ein Tier hockte hinter einem riesigen Stein und starrte ihn aus roten Augen an. Eine heftige Furcht befiel ihn. Er war immer anders als sein Freund Hendrik gewesen, der unerschrocken in jeden Schacht gekrochen war. Der Mut des Älteren hatte auf ihn abgefärbt, aber alleine hätte er sich niemals an so verlassene Orte gewagt.

Wo war der Freund jetzt?

Hatte er ihn verlassen?

Das Tier knurrte leise. Alexander fragte sich, was für eine Kreatur ihn da bedrohte. Gab es wieder Wölfe in der Schorfheide? Eigentlich mussten sie in dieser Jahreszeit genügend Kleintiere zum Fressen finden, aber er konnte sich auch täuschen.

Langsam bewegte er sich rückwärts. Schritt für Schritt, bis er versehentlich auf einen Zweig trat und ein lautes Knacken ertönte. Das Tier sprang aus seiner Deckung und bleckte die Zähne. Offenbar wartete es auf den richtigen Zeitpunkt, um anzugreifen.

Alexander zögerte nicht länger. Er wirbelte herum, zog die Arme an den Körper und rannte über den weichen Waldboden. Geschmeidig sprang er über Baumstümpfe und wich Ästen aus. Zwar wurde er verfolgt, aber er fühlte sich leicht. Federleicht. So schnell wie jetzt war er noch nie gelaufen. Als er noch ein kleines Kind gewesen war, hatte er sogar fliegen können. Er musste sich nur konzentrieren, die Arme ausstrecken und sie auf und ab bewegen.

Obwohl er alles richtig machte, konnte er nicht abheben. Damals war er halb so groß gewesen. Jetzt behinderte ihn sein Gewicht. Er musste Ballast abwerfen, er musste seinen Körper abstreifen. Zuerst wusste er nicht, wie, aber dann blieb er einfach stehen und zwängte sich aus der Hülle wie aus einem Gummikostüm. Endlich war er leicht genug. Er rannte erneut los, ruderte mit den Armen und hob ab.

Es war herrlich, aber der Himmel war nicht oben, sondern unten, und plötzlich fiel er in einen Betontunnel. Rasend schnell sauste er hinab und bekam eine irrsinnige Angst. Er würde den Aufprall nicht überleben. Er ruderte mit den Armen und griff mit den Händen vergeblich nach einem Halt. Der Fallwind drückte ihm das Fleisch aus dem Gesicht. Und dann entdeckte er ein Licht. Es war zunächst klein und wurde immer größer und heißer. Er würde darin versengen und zu Asche zerbröseln. Nichts würde von ihm übrig bleiben.

»Ich will nicht sterben«, schrie er und trat um sich. »Nein, nein, nein ...«

51

Toni schloss die Augen und lehnte die Stirn gegen das Lenkrad. Er durfte jetzt nicht die Beherrschung verlieren. Zorn war ein destruktives Gefühl, das ihm nicht weiterhelfen würde. Er musste einen kühlen Kopf bewahren, die Möglichkeiten abwägen und sich für die aussichtsreichste Variante entscheiden.

Als er die Augen wieder öffnete, sah er im Seitenspiegel, wie zwei strahlende Scheinwerfer größer wurden. Das war die Lösung. Er zog den Schlüssel ab, sprang aus dem Renault und stellte sich mitten auf die Straße. Mehrmals kreuzte er die Arme über dem Kopf.

Der silberne Nissan Micra war älteren Baujahrs und kam nur wenige Meter vor ihm zum Stehen. Toni trat an die Seitentür, zeigte seinen Dienstausweis und machte dem Fahrer ein Zeichen, dass er die Scheibe herunterkurbeln sollte. Der ungefähr Zwanzigjährige kam der Aufforderung nach. Zusammen mit einer Alkoholfahne wehte ein Lied von Sido aus dem Fenster.

»Die anderen haben getrunken«, sagte der Fahrer. »Ich nicht. Wenn ich mit dem Auto unterwegs bin, rühre ich keinen Alkohol an.«

Toni ging etwas in die Knie, um ins Wageninnere zu schauen. Ein junger Mann saß auf dem Beifahrersitz, drei weitere eng aneinandergepresst auf der Rückbank. Sie nickten ihm unsicher zu und wichen seinem forschenden Blick dann aus. »Das ist keine Verkehrskontrolle«, sagte Toni. »Ich habe eine Autopanne und muss zu einem Einsatz ins Olympische Dorf nach Elstal.«

»Kein Problem«, sagte der Fahrer. »Das liegt fast auf unserem Weg. Wir nehmen Sie mit. Jungs, macht dem Kommissar mal Platz.«

Noch ehe Toni seine Bedenken äußern konnte, ob eine weitere Person in dieses winzige Auto passte, öffnete sich die Beifahrertür, und die vier Passagiere stiegen aus. Toni war schon groß gewachsen, aber diese Jungs überragten ihn noch um eine Handbreite. Sie waren breitschultrig und wirkten so, als wären sie körperliche

Arbeit gewohnt. In neuer Reihenfolge verschwanden sie wieder im Wageninneren. Offenbar hatten sie bereits Übung darin, engsten Raum optimal auszunutzen.

Zum Schluss zwängte sich Toni auf den Beifahrersitz und sagte: »Es eilt.«

»Alles klar«, sagte der Fahrer.

Das waren auch die letzten Worte, die gesprochen wurden. Während der Fahrt schaute Toni sich mehrmals um. Es war ihm ein Rätsel, wie die Jungs die Fahrt ohne Quetschungen, Platzangst oder Atemnot überstehen konnten, aber von ihnen kamen keine Klagen. Sie trugen ihr Schicksal mit stoischer Ruhe. Aus den Boxen erklang ein weiterer Rapsong.

In dem Kleinwagen jagten sie über die A 10 auf die B 5 und nahmen die zweite Ausfahrt, die auch zu Karls Erlebnisdorf und der Sielmann Stiftung führte. Ein Hubschrauber flog knatternd über sie hinweg, er hatte anscheinend das gleiche Ziel und würde die Suche mit Scheinwerfern unterstützen. Phong hatte sein Bestes gegeben, er hatte tatsächlich alle Kräfte mobilisiert.

Toni war nie sonderlich gläubig gewesen. Der pantheistische Standpunkt kam seiner Überzeugung am nächsten. Trotzdem musste er an ein Gedicht denken, das von Dietrich Bonhoeffer stammte und das er sich bei seiner Konfirmation als Leitspruch ausgewählt hatte: »Von guten Mächten wunderbar geborgen / Erwarten wir getrost, was kommen mag. / Gott ist mit uns am Abend und am Morgen / Und ganz gewiss an jedem neuen Tag.« Von dem unerschütterlichen Vertrauen, das in diesen Worten lag, hätte er Alexander gerne etwas zukommen lassen.

Vorbei an ehemaligen russischen Panzer- und Montagehallen, die zu Reihenhäusern umgebaut wurden, erreichten sie schließlich das Besuchertor, vor dem bereits der Krankenwagen stand.

»Wartet noch«, schrie Toni gegen den Hubschrauberlärm an, sprang aus dem Wagen und lief auf den Maschendrahtzaun zu, wo neben dem Notarzt ein kleiner, dicker Mann stand, der ungefähr fünfzig Jahre alt war. Er trug einen blond-grauen Kinnbart, eine blaue Steppjacke und eine Pyjamahose. Neben ihm stand ein großer, dünner Mann mit luftigen Rabenhaaren. Er trug einen Adidas-Trainingsanzug.

Toni stellte sich kurz vor, erläuterte den Sachverhalt und die Dringlichkeit und erfuhr, dass der kleine Mann Heinsohn hieß und hier Hausmeister war. Der große Mann war sein Assistent und hieß Trinkaus.

»Gibt es alte Bunker, Schächte oder Tunnel, wo man einen Menschen verstecken kann?«, schrie Toni gegen den Rotorenlärm an.

»Nö«, erwiderte der Hausmeister seelenruhig und gähnte herzhaft. Nach einigem Nachdenken fuhr er etwas lebhafter fort: »Aber wir haben einige Keller. Der Heizungskeller vom Schwimmbad würde sich anbieten, aber da sind manchmal Führungen, auch nach der Saison. Im Hindenburghaus haben wir Räume an Künstler vermietet, die manchmal herkommen, um Sachen einzulagern. Eigentlich fällt mir nur ein Ort ein, der geeignet wäre: das Speisehaus der Nationen.«

Man einigte sich schnell darauf, dass der Assistent am Tor warten und die übrige Suchmannschaft in Empfang nehmen sollte, um mit ihr das Schwimmbad und das Hindenburghaus abzusuchen.

Der Hausmeister kletterte in den Notarztwagen und fuhr voraus.

Toni folgte als Beifahrer in dem Nissan Micra. Sie rasten über eine schmale Straße. Im Scheinwerferlicht tauchten herunterhängende Äste auf, die nur noch wenig Laub trugen. Der Hubschrauber kreuzte mit angeschalteten Suchscheinwerfern ihre Route, und für Augenblicke wurde es taghell im Wageninneren. Hinter dem Schwimmbad bogen sie rechts ab und passierten die verfallenden Sportlerunterkünfte. Schließlich hielten sie vor einem halbkreisförmigen Gebäude mit breiten Fensterfronten, dem Speisehaus der Nationen.

Toni bedankte sich bei den Jungs, sprang aus dem Wagen und gesellte sich zu dem Hausmeister und dem Notarzt.

»Wir müssen hinunter in den Versorgungsschacht«, sagte Heinsohn. »Ich hab nur eine Taschenlampe dabei. Deshalb müssen Sie nah bei mir bleiben. Ich will Sie nicht verlieren.«

Sie betraten das Speisehaus der Nationen über einen Seiteneingang. Im Inneren roch es nach frischem Zement; ihre Schritte hallten von den Wänden wider und verloren sich in der Dunkelheit. Sie stiegen eine provisorische Holztreppe hinab, schoben einen Bauzaun mit einer historischen Fotografie beiseite und betraten einen langen, halbrunden Gang, von dem diverse Türen abgingen.

»Das waren Lagerräume«, sagte der Hausmeister. Im Lichtkegel der Taschenlampe tauchten grün gestrichene Wände auf, von denen die Farbe abblätterte. Auch in einen leeren Fahrstuhlschacht blickten sie kurz. Schließlich erreichten sie eine schmale, ungesicherte Treppe, die viele Stufen hinabführte.

Unten sagte der Hausmeister: »Wir betreten den Versorgungsschacht so gut wie nie, aber wenn wir es müssen, tragen wir aus Sicherheitsgründen Helme. Die Decke ist so niedrig, dass man nicht aufrecht stehen kann. Außerdem ragen rostige Stahlstifte heraus, an denen früher die Leitungen hingen. Also passen Sie bloß auf Ihre Köpfe auf.«

Geduckt folgte Toni dem Mann in den runden, etwa drei Meter breiten Tunnel. Bis auf den knirschenden Betonstaub unter ihren Füßen und ihren keuchenden Atem war es absolut still. Es kam ihm vor, als hätten sie eine andere Welt betreten. Der Boden, die tragenden Säulen und die Decke waren aus Stahlbeton. Die Wände links und rechts bestanden aus gelbbraunen Backsteinen.

»Glauben Sie, dass der Junge hier irgendwo steckt?«, fragte Toni.

»Nein«, erwiderte der Hausmeister. »Wir sind noch nicht am Ziel. Da ist ein weiterer Versorgungsschacht, der von diesem hier abzweigt und unter dem Innenhof hindurchführt. Wenn ich jemanden verstecken wollte, würde ich es dort tun. Es gibt da tiefe Nischen, die von dicken Betonwänden eingefasst sind. Wer da schreit, wird garantiert nicht gehört.«

Nacheinander kletterten sie auf ein höheres Plateau, auf dem sie sich nur in der Hocke fortbewegen konnten. Ein schmaler Durchlass, der teilweise mit Schutt, Platten und Holzbalken versperrt war, führte in den abzweigenden Versorgungsschacht. Er war hoch genug, um gebeugt zu stehen. Rostige Eisenbalken stützten die Decke. Aus Kabeln tropfte eine Flüssigkeit, die schmierige grünliche Pfützen hinterließ.

»Alexander«, rief Toni. »Bist du hier? Hörst du mich?«

Niemand antwortete.

Plötzlich blieb der Hausmeister wie angewurzelt stehen. Er hielt den Lichtkegel in eine Nische und sagte: »Ich glaube, wir haben ihn gefunden!«

Toni drängte sich an Heinsohn vorbei und trat in ein etwa fünf Meter tiefes Betonabteil. Ganz hinten lag eine schmale, geknebelte Gestalt auf dem Boden, deren Arme an die Wand gefesselt waren.

Alexander!

Toni kniete sich neben ihn und ergriff seine Hand, die sich eiskalt anfühlte. Seine Augen waren tief eingesunken, seine Lippen so spröde, als könnten sie zerbröseln. Kniff man ihm in die Haut, blieb eine Falte stehen. Der Puls war nicht zu ertasten.

Der Notarzt hatte sich unterdessen auf die andere Seite gekniet, er hob ein Lid an und leuchtete in das Auge.

»Lebt er noch?«, fragte Toni. »Lebt der Junge noch?«

Einige Tage später

52

Toni stieg die Stufen zu Carens Wohnung hoch. Es gab viele Fragen, die mittlerweile geklärt waren. Strafrichter Körner hatte eine Walther P38 benutzt, die eine weit verbreitete Dienstwaffe der Wehrmacht gewesen war. Vermutlich hatte er sie im Nachlass des Vaters gefunden. Zwischen Körners Mercedes-Kombi und den sichergestellten Reifenprofilen auf dem Waldparkplatz gab es eine Übereinstimmung. Im Haus des Juristen wurden Hendriks Handy sichergestellt sowie Schuhe, die zu den Abdrücken an der Sacrower Heilandskirche passten.

Bei der Autoschieberbande war der Schlüssel für den gestohlenen BMW X5 von Hendriks Vater sichergestellt worden. Auf ihm fanden sich die Fingerabdrücke des verhafteten Autoknackers. Der Wagen war also in der Tatnacht mit dem richtigen Schlüssel gestartet worden, was erklärte, warum Herr Spohr nicht per SMS über den Diebstahl informiert wurde. Außerdem fanden sich Fingerabdrücke von Körner auf ihm. Der Jurist musste ihn also an sich genommen haben. Wie und wo sich der Besitzwechsel vollzogen hatte, konnte nicht rekonstruiert werden, weil der inhaftierte Albaner schwieg und der Strafrichter nicht mehr aussagen konnte. Man vermutete, dass Körner den Schlüssel auf dem Wagendach oder an einer anderen exponierten Stelle abgelegt hatte, um einen Diebstahl zu provozieren und so eine falsche Fährte zu legen. Vielleicht hatte er ihn auch weggeschmissen oder verloren, und der Autoknacker hatte ihn durch Zufall gefunden.

Paule war wiederaufgetaucht. Bei der Vernehmung machte er von seinem Aussageverweigerungsrecht Gebrauch, sodass der Grund seiner Flucht im Dunkeln lag. Man ging davon aus, dass er entweder an dem Brandanschlag auf die Beelitzer Heilstätten oder an einem der Vandalismusfälle beteiligt gewesen war. Solange er schwieg, würde man ihm nichts nachweisen können.

Einige Fragen waren noch offengeblieben. Insbesondere interessierte Toni, womit Hendrik Spohr den Richter unter Druck gesetzt hatte. Er hoffte, dass er heute Abend eine Antwort erhalten würde.

Caren erwartete ihn in der geöffneten Tür, aus der ein rötlich-goldener Schein ins Treppenhaus fiel. Sie hatte ihre halblangen blonden Haare zusammengebunden und trug einen taillierten V-Ausschnitt-Pullover, der ihre weibliche und zugleich schlanke Figur betonte. Eine enge Baumwollhose schmiegte sich an ihre wohlgeformten Beine.

»Ich freue mich sehr, dass du die Einladung angenommen hast«, sagte sie lächelnd. »Ich hoffe, dass du Fleisch magst. Ich habe uns Rindsrouladen nach einem Rezept von meiner Mutter gemacht.«

»Hört sich gut an«, erwiderte Toni, hängte seine Jacke an die Garderobe und betrat einen großzügigen Wohn-, Koch- und Essbereich, der in hellen Farbtönen gehalten war. An den Wänden hingen moderne, großflächige Gemälde. Die Dachgeschosswohnung war luftig und bot viel Platz zum Entfalten. Obwohl es auf Tonis Hausboot völlig anders aussah, fühlte er sich sofort ungezwungen.

»Schau dich ruhig um«, sagte Caren. »Das Essen ist gleich fertig. Du kannst zwischen verschiedenen Sorten Limonade wählen. Holunder, Kräuter oder Ingwer-Zitrone.«

»Die schmecken sicher alle gut«, erwiderte Toni. »Gibt es einen bestimmten Grund, warum du die Vorhänge zugezogen hast?«

Über Carens Gesicht huschte ein Schatten. »Manchmal überkommt mich eine ... Ach, ich weiß auch nicht.«

»Hat René Lichter dich wieder belästigt?«

»Nein, ich bin nur so glücklich, dass mein Sohn lebt und dass er wieder bei mir ist, und da ...«

»Und da hattest du Angst, dass etwas dieses Glück bedrohen könnte.«

»So ungefähr.«

Toni trat an die Fensterfront und zog die Vorhänge zurück. In dem Gemeinschaftsgarten ragten alte Bäume in den Nachthimmel. »René Lichter ist zum Stalker geworden«, sagte er, »weil seine Frau ihn verlassen hat. Jetzt ist er wieder mit ihr zusammen und lebt in stabilen Verhältnissen. Allem Anschein nach wurde er erfolgreich therapiert. Es geht keine Gefahr mehr von ihm aus. Du brauchst dir keine Sorgen zu machen.«

Staunend blickte sie ihn an, und allmählich dehnten sich ihre Lippen zu einem wunderschönen Lächeln. »Es ist gut, dass es dich gibt«, sagte sie. »Danke für alles, was du für mich getan hast.«

»Schon gut«, erwiderte Toni.

»Nein, das ist es nicht und wird es auch nie sein. Ich stehe in deiner Schuld und werde es nicht vergessen, aber bevor du noch verlegener wirst, rufe ich besser meinen Sohn. Alexander?«

Der hoch aufgeschossene blonde Junge trat aus einem der Zimmer, reichte Toni förmlich die Hand und murmelte eine Begrüßung. Seit ihrer letzten Begegnung im Olympischen Dorf hatte sich sein Zustand enorm verbessert. Dass er beinahe verdurstet wäre, sah man ihm nicht mehr an. Nur zwei Schürfwunden an Stirn und Wange verrieten, dass er einiges durchgemacht hatte.

Caren trug das Essen auf, und sie setzten sich auf die Holzstühle. Nachdem sie sich einen guten Appetit gewünscht hatten, griffen sie zum Besteck und widmeten sich dem schmackhaften Gericht. Sie verputzten die erste Portion, dann noch eine zweite. Zum Dessert gab es selbst gemachtes Joghurteis mit Früchten.

Caren lehnte sich zurück, legte die Hand auf den Bauch und sagte: »Ich habe gestern erfahren, dass deine Aussagen zu dem Schusswechsel offiziell bestätigt werden. Du bist vollständig entlastet.«

Toni blickte kurz zu dem Jungen.

»Wir können offen sprechen«, sagte Caren. »Alexander ist persönlich involviert und hat keine Ruhe gegeben, bis er alle Details in Erfahrung gebracht hatte. Ist es nicht so?«, fragte sie und wuschelte ihrem Sohn durchs Haar.

»Mama!«, sagte der Junge streng und schaute auf seinen Teller.

»Ich habe auch einen Sohn«, sagte Toni. »Er ist nur zwei Jahre älter als du.« Im Stillen fügte er an: Vorgestern hat er mir erklärt, dass er mit seiner Freundin zusammenziehen möchte. Auch Sofie würde morgen das gemeinsame Hausboot verlassen. In nicht einmal sechzehn Stunden würde er ganz alleine dastehen.

»Ich weiß«, sagte Alexander und sah mit hochrotem Kopf auf. »Ich kenne Aroon. Er ging auf die gleiche Schule wie ich. Er ist ein Nerd, aber cool.«

»Du wolltest Toni doch etwas geben«, sagte Caren.

Alexander griff nach einer Tüte, die an dem Stuhlbein lehnte, und legte sie auf den Tisch. »Hier sind alle Informationen, die Hendrik gegen Richter Körner gesammelt hat. An dem Abend, an dem wir zur Sacrower Heilandskirche gefahren sind, hat er mir erzählt, wo er sie versteckt hat. Gestern bin ich mit Mama in die Schorfheide und hab sie geholt.«

Toni zog die Tüte zu sich heran, warf einen Blick hinein und sah mehrere rote Mappen. »Was hatte Hendrik gegen Körner in der Hand?«

Der Junge warf seiner Mutter einen fragenden Blick zu.

»Du hast keine Konsequenzen zu befürchten, solange du bei der Wahrheit bleibst«, sagte Caren. »Ich kann nicht erkennen, dass du dich einer ahndungswürdigen Straftat schuldig gemacht hast.«

»Okay«, sagte Alexander. »Hendrik hat herausgefunden, dass Körner vor einigen Jahren die Strafgelder aus Prozessen einem Reitverein zukommen ließ, in dem seine Frau Mitglied war. Damit hat er den Richter unter Druck gesetzt und gedroht, alles auffliegen zu lassen.«

Toni wusste, dass Richter bei der Verteilung von Geldauflagen aus eingestellten Verfahren unabhängig, nicht an Weisungen gebunden und nur dem Gesetz unterworfen waren. Sie konnten frei entscheiden, welche Organisation welche Zahlungen in welcher Höhe erhielt. Studien hatten ergeben, dass Zuwendungen teilweise von der regionalen Nähe, von der Öffentlichkeitsarbeit der Vereine und von persönlichen Vorlieben abhängig waren. Vor Jahren hatte ein Richter sogar gezielt Gelder verteilt, um im Gegenzug hoch dotierte Vorträge zu halten und sich so einen Nebenverdienst zu sichern. Schon lange wurde für mehr Transparenz geworben, um besorgte Bürger zu beruhigen.

»Woher hatte Hendrik die Informationen?«, fragte Toni.

»Es gibt Datenbanken über die Verteilung der Gelder im Internet, die für jedermann zugänglich sind«, erwiderte Alexander.

»Wenn man weiß, wonach man suchen muss, wird man schnell fündig.«

»Ich hab mich bereits erkundigt«, schaltete sich Caren ein. »Zweifellos kann man Körner einen Interessenkonflikt unterstellen, aber ich glaube nicht, dass man ihm eine Verfehlung nachweisen könnte. Er hätte sich jederzeit damit rausreden können, dass in dem Reitverein Kindern aus sozial schwachen Familien die kostenlose Möglichkeit geboten wird, mit Pferden und anderen Tieren zu arbeiten. Insofern ist ein gemeinnütziger Zweck gegeben, der die Zuwendungen rechtfertigen würde. Dass es zu einer solchen Eskalation gekommen ist, muss noch einen anderen Grund haben.«

»Und der wäre?«, fragte Toni.

»Er ist jahrelang von seiner Frau systematisch tyrannisiert und bloßgestellt worden. Ich habe es selbst mehrere Male erlebt. In ihm muss sich ein gewaltiger Hass aufgestaut haben, und als ein junger, rebellischer Kerl daherkam und glaubte, ihn ebenfalls fertigmachen zu können, ist er explodiert, und alles ist aus dem Ruder gelaufen.«

»Wie geht es dir eigentlich, wenn wir über ihn reden? Er war doch ein Freund der Familie.«

»In erster Linie war er ein Freund meines Ex-Mannes. Sie hatten ähnliche Interessen und waren auch beruflich vernetzt. Allerdings fällt es mir schwer, ihn mit seinen Taten in Verbindung zu bringen. Er war so geduldig, liebenswürdig und hilfsbereit. Auch wenn seine Frau sich unmöglich benommen hat, blieb er immer ruhig.«

»Bis er sie erschossen hat«, sagte Toni.

»Ja«, räumte Caren ein. »Bis er sie erschossen hat. Das alles muss fürchterlich für dich gewesen sein. Machst du dir Vorwürfe? Ich meine ...«

»Nein, in meinem Privatleben passiert gerade so viel, dass ich nicht zum Nachdenken komme. Vielleicht holt mich die Tatsache, dass ich einen Menschen getötet habe, zu einem späteren Zeitpunkt ein.«

»Er hätte mich übrigens freigelassen«, sagte Alexander. »Er hat mir zwar nicht geglaubt, dass ich von Hendriks Plänen nichts gewusst habe, aber er hat mir versichert, dass er am Tag seiner

Flucht meinen Aufenthaltsort verraten hätte. Darauf hat er mir sein Ehrenwort gegeben.«

»Ja«, sagte Toni. »Von Phong weiß ich, dass er mit einem echten Pass und unter einem falschen Namen ein Segelboot gekauft hat. In Cuxhaven, auf hoher See oder in irgendeinem Hafen hätte er das Versteck mitteilen können, und niemand hätte ihn je aufgespürt. Mit dem Lösegeld wollte er in Übersee ein neues Leben anfangen. Du hattest mit deiner Einschätzung recht, Caren.«

»Stimmt«, erwiderte sie, »nur wäre es dann zu spät gewesen. Die Ärzte haben einhellig gesagt, dass sich Alexander in einem äußerst kritischen Zustand befand und die Dehydration jederzeit zum Tod hätte führen können, wenn nicht sofortige Hilfe eingetroffen wäre. Kriminalrat Schmitz ärgert sich übrigens maßlos, dass du meinen Sohn gefunden hast und nicht er. Überall läuft er herum und erzählt, dass deine Reaktivierung nicht nötig gewesen wäre, aber das ist natürlich Quatsch. Wenn du nicht gewesen wärst, würden wir nicht hier sitzen.«

Zwei glänzende Augenpaare richteten sich auf Toni. Er wusste nicht recht, was er sagen sollte, und nahm einen Schluck von seiner Zitronenlimonade.

»Als ich in dem Versorgungsschacht lag, hatte ich einen Alptraum«, sagte Alexander. »Ich fiel in einen Betonschacht und sah ein Licht, das sich schnell näherte. Ich dachte, das wäre das Ende, aber es war wohl nur die Stabtaschenlampe des Notarztes.«

Caren griff nach seiner Hand und drückte sie. »Es ist vorbei«, sagte sie sanft. »Du bist in Sicherheit, dir kann nichts mehr passieren.«

»Ja«, erwiderte Alexander und erhob sich von seinem Stuhl. »Kann ich in mein Zimmer gehen?«

»Natürlich«, erwiderte Caren gefühlvoll und sah ihrem Sohn nach.

Auch Toni blickte dem Jungen nach, stellte aber gänzlich andere Überlegungen an. Er fragte sich, ob er den Sechzehnjährigen noch einmal zurückrufen und nach seiner Beteiligung an dem Brandanschlag in den Beelitzer Heilstätten fragen sollte.

Schließlich entschied er sich dagegen. Alexander war nicht der

Haupttäter gewesen und durch seine Entführung schon genug bestraft worden.

Caren stand auf und trat in die offene Küche. Kurz schaute sie über die Schulter zurück und fragte: »Stört es dich, wenn ich ein Glas Rotwein trinke?«

»Kein Problem«, sagte Toni leichthin und beobachtete genau, wie sie sich einen bauchigen Schwenker halb voll schenkte. Die dunkelrote Flüssigkeit funkelte im Kerzenlicht so verlockend, dass sich beinahe sofort die Gier einstellte, aber er musste sich noch zurückhalten. Erst wollte er den Auszug von Sofie und seinem Sohn über die Bühne bringen, und dann konnte er sich gehen lassen. Er war einfach zu stolz, um irgendjemandem zu zeigen, wie trostlos es in ihm aussah, seitdem er wusste, dass seine Familie ihn verlassen würde.

Caren setzte sich wieder an den Tisch und nahm einen Schluck aus dem Glas. Ihr Lippenstift hinterließ einen geriffelten, geschwungenen Abdruck.

»Ich habe mich in den letzten Tagen öfters gefragt, wie dein Verhältnis zu Schmitz ist«, sagte Toni.

»Wieso?«, erwiderte Caren. »Hat deine Frage einen bestimmten Grund?«

»Ich frage mich, ob er integer ist«, antwortete er wahrheitsgemäß.

»Wegen Schmitz musst du dir keine Gedanken machen. Nach meiner Trennung von Fritjof wollte er mich mal zum Essen einladen, aber er ist überhaupt nicht mein Typ. Ich war völlig überrumpelt und hab mich mit dem Hinweis herausgeredet, dass ich nicht mit Kollegen ausgehe.«

»Und dann hat er dich mit Staatsanwalt Legrand gesehen?«

»Woher weißt du das?«

»Nur so eine Vermutung.«

»Zwar war Schmitz irritiert, aber unsere berufliche Beziehung hat nicht darunter gelitten. Er hat uns freundlich gegrüßt und Haltung bewahrt. Das hätte ich ihm gar nicht zugetraut.«

Toni nickte nur.

»Ich glaube«, fuhr Caren fort, »dass er einfach ungeheuer frustriert ist, weil er immer noch nicht zum Kriminaloberrat befördert wurde. Seine Karriere stagniert, und er macht Gott und die Welt dafür verantwortlich. Im Mordfall Spohr wollte er beweisen, wie gut er mit den anderen Abteilungen zusammenarbeiten kann. Die Spur, die er verfolgt hat, war ja auch vielversprechend und hätte durch den weißen Mercedes-Kombi ebenfalls zu Körner geführt, nur eben zu spät, um Alexander zu retten.«

Toni musste daran denken, wie Schmitz sich auf die Autospur versteift und keinerlei Interesse an anderen Ermittlungsansätzen gezeigt hatte. Auch der Präsentkorb mit den italienischen Spezialitäten kam ihm in den Sinn. Hatte sein Vorgesetzter aus Frust, gekränkter Eitelkeit und Boshaftigkeit so viele Fehler begangen? Oder war er nur ein schlechter Kriminalist und jemand, der kein Fettnäpfchen ausließ? So oder so stand er in einem ziemlich schlechten Licht da.

»Schmitz weiß übrigens nicht, dass ich dich in die Entführung eingeweiht habe«, sagte Caren. »Deine anderen Kollegen auch nicht. Wenn du einverstanden bist, bleibt es unser Geheimnis. Ich möchte nicht, dass dir irgendwelche Nachteile entstehen.«

»Ich glaube, dass Gesa etwas ahnt«, erwiderte Toni. »Als ich gestern im Kommissariat war, hat sie mich auf eine Namensliste angesprochen, die ich an eine Tafel geschrieben hatte. Für die Befragung aller Personen konnte ich triftige Gründe anführen, und zwar ganz unabhängig vom Wissen um die Entführung. Trotzdem hat sie mich sehr skeptisch angesehen.«

»Wie hast du eigentlich in deinem Bericht begründet, warum Körner das Feuer eröffnet hat?«

»Ich bin bei der Wahrheit geblieben. Als er mich eintreten sah, hat er sich überführt gefühlt und ohne weitere Vorwarnung auf seine Frau geschossen.«

»Und wie hast du deinen Besuch bei ihm erklärt?«

»Er war der vorsitzende Richter in der Verhandlung gegen Hendrik Spohr.«

Caren nickte zustimmend. »Alle sind zufrieden, dass der Fall aufgeklärt ist und Alexander lebt. Da wird nichts mehr kommen.«

»Das glaube ich auch.«

»Wie geht es jetzt mit dir weiter? Beruflich, meine ich. Bleibst du im Dienst?«

»Ehrlich gesagt weiß ich es noch nicht.«

Sie saßen noch eine Weile beieinander. Caren nippte an ihrem Wein, und Toni trank von seiner Limonade. Ihr Gespräch streifte berufliche und persönliche Themen, bis sie merkten, wie müde sie waren. Caren brachte ihn zur Tür und umarmte ihn zum Abschied. Ihr sinnliches Parfüm hüllte ihn in eine Duftwolke.

Draußen schlug er den Jackenkragen hoch und machte sich auf den Heimweg. Seinen Renault hatte er vorgestern einem Schrott-händler zum Ausschlachten überlassen. In den letzten Tagen war er viel zu Fuß und mit dem Fahrrad unterwegs gewesen. Die körperliche Ertüchtigung tat ihm gut. Solange er in Bewegung blieb, konnte ihn die Schwere nicht einholen und erdrücken.

Während er durch die menschenleeren Straßen lief, musste er an Hendrik denken. Wo bist du jetzt?, fragte er sich. Wie stehst du im Nachhinein zu deinen Taten? Haben sie sich für dich gelohnt?

Der Junge hatte unsterblich werden wollen. Einige Autonome würden ihn für seinen Auftritt vor Gericht sicher als Held in Erin-nerung behalten. Wenn außerdem herauskäme, dass er von einem Richter erschossen worden war, böte seine Story eine perfekte Grundlage für eine Legendenbildung und diverse Verschwörungs-theorien. Vielleicht würden sogar Lieder auf ihn getextet werden.

Toni vertrat einen anderen Standpunkt. Man konnte Hendrik vielleicht zugutehalten, dass seine Eltern ihm nicht ausreichend Aufmerksamkeit geschenkt hatten, aber dieser Umstand recht-fertigte nicht, dass er sich strafbar gemacht hatte. Seine Taten würden bei den meisten Menschen als die Verfehlungen eines jungen Burschen in Erinnerung bleiben, der viele Möglichkeiten gehabt hatte und traurigerweise vom Weg abgekommen war.

Trotzdem brachte Toni ein gewisses Maß an Verständnis auf. Der Werdegang des Jungen warf Fragen auf, die von zentraler, ja existenzieller Bedeutung waren und ihn in seiner derzeitigen Situation ebenfalls betrafen: Was sollte man mit seinem Leben anfangen, welche Herausforderung sollte man annehmen und welchem Ziel sollte man sich verschreiben, wenn man die Liebe noch nicht entdeckt hatte – oder sie wieder verloren hatte?

53

Am nächsten Tag trug Toni einen Umzugskarton zu dem weißen Transporter, der auf dem Anwohnerparkplatz an der Neustädter Havelbucht stand. Er verstaute ihn auf der Ladefläche, wo sich nicht nur die Sachen seiner Frau, sondern auch die seines Sohnes stapelten. Sie waren darin übereingekommen, beide Umzüge in einem Abwasch zu erledigen, um eine zweite Transportermiete zu sparen. Nachdem Toni die Heckklappe geschlossen hatte, trat er zu Aroon und seiner Freundin Alina.

Die Einundzwanzigjährige war Teilnehmerin eines mathematischen Seminars, das sein Sohn an der Universität leitete. Mit ihren braunen, gewellten Haaren, den lebhaften Augen und dem weichen Mund zählte sie zu den Menschen, denen man jede Gefühlsregung vom Gesicht ablesen konnte. In den letzten Tagen hatte Toni sie als eine sympathische, tatkräftige und authentische Person kennengelernt, die seinem Sohn Bodenhaftung geben konnte. Es schien so, als würden die beiden gut zusammenpassen.

»Ich hab noch etwas für euch«, sagte er, griff sich an die Gesäßtasche und zog einen Umschlag hervor.

»Was ist das?«, fragte Aroon.

»Ein Geschenk zu eurem Einzug. Ihr könnt es ruhig aufmachen.« Toni beobachtete, wie die jungen Leute die Köpfe zusammensteckten und das Etui aufrissen.

»Das sind ja Flugtickets«, sagte Aroon erstaunt.

»Das ist eine einwöchige Reise nach La Gomera«, erwiderte Toni. »Die Insel soll sehr schön sein, und das Meer ist noch warm genug, um darin zu baden. Seid ihr interessiert?«

»Sind wir das?«, fragte Aroon an seine Freundin gewandt und bekam als Antwort ein »Juchhu!« und mehrere Küsse.

Nachdem sich die beiden beruhigt und bedankt hatten, sagte Toni: »Wenn ihr wollt, kann ich euch auch beim Ausladen helfen. Ich könnte schnell mit dem Rad rüberfahren. Es ist ja nicht weit.«

»Nicht nötig, Papa«, erwiderte Aroon. »Du hast schon genug

getan. Wir werden bereits von einem Dutzend Freunden und Kommilitonen erwartet.«

»Alles klar«, sagte Toni. »Ihr wisst ja, wo ihr mich finden könnt.«

Nachdem sie sich voneinander verabschiedet hatten, trat Sofie zu ihm und fragte sanft: »Wie geht es dir?«

Obwohl sich seine Frau auf dem Gehstock abstützte, war sie den ganzen Morgen so leichtfüßig herumgelaufen, als hätte sie ihre Koordinationsschwierigkeiten überwunden. Die Aussicht, aus dem Hausboot auszuziehen, hatte ungeahnte Energien in ihr freigesetzt. In Zukunft würde sie in dem Resthof bei Groß Kreutz wohnen, wo neben ihrer Physiotherapeutin noch zahlreiche Künstler und andere Kreativschaffende in einer Kommune lebten. Einst hatte Toni das Schiff gekauft, weil sie von einem Leben auf dem Wasser geträumt hatte, wo alles in ständiger Bewegung war. In den vergangenen Monaten musste ihr die enge Behausung wie ein Gefängnis vorgekommen sein.

Jedenfalls hatte sie genügend Anstand, um nicht überall zu erzählen, wie sehr sie sich auf den neuen Lebensabschnitt freute, und das rechnete er ihr hoch an.

»Ich komme zurecht«, sagte er.

»Ich bin nicht aus der Welt«, erwiderte Sofie. »Ich möchte dich nicht wegstoßen, aber ich muss zu mir selbst finden. Sonst fühle ich mich nicht ebenbürtig. Ich weiß noch immer nicht, wer ich bin und wohin ich im Leben will. Bitte versteh mich.«

»Ich gebe mir Mühe.«

»Kommst du mich besuchen?«

»Na klar.«

»Wirklich?«

»Wirklich!«

Zum Abschied umarmte sie ihn. Als er den Duft ihrer Haare roch, musste er an die Nacht denken, in der sie nicht genug voneinander bekommen hatten. Es war kaum zu begreifen, dass zwischen jenen leidenschaftlichen Vereinigungen und dieser surrealen Abschiedsszene nur wenige Tage lagen. Noch immer wusste er nicht, ob sie bei der Hypnosetherapiesitzung eine Erkenntnis gewonnen hatte, die sie zunächst zu ihm hin- und dann von ihm fortgetrieben hatte. Er hatte einige gezielte Fragen gestellt, aber nur unbefriedigende Antworten erhalten.

Am liebsten würde er sie packen, zur Eignerkabine tragen und niemals loslassen. Er liebte diese Frau so sehr. Und es kostete ihn all seine innere Stärke, um ihre Umarmungen, ihre zarten Berührungen und die gehauchten Worte über sich ergehen zu lassen.

Er blieb auf dem Parkplatz zurück und winkte dem Transporter nach, bis er aus seinem Blickfeld verschwunden war. Dann drehte er sich um und marschierte über den Uferweg. Vielleicht mochte der Auszug nicht das Ende ihrer Beziehung bedeuten, doch in jedem Fall begann heute ein neuer Schwebezustand mit völlig ungewissem Ausgang.

Für Toni fühlte es sich an, als hätten ihn alle, die er liebte, verlassen. Ja, sie waren jetzt fort und lebten ihr eigenes Leben, aber im Hausboot erwartete ihn noch etwas.

Über den eisernen Steg betrat er das Deck und kletterte die schmalen Stufen hinunter in den Salon. Ohne zu zögern, griff er sich aus dem Präsentkorb die Flasche Grappa, entkorkte sie mit einem Ruck und trat an das Bullauge. Während ihm der herbe Geruch in die Nase stieg, schaute er über die Neustädter Havelbucht.

Den ganzen Morgen hatte ein böiger Westwind geblasen, der in den Spitzen eine Stärke von sechs Beauforts erreicht hatte. Einige Möwen breiteten ihre Schwingen aus und ließen sich davontragen. Die Wasseroberfläche war metallisch grau und schwappte so unruhig auf und ab, dass sich auch der Bootskörper bewegte.

Auf diesen Moment hatte er gewartet. Auf den ersten Schluck hatte er sein ganzes Denken und Fühlen konzentriert. Der Alkohol war ihm wie ein Ausweg erschienen. Er war ihm wie ein Rettungsanker vorgekommen, der ihn davor bewahrte, von der Strömung fortgerissen zu werden.

Doch während er hier stand und auf die Bucht schaute, wurde ihm klar, dass es noch zu früh war, um rückfällig zu werden. Er war noch nicht am Ende des Weges angelangt, er hatte noch nicht alle Möglichkeiten ausgeschöpft. Zum ersten Mal seit Tagen fühlte er sich vollkommen ruhig, als er die Grappaflasche umdrehte und die klare Flüssigkeit in den Ausguss schüttete.

Jeder Mensch hat Stärken und Schwächen, sagte er sich.

Er war nie gut im Aufgeben gewesen.

Er war gut im Kämpfen.

Nachwort des Autors

Jeder, der schon mal einen verlassenen Ort besucht hat, kennt diese besondere Atmosphäre. Steht man inmitten der Ruinen, ziehen Bilder von der einstigen Nutzung auf. Gleichzeitig bezeugt der Verfall, dass die Stätte noch keine neue Verwendung gefunden hat, sodass man sich in einem Vakuum wähnt. Es erscheint so, als würde etwas fehlen. Die Phantasie wird beflügelt, um die empfundene »Lücke« zu schließen. In einem derart inspirierenden Moment hatte ich die Idee zu diesem Roman.

Seit Jahren erkunde ich die Geschichte der Region. Dabei habe ich erfahren, dass Brandenburg ein Eldorado für Histofreaks, Urban Explorer, Geocacher, Nostalgiker, Hobbyarchäologen, Devotaliensammler und den Party-Underground ist. In alten Schlössern, Villen, Bunkern, Kasernen und auf ehemaligen Schlachtfeldern tummeln sich Gestalten, die mit Metalldetektoren, Klappspaten oder handgezeichneten Skizzen unterwegs sind. In leeren Räumen stößt man auf die Hinterlassenschaften einer Feier oder schwarzen Messe. An den Wänden prangen die Werke von Sprayern.

All diese Erscheinungen kann man nur schwer unter einen Oberbegriff fassen. Versucht man es trotzdem, muss man im weitesten Sinn von »Gruseltourismus« sprechen. Mittlerweile sind sogar Reiseführer erschienen, die praktische Hintergrundinfos bieten. Auf Youtube werden Videos von Erkundungsgängen, Grabungen und Geistererscheinungen gepostet, die auf großen Zuspruch stoßen.

»Kalte Havel« greift also ein allgemeines Phänomen auf, aber die Handlung wurde auch durch konkrete Ereignisse inspiriert. Um die verlassenen Orte der Nachwelt zu erhalten, werden Stiftungen aktiv, Fördervereine werden gegründet, und Privatleute erwägen finanzielle Engagements. Manche Pläne erweisen sich als Seifenblasen. Andere Ideen werden umgesetzt, was jedoch nicht überall auf Zustimmung stößt.

Anfang des Jahres 2015 unternahm ein Investor erste Anstrengungen, um auf dem Quadranten A der Beelitzer Heilstätten einen Baumwipfelpfad zu errichten. Das Gelände der ehemaligen Lungenheilstätte stand seit 1994 weitgehend leer und war lange ein Geheimtipp unter Gruseltouristen. Einige gewaltbereite Personen sahen in der Erschließung eine Bedrohung für ihren »Abenteuerspielplatz« und organisierten Anschläge auf die Bauarbeiten. Zwischen Februar und April 2015 wurden zahlreiche Zaunpfähle verbogen oder herausgerissen. Ein Bagger wurde entwendet, zweckentfremdet und zerstört. Das Eingangsportal der Chirurgie wurde demoliert. Insgesamt erreichten die Schäden eine Höhe im geschätzten sechsstelligen Bereich. Nachdem acht Personen mit Tarnanzügen und Äxten auf dem Gelände gestellt worden waren, fürchteten der Investor und seine Gesellschafter »persönliche Angriffe aus der Szene«, wie die Potsdamer Neuesten Nachrichten am 1.4.2015 berichteten.

Trotz der massiven Widerstände wurde der Baumwipfelpfad fertiggestellt und im September 2015 eröffnet. Mehrere hunderttausend Besucher jährlich sollen nun den Blick über die Beelitzer Wälder und die Ruinen genießen. Und tatsächlich: Wenn man in luftigen Höhen zwischen den schwankenden Baumwipfeln umherwandelt, wähnt man sich an einem außergewöhnlichen Ort, für den man gerne eine lange Anreise in Kauf nimmt. In der benachbarten Chirurgie werden Führungen veranstaltet. Hobby- und Profifotografen, die eine Schwäche für morbide Motive haben, kommen voll auf ihre Kosten.

Bei meinem letzten Besuch unterhielt ich mich mit einem der ortskundigen Führer. Der Mann sagte, dass die nächtlichen Aktivitäten seit der touristischen Erschließung rückläufig seien. Damit dürfte der seit Jahren grassierende Vandalismus nachlassen, was sehr begrüßenswert ist. Und die friedlichen Gruseltouristen, denen die Beelitzer Heilstätten nun nicht mehr gespenstisch genug sind, finden in einem Bundesland wie Brandenburg sicher schnell einen anderen geheimnisvollen Ort.

Tim Pieper, im Mai 2016

Danksagung

Dank an den Hausmeister des Olympischen Dorfs, Herrn Klaus Dieter Weinbach, der sich viel Zeit genommen hat, um meine Fragen zu beantworten und alle Keller und Versorgungsschächte mit mir zu erkunden.

Dank an meinen Agenten Dirk R. Meynecke für die fruchtbare Zusammenarbeit, an das gesamte Emons-Team für das große Engagement, an meinen Lektor Carlos Westerkamp für die wertvollen Kommentare und an meine Frau Steffi, die nicht nur meine erste Testleserin ist, sondern auch die mentalen Begleiterscheinungen des Autorendaseins mit Humor nimmt.

Tim Pieper
MORD UNTER DEN LINDEN
Broschur, 272 Seiten
ISBN 978-3-89705-914-6

»*Spannender Fall zu Berlins Kaiserzeit!*« Histo-Couch.de

»*Ein äußerst kurzweiliger, interessanter historischer Krimi, der sich schon von der Thematik her aus der Masse abhebt. Eine volle Empfehlung für vergnügliche Lesestunden!*« Leser-Welt.de

»*Tim Pieper präsentiert uns einen grandiosen Kriminalroman.*«
Buchrezicenter.de

www.emons-verlag.de

Tim Pieper
MORD IM TIERGARTEN
Broschur, 256 Seiten
ISBN 978-3-95451-178-5

»›Mord im Tiergarten‹ ist ein kritischer Rückblick auf die deutsche
Geschichte in einem hochspannenden Krimi verpackt.« Berliner Kurier

»Bei der spannenden Suche nach Täter und Tatmotiv erfährt der Leser
viel über die gesellschaftlichen Verhältnisse im Berlin des ausgehen-
den 19. Jahrhunderts. Kaufempfehlung.« ekz

»Hervorragend, spannend, mehr davon!« Histo-Couch.de

www.emons-verlag.de

Tim Pieper
DUNKLE HAVEL
Broschur, 256 Seiten
ISBN 978-3-95451-507-3

»»Dunkle Havel‹ wirkt passagenweise wie einer dieser bis ins Detail perfekt ausgedachten Fernsehkrimis. Doch die Geschichte, die Pieper erzählt, lebt nicht von der Oberfläche, sondern von ihren Abgründen.«
Der Tagesspiegel

»Ein Vermisstenfall wie im richtigen Leben. KRIMITIPP!« rbb-Fernsehen

»Tim Pieper ist ein Kriminalroman gelungen, der mehr ist als der typische Krimi. Für Leser aus Potsdam und dem Umland bietet der Roman durch seine realistische Abbildung von Land und Leuten einen Leckerbissen.« Potsdamer Neueste Nachrichten

»Es lohnt sich ›Dunkle Havel‹ zu lesen. BUCHTIPP!« Antenne Brandenburg

www.emons-verlag.de